古典文獻研究輯刊

十七編
曾永義 主編

第 18 冊

知識生產與文化傳播：
新論楊愼（下）

王鐿容 著

國家圖書館出版品預行編目資料

知識生產與文化傳播：新論楊慎（下）／王鐿容 著 — 初版
— 新北市：花木蘭文化事業有限公司，2018〔民 107〕
目 6+144 面：19×26 公分
（古典文學研究輯刊 十七編：第 18 冊）
ISBN 978-986-485-335-9（精裝）
1.（明）楊慎 2. 明代文學 3. 文學評論
820.8   107001707

古典文學研究輯刊
十七編　第十八冊   ISBN：978-986-485-335-9

知識生產與文化傳播：
新論楊慎（下）

作　　者　王鐿容
主　　編　曾永義
總 編 輯　杜潔祥
副總編輯　楊嘉樂
編　　輯　許郁翎、王筑　美術編輯　陳逸婷
出　　版　花木蘭文化事業有限公司
發 行 人　高小娟
聯絡地址　235 新北市中和區中安街七二號十三樓
　　　　　電話：02-2923-1455／傳眞：02-2923-1452
網　　址　http://www.huamulan.tw 信箱 hml810518@gmail.com
印　　刷　普羅文化出版廣告事業
初　　版　2018 年 3 月
全書字數　486629 字
定　　價　十七編 26 冊（精裝）新台幣 50,000 元

知識生產與文化傳播：
新論楊慎（下）

王鐿容　著

目

次

第六章　性別與文學傳播

前　言

　　本章先以《升庵詩話》作爲一個討論的起點,「資閒談」的詩話是深具讀者意識的文學形式,藉著《升庵詩話》的討論分析,可以初步瞭解楊愼對女性題材的關注,並作爲觀察當時文壇的風向球,可以觀察當時大眾的閱讀型態。

　　接著,第二節將以楊愼的夫人——才女黃峨(1498~1569)爲討論主角,以明中葉女性文學的發展爲主軸展開論述,這部分將觀察分析黃峨的相關著作,疏理其中隱含的女性抑或男性的性別意識。明中葉以後,女性文學在男性文人的獎掖和提倡下,日漸蓬勃,黃峨可說是第一個受到男性文人關注的女性文人,「起點」即「啓點」,明清女性文學發展出現空前的繁榮〔註1〕,從黃峨文學才華、作品被發現、建構、僞造、傳播的過程,正好提供一個觀察明清女性文學發展的良好觀測點。因此,這部分將以黃峨作爲一個觀察明清才女文化發展的討論個案。

　　其後,本章也將著力於討論楊愼有關女性／性別書寫的三部作品:《江花品藻》、《漢雜事秘辛》、《麗情集》,同時也將旁涉與性別議題相關的作品如:《升庵詩話》、〈孝烈婦唐貴梅傳〉、〈倉庚傳〉等作品,以傳播爲主軸,試圖

〔註 1〕根據胡文楷《歷代婦女著作考》記載,自明末到晚清,僅僅三百年間,就有兩千三百多位曾出版過專集的女詩人。參見氏著:《歷代婦女著作考》(上海:上海古籍出版社,1985)。

從書寫、行銷相關策略，讀者意識、情色書寫、青樓文化、道德教化等議題，疏理其中可能隱含的性別意識和觀看權力。

任何著作的體裁、題材的選擇都是作者編輯意識的呈現，美學形式與作家所處的時代環境恆存著不可分割的聯繫〔註2〕，「文變染乎世情，興廢繫乎時序」（劉勰《文心雕龍‧時序》），文學現象必須置於整個文學社會語境中，才能更彰顯意義。書籍的消費型態就是被閱讀，因此，一本書籍的發行，除了資料的搜取、出版等操作層面的出版機制外，也必需考慮書籍的接受群體。這其中就涉及內容與形式的選擇，這種「選擇」的關注焦點便在於讀者的閱讀品味，作者預設一批可能的閱讀群，於是在創作過程中不斷揣摩讀者的興趣與反應，作為編撰的參考〔註3〕。商業出版影響文學傳播的方式，在這種文學生態的變異中，讀者的地位將更被凸顯。

作者的閱讀喜好經常受到時代氛圍影響，在出版行銷機制下，編撰之際，楊慎也必定考量了當時的文學環境，對當時的文學生態做出或多或少的回應。於是，楊慎的編輯喜好、讀者的期待預期，形成了《楊夫人樂府》、《江花品藻》、《漢雜事秘辛》、《麗情集》等書所呈現的種種樣貌，將楊慎和他的讀者群置身於文化語境中，經由對楊慎創作風貌的探索，從這些文學接受圖景中將可觀察這一時代的文學閱讀／消費傾向，建構出當時的文學生態版圖。

因此，本章的主題將置於從黃峨的文學傳播、《江花品藻》、《漢雜事秘辛》、《麗情集》的編撰視域、傳播策略中，觀察當時這些作品所勾勒描繪的當時世情圖景以及文化現象。

〔註2〕「盧卡奇所關注的，是『形式』的定義，他在理論上的推衍，是立足於藝術、歷史和社會關係的認識和自覺。換言之，美學與歷史、文學形式與某社會歷史事件，恆存著一種不可分割的聯繫。見何啟良：〈小說的哲學基礎〉，收入盧卡奇（Georg Lukacs）著，楊恆達譯：《小說理論》（台北：唐山書局，1997），頁 xi。

〔註3〕埃斯卡皮（Rober Escarpit）：「篩選，意味著出版商或其委託人設想一批可能存在的群眾，在大量作品中挑揀出最符合這個對象所需求的作品，這其中有一種重疊而矛盾的特性：一來，要判斷出潛在群眾的意願其購買欲，二來要對人類道德美感體系所要造就的群眾品味究竟該是什麼而做出價值判斷，這雙重疑難也正是所有書籍都面臨的問題，我們卻只能做出折衷的假設：這書能賣嗎？這是一本好書嗎？」見氏著，葉淑惠譯：《文學社會學》（臺北：遠流出版社，1990），頁 79。

第一節　《升庵詩話》的女性關懷

　　相較於明中葉男性文人，楊慎可以說在女性文學、性別議題上，態度呈現較開明，談論資料較多的男性文人，這一點從「資閒談」的詩話作品可以窺知。《升庵詩話》的特色之一便在對女性議題的關注：

> 襪，女人脇衣也。隋煬帝詩：「錦袖淮南舞，寶襪楚宮腰」，盧照鄰詩：「倡家寶襪蛟龍被」是也。或謂起自楊妃，出于小說偽書，不可信也。崔豹《古今註》謂之「腰綵」。注引《左傳》「袒服」，謂日日近身衣也。是春秋之世已有之，豈始于唐乎？沈約詩：「領上蒲桃繡，腰中合歡綺」；謝偃詩：「細風吹寶襪，輕露濕紅紗。」〔註4〕

> 潘岳〈芙蓉賦〉：「丹輝拂紅，飛鬚垂的。斐披艶嚇，散煥熠爥。」……，婦人以丹注面也。〔註5〕

此二則詩話從古典詩作探究、解析女人「寶襪」、「腰綵」、「丹輝」等妝點儀態飾物，像這樣討論女性容貌、生活、日常用物的資料，在楊慎的著作中經常出現。

　　楊慎在明代中期文壇上，經常採擷女性文學作品獎披鼓勵，相較於當時期他男性文人，態度上可說是較開明的：

> 王建〈宮詞〉一百首，至宋南渡後失去七首，好事者妄取唐人絕句補入之。「淚盡羅巾夢不成」，白樂天詩也。「鴛鴦瓦上忽然聲」，花蕊夫人詩也。「寶帳平明金殿開」，王少伯詩也。「日晚長秋簾外報」，又「日映西陵松柏枝」二首，乃樂府〈銅雀臺〉詩也。「銀燭秋光冷畫屏」及「閒吹玉殿昭華管」二首，杜牧之詩也。余在滇南見一古本，七首特全，今錄於左：忽地金輿向月陂，內人接著便相隨。卻迴龍武軍前過，當殿教看臥鴨兒。〔註6〕

〔註4〕楊慎：〈寶襪腰綵〉，楊慎著，王仲鏞箋證：《升庵詩話箋證》，附錄，頁577。

〔註5〕楊慎：〈丹地〉，《升庵詩話箋證》，附錄一，頁517。其它如楊慎：〈黃眉墨妝〉：「後周靜帝令宮人黃眉墨妝，至唐猶然。觀唐人詩詞，如『蕊黃無限當山額』，又『額黃無限夕陽山』，又『學盡鴉黃半未成』，又『鴉黃粉白車中出』，又『寫月圖黃罷』，其證也。然溫飛卿詩，有『豹尾車前趙飛燕，柳風吹散蛾間黃』之句，王荊公詩亦云『漢宮嬌額半塗黃』，事已起於漢，特未見所出耳。又《幽怪錄》神女智瓊額黃。」見《升庵詩話箋證》，附錄一，頁554。。

〔註6〕楊慎：〈王建宮詞〉，《升庵詩話箋證》，卷9，頁295。

靖康間，有女子爲金虜所掠，自稱秦學士女，道中題詩：「眼前雖有還鄉路，馬上曾無放我情。」讀者悽然。曾裘父爲作〈秦女行〉云：「妾家家世居淮海，淮海文名喧宇內。自從貶死古藤州，門户凋零三十載。可恠生長深閨裏，耳濡目染知文字。亦嘗強學謝娘詩，女子未嫌稱博士。年長以來逢世亂，黃頭鮮卑兵入漢，妾身亦復墮兵間，往事不堪回首看。一身漂蕩逐胡兒，被驅不異犬與雞。奔馳萬里向沙漠，天長地久無還期。北風蕭蕭易水寒，雪花滿地經燕山。千盃虜酒愁共醉，一曲琵琶淚裡彈。吞聲飲恨從誰訴，偶然信口題詩句。眼前有路可還鄉，馬上迷魂不知處。詩成吟罷更茫然，豈意漢地能流傳。當時情緒亦可念，至今聞者爲悲酸。憶昔中郎有女子，亦陷虜中垂一紀。暮年多幸逢阿瞞，厚幣贖之歸故里。惜哉此女不得如，終竟老死留穹廬。空餘詩話傳悽惻，不減〈胡笳十八拍〉。」〔註7〕

「聞說邊城苦，如今到始知。好將筵上曲，唱與隴頭兒。」此薛濤在高駢宴上聞邊報樂府也。有諷諭而不露，得詩人之妙。使李白見之，亦當叩首。元白流紛紛停筆，不亦宜乎？濤有詩集，然不載此詩。〔註8〕

陳范靜妻沈滿願〈竹火籠〉詩曰：「剖出楚山筠，織成湘水紋。寒消九微火，香傳百和薰。氤氳擁翠被，出入隨綈君。徒悲今麗質，豈念昔凌雲。」此詩言外之意，以諷士之以富貴改節者，及孟子所云「鄉爲身死而不受，今爲宮室之美，妻妾之奉而爲之」者，而含蓄蘊藉如此。「徒悲」「豈念」四字，尤見其意，上薄《風雅》，下掩唐人矣。宋人稱李易安「所以嵇中散，至死薄殷周」之句，以爲婦人有此大議論，然太淺露。比之沈氏此詩，當在門牆之外矣。〔註9〕

〔註7〕 楊慎：〈秦少游女〉，《升庵詩話補遺》，《楊升庵叢書》，第 6 冊，卷 2（下），頁 165。

〔註8〕 楊慎：〈薛濤詩〉，《升庵詩話箋證》，卷 11，頁 408。

〔註9〕 楊慎：〈沈氏竹火籠詩〉，《升庵詩話箋證》，卷 3，頁 95。其它女詩人作品，如〈兩女郎詩〉：「女郎李月素〈贈情人詩〉云：『感郎千金意，含嬌抱郎宿。試作帳中音，羞聞燈前目。』張碧蘭〈寄阮郎〉云：『君似洛陽花，妾似武昌柳。兩地惜春風，何時一攜手。』眞花月之妖也。」楊慎發掘兩位當時才女的情詩，並給予「眞花月之妖也」，即寫得出神入化之譽，見《升庵詩話箋證》，卷 11，頁 413；楊慎：〈侯夫人梅詩〉「侯夫人〈看梅〉詩云：『砌雪無消日，捲簾時自顰。庭梅對我有嬌意，先露枝頭一點春。香清寒艷好，誰惜是天眞。

第一則舉出稀有珍藏古本中花蕊夫人之詩，將女性詩人與白居易、王昌齡、杜牧等大家並列。第二則詩話論及秦少游之女道中題詩，認爲其遭遇和悽惻之情可媲美經典女詩人蔡琰，並舉男性詩人的〈秦女行〉增添此女的傳奇性和文學性，藉此增加閱讀的樂趣和效果。第三則詩話稱許了唐代名妓詩人薛濤，認爲他聞邊報寫出的諷諭詩，有詩人之妙，甚至連詩仙李白都要甘拜下風，予女詩人高度評價。第四則詩話則舉出沈滿願〈竹火籠〉詩中含蓄蘊藉的道德諷喻，認爲其意可等同於孟子名言「鄉爲身死而不受，今爲宮室之美妻妾之奉而爲之」的道義闡釋，將女詩人比擬於亞聖，展現極高的認同感。有別於其他詩話著作，《升庵詩話》和《補遺》收錄眾多女性詩作〔註10〕，搜錄古代女才人詩作，給予讚揚，等於是創造女才人的優良形象，可以作爲女性讀者學習仿效的「模範」，對提升女性創作風氣也有積極的鼓勵作用。

　　除了歌頌女詩人外，《升庵詩話》也羅列許多關於女性知識、典故、事蹟：

> 女侍中，魏元義妻也。女學士，孔貴嬪也。女校書，唐薛濤也。女進士，宋女娘林妙玉也。女狀元，王蜀黃崇嘏也。崇嘏，臨邛人。作詩上蜀相周庠，庠首薦之。屢攝府縣，吏事精敏，胥徒畏服。庠欲妻以女，嘏以詩辭曰：「一辭拾翠碧江湄，貧守蓬茅但賦詩。自服藍衫居郡掾，永抛鸞鏡畫蛾眉。立身卓爾青松操，挺志堅然白璧姿。幕府若容爲坦腹，願天速變作男兒。」庠大驚，具述本末，乃嫁之。
> 傳奇有〈女狀元春桃記〉，蓋黃氏也。〔註11〕

這一則詩話介紹女侍中、女學士、女校書、女進士、女狀元等有關才女的相關知識，又詳述才女黃崇嘏故事本末，藉此傳播女性文學、女性相關文壇知

玉梅謝後青陽至，散與羣芳自在春。』亦是一體。」見《升庵詩話箋證》，卷12，頁458。

〔註10〕　相關詩話作品還有，〈梔子同心〉：「梁徐悱妻劉三娘詩：『兩葉雖爲贈，交情永未因。同心何處切，梔子最關人。』唐施肩吾〈雜曲〉：『憐時魚得水，怨罷商與參。不如山梔子，卻解結同心。』結句又與劉三娘〈光宅寺詩〉同。」見《升庵詩話箋證》，卷3，頁95；〈沈滿願詩〉：「沈滿願詩：『征人久離別，故國音塵絕。夢裏洛陽花，覺來葱嶺雪。』劉方平〈梅〉詩：「歲晚芳梅樹，繁苞四面同。春風吹漸落，一夜幾枝空。小婦今如此，長城恨不窮。莫將遼海雪，來此後庭中。」《升庵詩話箋證》，附錄，頁551。

〔註11〕　楊愼：〈女狀元〉，《升庵詩話箋證》，《楊升庵叢書》，附錄，頁512。值得注意的是，「願天速變作男兒」女性想要成爲男人，才可以在公領域發揮所長的觀點，在明清女性詩文中漸趨普遍，楊愼選錄該詩，隱微透顯男性中心思想。

識，對女性文學採取獎掖、鼓勵的態度。其後晚明有許多男性關注女性詩文的蒐集、出版，這樣看來，楊愼詩話可說是開獎掖女性文學風氣之先。

楊愼在撰寫《升庵詩話》的創作之初，便考慮了讀者的期待視域，談的內容當然必須是讀者有興趣的。讀者期待什麼？而楊愼又和他的讀者談些什麼呢？藉此我們也可以閱讀那一時代的讀者大眾。從《升庵詩話》諸多女性議題的討論，可以發現明中葉以後女性讀者已漸漸增加，男性文人也漸漸關注女性文學，女性作者、讀者悄悄崛起於文學場域中，以下討論的楊夫人黃峨就是當時備受矚目的文壇新秀。

第二節　性別與閱讀：黃峨初探

一、細說黃峨

黃峨（1498～1569）字秀眉，出生於書香門第，父黃珂，字鳴玉，四川遂寧人，成化二年進士，官至工部尚書，有介直之譽〔註12〕。母親也出自名門，知書識禮，黃峨爲黃珂第二女，幼習詩書，博通經史，工於筆札，嫻於詩文，善書禮，尤擅長散曲。正德十三年（1518），楊愼的原配王安人卒，隔年黃峨同新都狀元、當時任翰林院修撰的楊愼結婚，成爲楊愼繼室。正德十九年升庵貶謫永昌，黃峨回新都家居，「用修之戍滇，初攜家以往，及文史公卒，用修奔喪畢，還戍所，而安人留於蜀，庇家政焉。」〔註13〕因楊愼謫滇三十餘年，夫妻雖鶼鰈情深，但長期相隔兩地。

〔註12〕「黃珂，字鳴玉，遂寧人。成化二十年進士。授龍陽知縣。洽行聞，撰御使，出按貴州。金達長官何倫謀不軌，計擒之。改設流官。賊婦米魯亂，奏核巡撫錢鉞，總兵官焦俊等，皆得罪。改案畿輔，歷山西按察使。正德四年，擢右金都御使府延綏。安化王寘鐇反，傳檄四方，用討劉瑾爲名。他鎮畏瑾，不敢以聞。珂封上其檄，因便宜八事，而急令副總兵侯勛，參將時源分兵扼河東，賊遂不敢出，亦不刺寇邊。珂偕總兵馬昂督軍戰，敗之木瓜山。六年復寇邊，珂檄副總兵王勛等七將分據要害夾擊，復敗之。屢賜璽書、銀幣。是年秋，入爲戶部尚書侍郎，總督倉場。河南用兵，出理軍饟。主客兵十餘萬，追奔轉戰，遷止無常。珂隨方轉輸，軍興無乏，陸功增俸一級。改刑部，進左侍郎。已改左兵部。寧王宸濠謀復護衛，珂執意獨堅。九年擢南京右都御使，尋就拜工部尚書。以年至乞休歸，卒。贈太子少保，諡簡肅。」黃珂爲一介直之官，與楊廷和頗有交情。參見張廷玉撰：《明史·列傳七十三》，第 2 冊，頁 965。

〔註13〕參見錢謙益：〈楊安人黃氏〉，收於《列朝詩集小傳·閏集》，頁 730。

　　黃峨幼習詩書，又工詩、詞、曲，在文壇歷來享有美譽，明萬曆年間，楊禹聲讀她的詞曲認爲「夫人才情甚富，不讓易安、淑貞」。疑爲託名明代大文學家徐渭得黃峨詞曲讀之，亦認爲「旨趣閒雅，風致翩翩」自愧弗如，還稱夫婦倆：一個「著述甲士林」，一個「才藝冠女班」〔註14〕。夫婿楊愼也稱讚黃峨「道韞家聲」、「還思道韞才」〔註15〕，以才女譽之。楊愼、黃峨這一對文藝夫妻，在當時文壇享有盛名，他們的唱和詩傳遍海內，頗爲時人稱賞。在中國文學史上，夫婦都具有文學才華的，有漢代司馬相如和卓文君，宋代的趙明誠和李清照，元代的趙孟頫和管道昇，楊愼和黃峨的結合成了一段文壇佳話。

　　楊愼、黃峨與前代文學佳偶不同之處，在於他們有許多文學上的互動，而且這些作品都付梓出版，寄詩、和詩、書信往返。黃峨流傳至今的十首詩作中，有五首是寫給丈夫楊愼的，分別是：〈寄夫〉（又名〈寄外〉）、〈寄升庵〉（才經賞月時）、〈寄升庵〉（懶把音書寄日邊）、〈寄升庵〉（丈夫本是四方客）、〈寄升庵〉（聞道滇南花草鮮）等，曲作如〈羅江怨〉四首。而楊愼寄贈黃峨的作品有：〈黃鶯兒〉三首、〈江陵別內〉、〈春雪寄內〉〈贈內〉、〈青蛉行二首〉（寄內）等五首詩歌，〈臨江仙·戌雲南江陵別內〉、〈沁園春·壽內〉、〈千秋歲·壬寅新正二日壽別內〉等三篇詞作，共有十一篇〔註16〕。他們互動的文

<hr>

〔註14〕參見楊禹聲〈楊夫人樂府詞餘序〉、徐渭〈洋升庵先生樂府序〉，收於王文才《楊愼詞曲集》附錄《楊夫人詞曲》（四川人民出版社，1984），頁3。

〔註15〕參見楊愼〈沁園春·壽內〉「勸汝一杯，關山迢遞，我馬崔隤。想玉堂金馬，曾同富貴，竹籬茅舍，也共塵埃。事過眼前，老來頭上，卿不見吾髮白哉。故園好，彩衣稱壽，何日同回？天涯勸我寬懷，欠酒債拔卿金崔釵。笑孔肩薄首，夫人書法，嵇心羊體，仙子琴才。道韞家聲，黔妻夫婿，此怨休將造化埋。六如說，打開夢幻，新拜如來。」見《升庵長短句》，《楊升庵叢書》，第4冊，頁425；楊愼〈春雪寄內〉「春陰郁未開，春雪犯寒來。點綴過花徑，飄揚度玉台。望迷河畔草，歌落隴頭梅。並起因風興，還思道韞才。」見《升庵文集》，《楊升庵叢書》，第3冊，卷19，頁340。

〔註16〕楊愼寫給黃峨作品，在當時流傳甚廣，且多寓遠別之情：〈江陵別內〉「同泛洞庭波，獨上西陵渡，孤棹溯寒流，天涯歲將暮。此際話離情，羈心忽自驚，佳期在何許，別恨轉難平。蕭條滇海曲，相思隔寒煥，蕙風悲搖心，蔄露愁沾足。山高瘴癘多，鴻雁少經過，故園千萬里，夜夜夢煙蘿。」見《升庵文集》，收於《楊升庵叢書》，第3冊，16卷，頁283；〈臨江仙·戌雲南江陵別內〉：「楚塞巴山橫渡口，行人莫上江樓。征驂去櫂兩悠悠，相看臨遠水，獨自上孤舟。卻羨多情沙上鳥，雙飛雙宿沙洲，今宵明月爲誰留。團團清影好，偏照別愁。」見《升庵長短句》，《楊升庵叢書》，第4冊，卷1，頁413；〈青蛉行二首寄內〉「青蛉絕塞怨離居，金雁橋頭幾歲除。易求海上瓊枝樹，難得閨中錦字書。」「燕子伯勞相對眠，牽牛織女別經年。珊瑚寶樹生海底，明星

學作品在數量、質量上超越前人，而且都付梓出版，在出版文化上，塑造了一個文學佳偶的形象，具有文學史上的開拓意義。晚明以後，隨著婦女識字率、文學教育逐漸普及，閨閣才女遽增，像楊慎、黃峨這樣的文藝夫妻漸漸形成風氣：如晚明沈宜修與葉紹袁、商景蘭與祁彪佳、錢謙益和柳如是、清朝康熙時的徐德音與許迎年、乾隆時的錢孟鈿與崔龍見、乾嘉時的徐佩蘭與孫原湘、道光時汪端與陳裴之、道咸時的袁華與楊伯潤、咸光時的左錫嘉與曾詠、光緒時的包蘭瑛與朱兆蓉等〔註17〕。夫妻同為文壇聞人的結構，妻因夫得以傳播其文學作品，夫因妻得以傳播文學聲譽，增益自己在文壇的正面形象，兩者相得益彰，兼可得傳播之效。楊慎黃峨的合集《楊升庵夫婦散曲》可說是夫妻合集的第一本著作，因此，楊慎和黃峨可以說是開文藝夫婦風氣之先。

兩人既為夫婦，黃峨的生命史與夫君恆久輆葛，楊慎的遷謫雲南，造成黃峨的悲劇人生。因楊慎貶謫滇地的遭遇，與黃峨不得不以膠漆之心置胡越之身，牽攣乖隔，長久不得相見為人生一大悲劇，「離愁相思」成為黃峨作品的基調，如被收在《列朝詩集》中的三首詩皆為抒發離愁之作〔註18〕。在明代讀者心目中，楊慎是一位多情郎君，他時常寄上情詩、情詞給原在四川老家的才女夫人黃峨，路遙情長，互寄情詩以通衷懷，這樣的形象對明代讀者來說，極具吸引力〔註19〕。因此，楊慎與黃峨之書信往來，文藝夫妻的情書，滿足讀者的窺視慾，後來被編成出版品〔註20〕。黃峨與楊慎的夫妻情深緣慳

白石在天邊。」見《升庵文集》，收於《楊升庵叢書》，第3冊，卷12，頁237。

〔註17〕 參見姚蓉：〈楊慎、黃峨夫妻往還之作考論〉（《中南大學學報》（社會科學版）2013年6月，第19卷第3期），頁140～144。文中也指出黃峨是明代著名散曲作家，但她的作品與楊慎混淆的現象十分嚴重，甚至還滲入了元雜劇及一些來歷不明的作品，故作品數量難以確定。任半塘先生編《楊升庵夫婦散曲》，錄黃峨套數5套，小令63首（其中重頭52首），今人一般據此來認定黃峨散曲。

〔註18〕 如〈絕句〉「才經賞月時，又度菊花期。歲月東流水，人生遠別離」；〈寄升庵調黃鶯兒〉「晴雨釀春寒，見繁花樹樹，殘泥塗滿眼。登臨倦，江流幾灣？雪山幾盤？天涯極目空腸斷，寄書難無情，征雁飛不到滇南。」見錢謙益撰集，許逸民、林淑敏點校：《列朝詩集·閏集》，12冊，第4，頁6490～6491。

〔註19〕 孫康宜：〈中晚明文學之交文學新探〉，《孫康宜自選集：古典文學的現代觀》（上海：上海譯文出版社，2013），頁115。

〔註20〕 楊玉成：「十七世紀書信選集所以大行其道就建立在私人和公開的雙重性上，這種體裁既滿足作者個體意識和市民的讀者的窺視欲，也搭上當時新興傳播及進代的社會意識，絕妙的扮演著文化變遷時期的過渡角色」參見氏著：〈小眾讀者：康熙時期的文學傳播與文學批評〉，收於《中國文哲研究集刊》（南港：中研院文哲所，2001年9月），第19期，頁61。

一直非常戲劇性，從貶謫途中黃峨的沿路泣送以致昏厥，相隔千里的苦憂愁思，一直到楊慎死後徒步奔喪，黃峨至瀘州遇柩。仿劉令嫻〈祭夫文〉〔註21〕自作哀章，哀禮備至，都成爲時人關注的「新聞」。而黃娥和楊慎後來也成爲小說的題材，值得注意的是，他們在稍晚的馮夢龍文言傳奇《情史》中，竟成爲至情者之典範〔註22〕，馮夢龍這樣描述黃峨：

> 黃氏，四川遂寧人，尚書黃珂女，爲狀元楊慎妻。慎以大禮事謫金
> 齒，黃作詩寄云：「雁飛曾不到衡陽，錦字何由寄永昌。三春花柳妾
> 薄命，六詔風煙君斷腸。曰歸曰歸愁歲暮，其雨其雨怨朝陽。相聞
> 空有刀環約，何日金雞下夜郎？」〔註23〕

馮夢龍寫楊慎遠謫，夫婦相逢無期，愁苦悲鬱的相思離愁。楊慎夫婦的故事形成一種浪漫情愛的文化想像／虛構，以當代人事蹟入題，頗類於時事小說〔註24〕。兩人的愛情故事無意爲之抑或有意建構，本身已涉及聲名傳播。而兩人浪漫纏綿的戀人絮語變成公領域的竊竊私語，滿足讀者的窺視慾，涉及公／私領域的相關議題〔註25〕，由此亦可嗅出商業文化下讀者的品味及一窺當時

〔註21〕〔南朝梁〕〈劉令嫻祭夫徐敬業文〉在中國祭文史上具有重大影響，爲作夫婿祭文第一人。

〔註22〕孫康宜：〈中晚明之交文學新探〉，收於氏著：《古典文學的現代觀：孫康宜自選集》，頁112～135。

〔註23〕〈情跡類‧楊狀元妻〉，收於〔明〕馮夢龍評輯，周方、胡慧斌校點：《情史》（江蘇：江蘇古籍出版社，1993），卷24，頁938

〔註24〕明代有相當多的時事劇和時事小說，時事劇在明代中葉以後大放奇葩「傳時事的戲劇作品，從金、元以後，偶而出現，明代中葉以後遂興。《遠山堂曲品》中，收崑腔傳奇四百二十種，其中傳時事和當代題材的劇，本約占十分之一。雖然只占十分之一，卻遠過前代。」參見高美華：《明代時事新劇》，國立政治大學中國文學研究所博士論文，1990年。

〔註25〕「盛行於社會上的小說與戲劇，也多有以時事爲本者，這類時事小說、時事劇將某些社會事件情節化，廣泛地傳播給一般社會大眾。而且，這些信息形式更與當時社會發達的出版機制相配合，以至於發展成爲具有相當穩定性的『傳播媒體』」（頁135）「信息的傳播在現實社會生活中提供一種「參觀」——參與、觀看——效果，它將特定的事件轉化爲『新聞』，而『個別事件』，一旦成爲『社會新聞』就表示它已經由其既有的特定場域移置於另一個公開的場域，成爲社會大眾觀看、評論的對象。」（頁136）「戲劇除作一般娛樂外，其傳播功能也具有重大的社會意義。也因此，我們可以在功過格中看到相關的規範，歷如袾宏的《自知錄》中說『做造野史小說戲文歌曲誣污善良者，一事爲二十過』這更顯示利用小說、戲曲來進行傳播工作已成爲一種相當普遍的社會風氣了」（頁141）而楊慎生命史中幾個展演性很強的「重大事件」亦可從此觀點探討。參見王鴻泰：〈社會的想像和想像的社會——明清的信息

的出版景觀。

二、黃峨作品的傳播與明清婦女文學概況

楊慎平生刊刻著作眾多，關於詞曲文學作品部分，主要有嘉靖十九年（1540）刊刻的詞七卷（續刻於嘉靖二十二年〔1543〕），嘉靖三十年（1551）所刻的詞曲集。然而，黃娥的文學作品生前卻未刊刻過，有趣的是，黃氏卒後次年（1570），由一位無名氏書商編輯的《楊狀元妻詩集》一卷突然刊行。此後，黃峨作品在各地陸續被發現，數量持續增加。諸多明代詩人小傳列及黃峨，但僅止於簡單評述，如《明詩人小傳稿・楊夫人條》云「氏，楊慎妾，詞曲五卷。」〔註26〕黃峨為楊慎繼妻，此資料似誤。萬曆三十六年（1608），大型詞曲合集《楊升庵夫婦樂府詞餘》刊行，其中很多散曲被稱是黃娥的作品，包括一些艷曲及調笑之作，殊為引人注目。此本卷首有一短序，疑似託名徐渭（1521～1593）所撰。每一本偽書都有一個傳奇的故事，該書編者楊禹聲自稱，楊夫人詞餘原無刻本，僅有其「手錄」，「藏之帳中十五年矣」，後來他決定「謀而梓之，以公諸賞音者」，並稱讚黃峨散曲「整麗有法，韻調俱協，大有元人風格之妙」〔註27〕，顯示此出版品的稀罕和珍貴性。值得注意的是，《楊升庵夫婦樂府詞餘》和《楊狀元妻詩集》中被刊名為黃娥的作品有好些與楊慎風格相近或雷同，可以推測是託名之作，黃娥儼然是一個被建構出來的才女。而有趣的是，為什麼當時書賈樂於出版該類女性作品？是女性作家／作品成為出版市場新寵兒？抑或滿足了當時讀者獵奇／艷的閱讀心態？明中葉以後作者、出版者、讀者對女性文學的興趣逐漸高昂，成為值得探討的議題，本文將以黃峨作為一討論個案，以一窺其中。

從現有的材料看，明代嘉靖以前刊刻女子文集甚少。有的僅以鈔本流傳，如徐禎卿（1479～1511）《異林》雖收集少數孟淑卿詩文，但感慨「零落已多」。

傳播與「公眾社會」），收於陳平原、王德威、商偉編《晚明與晚清：歷史傳承與文化創新》（武漢：湖北教育出版社，2002）。又有關公、私領域的概念可以參看〔德〕哈伯馬斯（Jurgen Habermas）著，曹衛東等譯：《公共領域的結構轉型》（北京：學林，1998）及尤根・哈貝馬斯（Jurgen Habermas）著，曹衛東譯，汪暉、陳燕谷主編：《文化與公共性》（北京：三聯書局，1998）。

〔註26〕 參見〔清〕潘介社纂輯，國立中央圖書館特藏組編輯：《明詩人小傳稿》（台北：國立中央圖書館，1986），頁 419。

〔註27〕 楊禹聲《楊夫人樂府詞餘引》，錄自王文才輯校《楊慎詞曲集》，（四川人民出版社，1984）的《楊夫人詞曲》，第 391 頁。

其他少數女作家作品大都附於家中男性文集後，如屈淑遺詩附其夫《韓五泉參議全集》後，黃峨詩詞附《升庵集》後；楊文儷詩附其夫孫昇《文恪集》後等。值得注意的是，女性文學的推廣發端，似乎總是和她們的男性親屬脫離不了關係，就像鍾惺《名媛詩歸》就這樣介紹黃峨「黃氏：四川遂寧人，工部尚書黃珂之女，適楊慎，慎讁金齒，故黃氏所作詩，名曰楊狀元妻詩。」女性文人的出場，總是有男性的掛名，這種情形一直延續，儘管後來女性文學越來越興盛，閨秀才人似乎無法脫離男性親族而獨立存在。

嘉靖以後，婦女作品的搜集出版漸趨活躍。如元代吳人鄭允端《蕭雝集》，到嘉靖中由其五世孫刻之，天臺潘碧天存稿也在嘉靖年刻出。到隆慶、萬曆間，明代女詩人集大致被整理刊刻一遍，特別是錫山俞憲因編《盛明百家詩前集》、《續集》亦對女子文集搜羅刊行。如《前集》對王淑卿、朱敬庵、鄒賽貞等十六家做了整理，《續集》則收錄馬閑卿、黃峨、潘碧天等。晚明萬曆以後女性文學變得極為興盛。季嫻〈閨閣集選例〉說：「自景德以後，風雅一道浸遍閨閣，至萬曆而盛矣，啓禎以來，繼而不絕」〔註28〕。

晚明隨著出版業的繁榮，以及婦女識字能力的增長，不斷發行的各種女性文本成為極受歡迎的熱門讀物，因此，晚明男性文人開始編選大量的女性選集〔註29〕，如鍾惺（1574～1625）《名媛詩歸》、錢謙益《列朝詩集》的《閏集・香奩》、馬嘉松《花鏡雋聲》、郭煒《古今女詩》、張夢徵《青樓韻語》、鄧志謨《丰韻情詞》、張琦、王輝《吳騷二集》、江元祚《續玉臺文苑》、酈琥《會仙女史》、周之標《蘭咳七才子初集》、鄒漪《詩媛名家紅蕉集》、冒愈昌《秦淮四美人詩》、徐士俊《內家吟》、諸朗《同秋集》、徐震《女才子書》、《稗海侍兒錄》、《名媛今詩》、《最娛情》、季嫻《閨秀集》〔註30〕等。其後更出現

〔註28〕　俞士玲：〈論明代中後期女性文學的興起和發展〉，張宏生編：《明清文學與性別研究》（南京：江蘇古籍出版社，2002），頁 172。

〔註29〕　孫康宜：「明清才女作品的大量出版不但反映出婦女創作的繁榮，而且也直接促使她更加繁榮。無論如何，女性文本（texts）已在當時成了普遍的熱門讀物。最有趣的是：這些流芳一時的女性文本的整理、出版及傳播，主要是明清男性文人的貢獻。」參見氏著：《古典與現代的女性闡釋》（台北：聯合文學出版社，1998），頁 72～73。

〔註30〕　其他相關明人纂輯的女子詩總集，還有《詩女史》、《淑秀總集》、《名媛璣囊》、《古今名媛匯詩》、《古今青樓選》、《花鏡雋生》、《古今女詩選》、《秦淮美人詩四集》、《女中七才子蘭咳集》，參見陳寶良：《中國婦女通史・明代卷》（杭州：杭州出版社，2010），頁 622。

女性編選的女性選集，沈宜修（1590～1635）《伊人思》是第一部明代婦女選本朝婦女詩文集，沈宜修因梓集女兒刻集而追想天下奩香彤管不彰，發願「博搜海內未行者，暇時，手裒輯之。」〔註31〕其後有方維儀（1585～1668）《宮閨詩史》、《宮閨文史》，柳如是（1618～1664）參與編輯的《列朝詩集》《閨集·香奩》部分，王端淑（1621～1706）《名媛詩緯》、《名媛文緯》。然就嘉靖以前的文壇來說，出版付梓于嘉靖年間的黃峨作品集及夫婦合集的《楊升庵夫婦散曲》可以說是當時規模較大，傳播較廣、盛的女性文集，可視爲晚明繁盛女性選集先驅，其內容樣貌，編選策略、動機，以及形成的閱讀、傳播效應，成爲值得探討的議題。

　　萬曆間丹陽楊禹聲刻夫人《樂府詞餘》五卷，「蘇門伯子爲言夫人才情甚富，不讓易安、淑眞，詩藁逸不存」。〔註32〕託名徐渭之文稱其「才情甚富，不讓易安，旨趣閑雅，風致翩翩。」〔註33〕黃峨才情頗高，被認爲和古代女性文人並駕齊驅，將黃峨納入女性文學傑出譜系中。錢謙益《列朝詩集小傳》提及黃峨「詩不多作，亦不存稿，雖子弟不得見也」〔註34〕，俞憲選黃峨詩三首、曲一闋，輯入《盛明百家詩續集》，亦云：「正德辛未榜首升庵楊公愼，予嘗刻其詩。此亦知其配黃氏能詩，然僅得于傳聞，無集本也。邇來廣爲搜拾，因得昆山張文學鈔稿所載，并入後編名曰《楊狀元詩集》。」〔註35〕他們都不約而同強調黃峨作品得來不易，顯示此出版品的稀罕和珍貴性，也顯示女性文本選集鈔本秘傳、道聽途說的小眾傳播特色〔註36〕。小眾傳播雖然增

〔註31〕 參見葉紹袁〈伊人思跋語〉，《午夢堂集·跋語》（上海：上海古籍，2010），頁356。書中「校勘記」云：「此跋原排於《午夢堂全集》卷首之第三篇，今據其內容編入《返生香》卷後爲誤。依內容當編入《伊人思》卷後。」《伊人思》的特點是特別重視對母女、姊妹詩人的著錄，反映了明代婦女文學的家族化傾向。參見俞士玲：〈論明代中後期女性文學的興起和發展〉，收於張宏生編：《明清文學與性別研究》，頁177。
〔註32〕 參見胡文楷編著、張宏生等增訂：《歷代婦女著作考》（上海：上海古籍出版社，2008），頁179。
〔註33〕 參見李朝正、李義清：《巴蜀歷代名媛著作考要》（成都：巴蜀書社，1997），頁52。
〔註34〕 參見錢謙益：〈楊安人黃氏〉，收於《列朝詩集小傳·閨集》，頁730。
〔註35〕 參見胡文楷編著、張宏生等增訂：《歷代婦女著作考》，頁178。
〔註36〕 參見楊玉成：〈纂就散絲盈絡緯：王端淑《名媛詩緯》的文學視域〉，頁9～11。發表於成大中文系主辦，中國文學系紀念蘇雪林教授暨創立五十週年學術研討會，頁1～52。（國科會計畫 NSC95-2411-H-260-010-）

加編輯的困難，但同時也強調作品的私密性、稀有性，形成一種珍貴的閱讀魅力，就如高彥頤所說「就出版商及讀者而言，遍尋塵封檔案與手稿徵集，都帶有一種偷窺癖的味道。」〔註37〕而這種偷窺感受、稀有性的營造也造成閱讀的好奇心態及趣味性，當然也帶有男性觀看的權力意識。

有趣的是，男性文人在面對有才人時，往往產生比較、競爭心理，託名爲徐渭的〈楊夫人樂府詞餘序〉感嘆地說：

> 余童年知文，即慕古文詞。迨長而遇蹇，益疏縱不爲儒縛。或寓筆詞劇，以發塊磊不平，於是有〈四聲猿〉之作。方自負未獲鍾期之知，乃於友笥得楊升庵夫人詞，讀之，旨趣閒雅，風致翩翩，填詞用韻，天然合律，予爲之左遜焉。夫以升庵之通博，著述甲士林，而又得賢媛，才冠女班，何修而臻此。迺升庵公刊之化與？因深愧余婦之憨戇者。〔註38〕

文中借徐渭之口，自言本來因善於寓筆詞劇，以發胸中不平塊磊之氣，發揮於《四聲猿》的創作而感到自豪。然而讀了楊夫人的詞作之後，卻認爲在旨趣、風致、用韻等內容方面，自嘆弗如（予爲之左遜）。值得注意的是，僞託徐渭之名的序，可能是出於書商或男性文人，言「因深愧余婦之憨戇者」，「憨戇」指女人的樸拙無文，此則言連樸拙無文之婦人，都無法比得上，在稱譽之餘亦隱約透露性別的偏見。然而這種樸拙無華的刻板印象發展至晚明，翻轉成正面評價，成爲稱譽女性作品常用的評語。女性大多禁錮於閨閣的世界，一般被認爲是較不受世俗染污的，相傳鍾惺的《明媛詩歸》就常用「清」，一種未經染污的清澄，來評價女性詩作，他認爲「夫詩之道，亦多端矣，而吾必取於清。向嘗序友夏《簡遠堂集》曰：『詩，清物也，其體好逸，勞則否；其地喜淨，穢則否；其境取幽，雜則否。』然之數者未有克勝女子者也。蓋女子不習軸僕輿之務，縟苔芳樹。養緼薰香。與爲恬雅。……衾枕間有鄉縣，夢魂間有關塞，惟清故也。清則慧……今人工於格套，丐人殘膏，清麗一道，頻弁失之，繡衣反得之。」〔註39〕而這種「清」、「單純」的詩人特質，後來

〔註37〕高彥頤、李志生：《閨塾師：明末清初江南才女文化》（南京：江蘇人民出版社，2004），頁 66〜67。

〔註38〕參見胡文楷編著、張宏生等增訂：《歷代婦女著作考》，頁 180。

〔註39〕鍾惺：〈名媛詩歸序〉，見《名媛詩歸》，《四庫全書存目叢書·集部》（周文歸據清華大學圖書館藏明崇禎刻本影印）（台南：莊嚴文化，1997），第 339 冊，頁 2〜4。

成爲明清男性文人品評女性作品的傳統〔註40〕。

　　楊慎的遠謫悲劇，造成兩人遠隔相思，黃峨的〈寄外〉詩，獲得許多男性文人的青睞：

　　　雁飛曾不到衡陽，錦字何由寄永昌？三春花柳妾薄命，自矜自憐，情性堪憐，六詔風煙君斷腸。曰歸曰歸愁歲暮，其雨其雨忽朝陽。相聞空有刀環約，何日金雞下夜郎。〔註41〕

這首七律是黃峨在四川寄給被貶謫在雲南永昌的丈夫的，首聯以飛雁起興，寫雙方乖隔，音訊全無，以蘇蕙織錦的典故，表達自己的相思情深。領聯以暮春即將凋零之花柳，比況自己孤苦無依的命運，以寄身異域、滿目風雲書寫丈夫觸目傷情的處境。頸聯化用《詩經》，上句言丈夫歲暮懷鄉，欲歸無期；下句言自己等待日復一日，終究失望。尾聯以盼望丈夫得到赦罪，寄託夫妻重逢團聚的希望。鍾惺《名媛詩歸》收錄這一首感人肺腑的寄夫詩作，對於黃峨的坎坷遭遇自述，認爲是「自矜自憐，情性堪憐」，深表同情。

　　時人經常拿楊慎與黃峨並列，楊慎遠謫滇地，黃峨作〈黃鶯兒〉樂府數首以訴相思之情，這組作品得到廣大迴響，深受讀者喜愛，被收錄在王端淑的《名媛詩緯》中：

　　　積雨釀輕寒，看繁花樹殘。泥途滿眼登臨倦，雲山幾盤，江流幾灣，天涯極目空腸斷。寄書難，無情征雁，飛不到滇南。〔註42〕

黃峨在曲中書寫纏綿悱惻的相思之苦，王世貞在《藝苑卮言》曾這樣評價兩人：「用修婦亦有才情，楊久戍滇，婦寄一律。又《黃鶯兒》一詞，楊別和三

〔註40〕　孫康宜說：「另外一個比較富有創新性的策略，確是明清文人的一大發明：那就是強調女性是最富有詩人氣質的性別，因爲他們認爲女性本身具有一種男性文人日漸缺乏的『清』的特質。」見〈性別與經典論：從明清文人的女性觀說起〉，收入吳燕娜編：《中國婦女與文學論集》（台北：稻香出版社，2001），第2集，頁140。及「例如明末的鍾惺在其《名媛詩歸》曾把閨秀詩歌的品質和婦女創作的特徵作爲他的詩歌的理兩模式，而且在一定程度上道出婦女詩詞『清』的本質：由於缺乏吟詩屬文的嚴格訓練，反而保持詩的感性；由於在現實生活領域中的侷限性，反而有更豐富的想像；被隔離的處境反而造成了她們在精神上的單純、純淨。這一切都使她們更能接近『真』的境界。」參見氏著：《古典與現代的女性闡釋》，頁83。

〔註41〕　鍾惺：《名媛詩歸》，收於《四庫全書存目叢書‧集部》（周文歸據清華大學圖書館藏明崇禎刻本影印）（台南：莊嚴文化，1997），第339冊，卷27，頁305。

〔註42〕　黃峨：〈黃鶯兒苦雨〉、〈鶯兒春思〉，參見王端淑《名媛詩緯初編‧雅集》，卷37，頁1492～1497。

詞，俱不能勝」〔註43〕；錢謙益在《列朝詩集》中也曾表示：「寄用修長句及
小詞，爲藝林傳誦，而用修詩亦云：『易求海上瓊枝樹，難得閨中錦字書。』
讀者傷之。王元美云：『用修有詩答婦，又別和三詞，皆不及也』。」〔註44〕
他們認爲楊愼遠貶滇地，兩人牽攣乖隔，黃峨寄長句、小詞以抒相思慘惻之
情，楊愼回應妻作的詩作，甚至比不上黃峨所作。顧起綸也認爲黃峨才情可
作爲男性文人學習仿效對象，「余見南中少年，多習孺人所爲小令，〈黃鶯兒〉
非只一闋，蓋當時相沿稱楊夫人才情久矣。」〔註45〕一味的競爭比較，或許
來自於男性文人根深蒂固地認爲女人作品一向不足爲觀，而出色的女文學家
作品，才如此令人大爲驚奇。進一步來說，也可以發現男人的作品自來就被
視爲一種典範，可以作爲競賽的標準，這些文學現象都隱含幽微的貶抑心態
和性別偏見。

　　黃峨著作，在明末已有《楊夫人詞曲》五卷，託名徐文長重訂，篇章多
和楊愼的《陶情樂府》彼此復見，混淆難辨。此書大概出於明末商賈之手，
假名文長，以利傳播〔註46〕。目前所見黃峨的著作，除了少數選集、評論集
外，大概僅存《楊升庵夫婦散曲》，該書分爲幾部分：楊愼所著有《陶情樂府》、
《陶情樂府續集》、《升庵樂府補遺》及楊愼與友人和作《玲瓏倡和》，其中收
錄黃峨所著《楊夫人樂府》三卷。其中「楊夫人樂府」自來疑義頗多，任二
北〈楊升庵夫婦散曲弁言〉說：「夫人集爲《楊升庵夫人詞曲》五卷，有套數
八、重頭百三十四、小令廿六。就中套數三、重頭八十二、小令十五，複見
於《陶情樂府》，而另有套數二、重頭十七、小令三，據明人選本亦屬升庵。
所餘者不過套數三、重頭三十五、小令八而已，即此所餘，仍未必皆屬夫人。
蓋其書支離雜亂，必出明季坊賈之手。」〔註47〕因此，不管是男性文人的獎
掖傳播或書賈爲牟利使然，不管是原創或出於僞作，黃峨的著作在明清女性
文學中都具重要開創意義。而探察該書的傳播，可以發現男性文人微妙的競
爭、比較心理，以及傳播過程中對女性作品強調稀有性、珍貴性，以引起閱
讀動能，創造女性出版品價值的有趣心態。

〔註43〕 參見胡文楷編著、張宏生等增訂：《歷代婦女著作考》，頁179。
〔註44〕 參見錢謙益：〈楊安人黃氏〉，收於《列朝詩集小傳・閏集》，頁730。
〔註45〕 參見顧起綸《國雅品》，收於丁福保《歷代詩話續編》，下冊，頁1126。
〔註46〕 譚正璧：《中國女性文學史》（天津：百花文藝出版社，1991），頁300。
〔註47〕 〔明〕楊愼、黃峨撰，金毅點校：《楊升庵夫婦散曲》（上海：上海古籍出版
　　　　社，1985），頁5。

三、原創乎？僞作乎？黃峨作品初探

散曲具有戲劇性和表演色彩，古典女作家中創作散曲者爲數甚少〔註48〕，黃峨集中卻出現許多散曲作品，不論眞僞與否，可說是非常特殊的現象。楊慎與黃峨這對才子佳人的婚姻生活聚少離多，除了短暫的初婚甜蜜時光，和陪伴丈夫在滇南流離的三年時光，黃峨幾乎獨居四十餘年，期間備嘗離別的辛酸和悲苦。探究黃峨曲集可以發現當中有許多黃峨抒發離愁悲緒之作：

〔南呂〕【一枝花】好恩情花上花，都翻成夢中夢，隔春水渡旁渡，勝蓬萊東復東。江鱗塞鴻，誰把殷勤送；雌蝶雄蜂，空堆愁悶叢。【梁州】蓬鬆了雛鴉鬢，憊損了團鳳眉峰；塵埋了舞鸞腰帶，冷落了瑞鴨薰籠。想當初拈玉纖秋千夜月，片時間軟金杯桃李春風，到如今勾紅淚秋雨梧桐。沖沖，匆匆。合歡調改做了淒涼弄，點潘郎翠葆如蓬。眞個是千重別恨調琴倦，一寸相思攬鏡慵。【尾】有一日閒衾剩枕和他共，解嬌羞錦蒙，啓溫柔玉封，說不盡裊娜風流千萬種。〔註49〕

記相逢月地雲階，剩枕閒衾，擘鈿分釵。半點芳心，三生薄倖，一寸離懷。立秋千風吹繡帶，倚闌干露濕羅鞋。人去愁來，信阻音乖。淹了藍橋，早了陽臺。

記相隨并枕同衾，愁也同禁，病也同禁。翠袖雕鞍，寒冰凍雪，遠冰遙岑。好時光歡娛未穩，惡姻緣憔悴如今。感嘆沈吟，舊約休尋。抹殺了交頸鴛鴦，再休提一刻千金。

記風流窈窕知心，花底垂頭，石上磨簪。花朵兒身描，月芽兒眉細，柳眼兒情深。竹枝兒扭斷了誰憐瘦損，桃瓣兒擘破了人在中心。鸞鳳離林，鴉雀相侵。不爭他蝶鬧蜂喧，都祇因雁落魚沈。〔註50〕

這些作品的詞情、文采較接近女性口吻，據考證可信度較高〔註51〕，可看出黃峨才華之高。丈夫的遠謫是黃峨一生最大的傷痛，所以黃峨的散曲經常出現遠人的相思之作。

〔註48〕 古代女作家寫作散曲者，大約不到十人，參見華瑋編：《明清婦女戲曲集》（臺北：中研院文哲所，2003）。
〔註49〕 黃峨〈無題〉，《楊升庵夫婦散曲·楊夫人樂府》，卷1，頁94。
〔註50〕 黃峨〈折桂令〉，《楊升庵夫婦散曲·楊夫人樂府》，卷1，頁107。
〔註51〕 參見姚蓉：〈楊慎、黃峨夫妻往還之作考論〉，頁142。

楊愼是明中期的散曲名家，而黃峨疑似被建構出來女作家，有趣的是，《楊升庵夫婦散曲》中有一些楊愼倣黃峨口吻之作：

> 春到後，正三五銀蟾乍圓。深院裏誰家吹玉管，紫姑香火，聽一叢士女聲喧。欲擲金錢暗卜歡，爭奈歸期難算。遠如天，眞個是斷腸千里風煙。
>
> 【前腔】海棠經雨，梨花禁煙，買春愁滿地榆錢。雪絮成團簾不捲，日長時楊柳三眠。樓高望遠，空目斷平蕪如剪。【黃鶯兒】晴日破朝寒，看春光到牡丹，閑將往事尋思遍。玉砌雕闌，翠袖花鈿，一場春夢從頭換。惡姻緣，雲收雨散，不見錦書傳。【前腔】鶯語巧如弦，趁和風度枕函，聲聲似把愁人喚。衷腸幾般，夢魂那邊，一春憔悴誰相伴。【琥珀貓兒墜】紅稀綠暗，最是惱人天。恰正是一片春心怯杜鵑，又那堪千重別恨調琴懶。（合）慘對，對天涯萬里，落日山川。
>
> 【前腔】水流花謝，春事竟茫然。都衹因春帶愁來到客邊，怎奈春歸愁不與同還（合前）。【尾】九十春光虛過眼，人憔悴慵將鏡看，且到金尊花前學少年。〔註52〕

這首〈無題・題客中春思〉據《楊升庵夫婦散曲》編者金毅考證爲楊愼作，顯然是擬黃峨口吻，集中其他如〈憶別・題惜別〉、〈一半兒・風情〉、〈柳搖金〉、〈駐馬聽・怨別〉等也都是類似的擬作。楊愼化身爲黃峨的創作動機，除了滿足自己擬陰書寫的喜好外，顯然是爲了增加黃峨作品的精彩度、可看性，或者爲補其不足之處。集中還有些作品是前代著名詞家的作品：

> 比及客散畫堂中，不提防人約黃昏後。這花啊不比泛常牆花路柳，這場事怎肯癡心兒乾索休。引惹得人強風情酒病花愁，掃愁帚強如捧箕手。者麼的頭鬢上霜華漸稠，衫袖上酒痕依舊，會風流到老也風流。〔註53〕

這一首充滿庶民風情的散套是元代大名鼎鼎的曲家喬吉的作品，整首曲子完全以男性口吻言說，這樣的僞作實在很容易被識破。這些魚目混珠的僞作，不論是楊愼擬作或摻雜名家之作，無非是爲了要增添女性文集的份量和精彩度。眾多的僞作、擬作，來路不明的無名氏之作，被冠上黃峨的名字，某種

〔註52〕〈無題——題客中春思〉，收於《楊升庵夫婦散曲・楊夫人樂府》，卷1，頁92。

〔註53〕〈維揚風月・尾聲〉，見《楊升庵夫婦散曲・楊夫人樂府》，卷1，頁104。

程度上，黃峨似乎是被建構出來的才女。閨秀詩的傳播往往需要透過男性文人做爲橋樑，而男性文人爲女詩人刊刻文集，作品一經出版，便升級爲公共領域的一部分，一方面有獎掖女性文學的正面意義，一方面也想要以女性文人的稀有、珍貴性增加文集的傳播力量，就楊慎來說，文藝夫妻的夫唱婦隨，也有助於其聲譽傳播。

經由黃峨著作的文學傳播探析，可以觀察男性文人傳播閨秀文學的過程中，一方面對於女人的作品似乎不甚信任，懷疑女性作品的文學性、可讀性，紛紛加以填補增添，又爲了。然從另一方面來說，不管是假托婦女之名或補充增色，這些男性「好事者」的加工、僞作，都在在印證女性文學選集吸引讀者目光，具有市場價值。

四、閱讀／建構豔情

《楊夫人樂府》有別於其他女性文集，最大的特色在於其作品大膽直率，毫不掩飾的情色展演。然有許多作品可能出於僞作，也就是男人擬女人口吻、情感書寫而成，形成有趣的現象。黃峨爲楊慎繼室，兩人感情甚佳，馮夢龍《情史》中稱楊慎爲「情豪」，並將黃峨事蹟置於「情跡類」〔註54〕，兩人成爲至情典範，《楊夫人樂府》中有許多兩人甜蜜婚姻的生活圖景：

> 疊雲香羅，窄窄弓弓玉一窩。鳳嘴穿花破，龍腦濃薰過。嗏，落浦
> 去凌波。笑殺齊奴，枉把香塵涴，掌上擎來暖氣呵。
> 戲蕊含蓮，一點靈犀夜不眠。雞吐花冠豔，蜂抱花鬚顫。嗏！玉軟
> 又香甜。神水華池，祇許神仙佔，夜夜栽培火裏蓮。〔註55〕

這首書寫婚姻生活中的「玉軟香甜」，呈現閨房調情圖景，末句雖用象徵方式呈現，然頗有情慾暗示意味，十分佚蕩香麗。有時《楊夫人樂府》中也具體道出他們的閨房之趣：

> 覷著一個俏生員，伴著一個女嬋娟。吟幾首詠月情詩，寫幾幅錦字
> 花箋。團弄得香嬌玉軟，溫存出疼惜輕憐。〔註56〕

這一首描寫夫婦兩在閨房中吟詠情詩，繪寫錦字花箋，顯然是文人夫妻的另類調情。曲中稱楊慎爲「俏生員」，自稱「女嬋娟」，男的俊俏多才，女的婀

〔註54〕 參見馮夢龍評輯，周方、胡慧斌校點：《情史》（江蘇：江蘇古籍出版社，1993）。
　　　　〈情豪類・楊慎〉，卷5，頁188；〈情跡類・楊狀元妻〉，卷24，頁938。
〔註55〕 〈駐雲飛〉，《楊升庵夫婦散曲》，卷2，頁116。
〔註56〕 〈無題・鵲踏枝〉，《楊升庵夫婦散曲》，卷1，頁97。

娜多姿，兩人相覷相伴，疼惜輕憐，經營文人式的閨房之趣，十分香麗佚蕩。曲詞也經常道出兩人親密對話：

> 你問我兩椿事，聽取俺一句言。俏的教柳腰舞得東風軟，俏的教蛾眉畫出青山淺，俏的教鶯聲歌送行雲遠。俏的教半枕土築就楚陽臺，村的呵一把火燒了袄王殿。〔註57〕

這一曲是十足戀人絮語，妻子聽到丈夫的甜言蜜語，直教她心花怒放地精心裝扮，又輕舞、又曼歌，逗引出楚王巫山雲雨之心。經由出版，夫妻間的私密絮語，從私領域到公領域，營造窺視的閱讀快感。除了六朝的宮體詩外，這樣直露大膽的閨房圖景呈現可說十分少見，何況是出自一個閨秀詩人之筆，是否出自黃峨手筆，顯然十分可疑，而黃峨的作品集充滿這樣的驚奇和懷疑。

　　黃峨的生命史因為楊慎的遠謫，楊氏夫婦的生活經常是兩地遠隔，兩人的牽攣乖隔，自來是關注的焦點。除了如前所述的抒情相思，有許多比較直露的作品：

> 春風戶外花蕭蕭，綠窗繡屏阿母嬌。白玉郎君恃恩力。卻說得心處。尊前心醉雙翠翹。西窗月冷濛花霧。落霞零亂搖牆樹，此夜靈犀已暗通，玉環寄恨人何處。〔註58〕

> 容易來時容易捨，寂寞千金夜。花好防花殘，月圓愁月缺，怕離別如今真個也。離恨天教人盼望苦，又趲上銷魂路。身居寂寞州，情遍相思舖，斷腸時幾點臨露。〔註59〕

第一首詩被收錄在鍾惺《名媛詩歸》中，「白玉郎君恃恩力」，頗受激賞地，鍾惺認為「卻說得心處」，顯然閱讀／觀看女性直露的真情訴愁，頗能得到男性文人的認同和喜愛。兩詩皆傳達憐惜自己青春正好卻獨守空閨，因為離愁無偶，在原本值千金的春宵，只能寂寞、銷魂以待。有時除了相思愁緒，還加上直白嗔怒心情：

> 寄與他三負心那個喬人，不念我病榻連宵，不念我瘴海愁春。不念我剩枕閒衾，不念我亂山空館，不念我寡宿孤辰。茶不茶飯不飯全無風韻，死不死活不活有甚精神。阻隔音塵，那個因緣？好事多磨，

〔註57〕〈無題·寄生草〉，《楊升庵夫婦散曲》，卷1，頁97。
〔註58〕黃峨：〈鶯鶯〉，收於〔明〕鍾惺：《名媛詩歸》，《四庫全書存目叢書·集部》（臺南：莊嚴文化，1997），冊339，卷27，頁305。
〔註59〕黃峨：〈清江引〉，《楊升庵夫婦散曲》，卷2，頁114。

天也生嗔。

天生你端要磨咱。好朵仙花，落在誰家。被兒裏風流，懷兒裏恩愛，做了口兒裏嗟呀。飛虎賊終遭白馬，嫩鳳雛怎配烏鴉。海角天涯，水渺雲賒。到頭來山也相逢，急時間心癢難過。〔註60〕

離別曾經，不似今番最慘情。想著他水邊裊裊，月底娟娟，花下盈盈。到如今守窗無語恨更長，燈前不見徘徊影。萬里飄零，那堪對此淒涼境。

淚眼看花，記得臨行相送他，一場春夢，千種風流，咫尺天涯。慵歌〈白雪〉飲流霞，樽前不見凌波襪，懊惱嗟呀，山盟海誓成虛話。

春夢悠悠，日壓重簷懶舉頭。鶯孤鳳隻，燕懶鶯慵，蝶恨蜂愁。粉香餘暖在衾裯，懷中不見纖纖手。有日綢繆，他心我意還依舊。〔註61〕

這二首寫獨守空閨的孤寂，抱病守寒榻，輾轉難眠的如海愁緒，「慵歌白雪飲流霞，樽前不見凌波襪」、「粉香餘暖在衾裯，懷中不見纖纖手」寫出昔日恩愛今日愛弛的對比之感。而「好朵仙花，落在誰家」、「飛虎賊終遭白馬」、「嫩鳳雛怎配烏鴉」表達女性對自己遇人不淑的深沈惋惜，委曲怨苦，直接表達嗔怒。這首曲也有對話性，「寄與他三負心那個喬人」、「天生你端要磨咱」、「山盟海誓成虛話」，彷彿罵盡天下負心漢，而「被兒裏風流，懷兒裏恩愛」、「有日綢繆，他心我意還依舊」，直露地表達女人的心願，將女性在婚姻中的愛恨情愁生動地表達出來。

　　除了遠別造成的離情思，有時婚姻不諧是因為男人的風流多情，楊慎「有諸妓捧觴，昇之遊行大街」之舉，在當時文化界廣泛傳播，他經常留連歌樓酒肆間，甚至先後納了周氏、曹氏二妾〔註62〕，諸多風流行徑，也使《楊夫人樂府》出現嗔怒之作：

為相思瘦損卿卿，守空房細數長更。梧桐金井葉兒零，愁人又遇淒涼景。錦衾獨旦，銀燈半明；紗窗人靜，羅幃夢驚。你成雙丟得咱

〔註60〕 黃峨：〈折桂令〉，《楊升庵夫婦散曲》，卷2，頁115。上片題離恨，疑屬楊慎作。

〔註61〕 〈駐馬聽〉，《楊升庵夫婦散曲》，卷2，頁111。

〔註62〕 「慎久戍滇南，不得遇赦，夫人黃氏無出，欲得嗣子頂替軍籍，故納妾於滇阿迷之行，道經臨安既先娶周氏，五十五歲時又納曹氏」參見王文才《楊慎學譜》，頁85

孤零。〔註63〕

> 俺也曾嬌滴滴徘徊在蘭麝房，俺也曾香馥馥綢繆在鮫綃帳。俺也曾
> 顫巍巍擎在他手掌兒中，俺也曾意懸懸閣他在心窩兒上。誰承望忽
> 剌剌金彈打鴛鴦，支楞楞瑤琴別鳳凰。我這裏冷清清獨守鶯花寨，
> 他那裏笑吟吟相和魚水鄉。難當，小賤才假鶯鶯的嬌模樣。休忙，
> 老虔婆惡狠狠做一場。〔註64〕

這兩首詩表達了對丈夫留連風月場的不滿，直率地罵丈夫為「小賤才」，又索
性稱自己為「老虔婆」，要和他們「惡狠很做一場」，盛怒地指責男人對愛情
的不忠不義。書寫昔日受寵和今日被冷落情景，形成強烈對比，但字裡行間
又不禁冀望她丈夫一朝醒悟，再拾舊歡，辛辣柔情並濟，可說是十分獨特的
書寫方式。

　　這些有關兩性互動的散曲雖略顯誇張、戲劇性十足，但女人自身遭遇的
現身說法，可以看做是一種自我觀照，具有一種無法替代的獨特價值，女人
的自述，道出親身經歷的艱難心事。如果閱讀者是女人當然可收同仇敵愾，
感同身受之效，為同為女性的受苦者掬一把辛酸淚之效。而女性選集的讀者
大多為男人，嗔怒的女人為何能增加閱讀魅力？一般而言，留連風月場的行
徑，對文人來說是一種風流倜儻的瀟灑，那麼嫉妒、嗔怒的女人的現身說法，
被真實呈現化為文字，對男人而言就是自我炫耀的一種深層可議心態。進一
步來說，男人書寫或閱讀嫉妒的女人，本身就隱含觀看的權力，和可議的性
別意識。這些僞黃峨作品的兩性互動展演，產生複雜微妙的閱讀魅力，從僞
黃峨作品的不斷滋衍、增加，顯然這樣的文化商品，可以吸引男性讀者目光。

　　黃峨集中有許多以女子作為書寫的主題，這些作品與前代女詩人作品不
同之處，在於大膽直率的筆調：

> 茅檐草下，誰種出海棠花，嬌滴滴俏冤家。柳腰枝剛一把，綰烏雲
> 雙鬢鴉。娉婷未嫁，二八時娉婷未嫁。流霞飲散，流霞飲散，祇落
> 得夢魂牽掛。

> 尊前花下，且寬心留戀咱，何日再遇嬌娃。雙幷頭還嫌遠，怎生的
> 拋撇了他。金錢買卦，桃花女金錢買卦。香車寶馬，寶馬香車，再
> 來時春宵無價。

〔註63〕黃峨：〈皂羅袍〉，《楊升庵夫婦散曲》，卷3，頁119。
〔註64〕〈雁兒落帶得勝令〉，《楊升庵夫婦散曲》，卷3，頁120

留他不下，為誰人忙去家，回首時隔天涯。東郊頭扶上馬，紫絲韁手懶拿。淚沾羅帕，背人處淚沾羅帕。琵琶一曲，一曲琵琶，兜率天怎如愁大。

與他說下，休戀著花木瓜，端的是意見差。老鴇兒惡狠狠，黃桑棍寸紮麻。磨殺才罷，休祇等磨殺才罷。花衖喬坐，喬坐花衖，疼殺我哥哥大大。〔註65〕

巫女朝朝豔，楊妃夜夜嬌。行雲無力困纖腰，媚眼暈紅潮。阿母梳雲髻，檀郎整翠翹。起來羅襪步蘭苕，一見又魂銷。〔註66〕

小紅樓上月兒斜，嫩綠叢中花影遮，一刻千金斷不賒。背燈些，一半兒明來，一半兒滅。腰身小小意中人，嬌態盈盈笑裏嗔，一點靈犀漏泄春。引人魂，一半兒香來一半兒粉。水邊楊柳路邊花，也照污泥也照沙，合著風流一夥家。說情難，一半兒裝聾一半兒啞。金杯美酒苦留他，錦帳羅帷不戀咱，翠袖紅妝馬上斜，俏冤家，一半兒罵人，一半兒耍。〔註67〕

或寫「柳腰枝剛一把」的觸覺感官，或道「再來時春宵無價」無限遐思，或述「巫女朝朝豔，楊妃夜夜嬌」的香豔銷魂，或言「腰身小小意中人，嬌態盈盈笑裏嗔」的千金春宵，這些風格輕豔的作品，都可看出偽黃峨作品中刻意建構的情慾色彩。毛先舒《詩辯坻》說其作品：「間雜淫褻，倡條冶葉之氣，大家非宜」〔註68〕，指的就是直率大膽的筆調，有關女性情慾的書寫，而這樣的作品，往往能滿足窺視的慾望，製造閱讀的快感。有時書寫的形式是一種女性自道：

我空央及到十個千歲，他剛咽了三個半口。險污了內家妝束紅鸞袖，越顯出宮腰體態纖楊柳，倒添出芙蓉顏色嬌皮肉。白處似梨花妝冷粉酥凝，紅處似海棠暈暖胭脂透。〔註69〕

「纖腰」、「媚眼」、「雲髻」、「羅襪」、「錦帳羅帷」、「翠袖紅妝」、「宮腰」、「胭脂」等，這些男性文人豔情詩常見的元素，卻在女人的筆下呈現，顯然十分

〔註65〕　〈柳搖金・嘲〉，《楊升庵夫婦散曲・楊夫人樂府》，卷1，頁109～110。
〔註66〕　〈巫山一段雲〉──題寄外，《楊升庵夫婦散曲・楊夫人樂府》，卷3，頁121。
〔註67〕　〈一半兒・風情〉，《楊升庵夫婦散曲》，卷2，頁106。
〔註68〕　毛先舒：《詩辨坻》（上海：上海古籍出版社，2010），卷4，頁129。
〔註69〕　黃峨：〈維揚風月・寄生草〉，《楊升庵夫婦散曲・楊夫人樂府》，卷1，頁103。

可疑。黃峨作品集中以香豔之筆描寫女人容貌、姿態，女人作爲一種描寫的客體，有男性人文宮體詩的色彩，這些作品中可以看到好寫豔曲的楊慎的影子，因此黃峨集中有許多作品可能正是出自楊慎手筆。

《楊夫人樂府》中黃峨的作品也因應當時盛行的書寫風潮，充滿視覺性，〈罵玉郎帶過感皇恩採茶歌〉以文字描繪一幅仕女圖：

> 一個摘薔薇刺挽金釵落，一個拾翠羽，一個捻鮫綃。一個畫屏側身斜靠。一個竹影遮，一個柳色潛，一個槐陰罩。一個綠寫芭蕉，一個紅摘櫻桃。一個背湖山，一個臨盆沼，一個步亭皋。一個管吹鳳簫，一個弦撫鸞膠。一個倚闌憑，一個登樓眺，一個隔簾瞧。一個愁眉霧鎖，一個醉臉霞嬌。一個映水勻紅粉，一個偎花整翠翹。一個弄青梅攀折短牆梢，一個蹴起秋千出林杪，一個折回羅袖把做扇兒搖。〔註70〕

這首描寫眾多女子的曲子，亦眞僞難辨，卻是女性文學史上少有的女人寫女人的作品。這樣的作品可說十分新鮮，吸引男性讀者目光。整首曲以文繪景摹圖，或寫動作，或描摹姿態、面容、穿戴、表情，有的以景色襯托，有的以聲色渲染，全篇二十四句，重複使用二十四個「一個」，綜觀全景，既有「蹴起秋千出林杪」的活潑動態，又有「倚闌憑」、「登樓眺」的靜穆，有天眞爛漫，有心事重重，有情竇初開，有婀娜多姿，情趣紛呈，生動地描繪二十四個女子在園林中的活動場面，整個畫面聲、色情態豐富而栩栩如生，以曲繪圖，符合明中葉以後漸趨重視的文學視覺性。

有別於其他女性作家作品，《楊夫人樂府》顯得直露、大膽而情色味十足，而許多豔歌和調笑之作，據金毅考證爲楊慎假冒黃峨之名所作〔註71〕：

> 噴香瑞獸小妝臺，咫尺天台。芭蕉不展丁香結，悶春心眉鎖難開。銀蠟燒燈過後，金釵鬥草歸來。月樓花院好風光，謝女檀郎。朝朝暮暮遙相望，殢人嬌羅帶留香。青鳥解傳消息，銀河不隔紅牆。繡羅紅嫩抹酥胸，此夕重逢。妒雲恨雨腰肢重，暈眉心獺髓分紅。蠟燭寒籠翡翠，麝香暖度芙蓉。〔註72〕

〔註70〕黃峨：〈罵玉郎帶過感皇恩採茶歌・仕女圖〉，《楊升庵夫婦散曲》，卷3，頁121。

〔註71〕關於考證問題，可以參看金毅：《楊升庵夫婦散曲・前言》，收於《楊升庵夫婦散曲》，頁1～7。

〔註72〕〈風入松〉，《楊升庵夫婦散曲・楊夫人樂府》，卷1，頁112。

為風流勾引春情，你做紅娘，誰做鶯鶯。鬢亂釵橫，眼重眉褪，膽顫心驚。粉香處弱態伶丁，煙花寨即世魔精。悄悄冥冥，款款輕輕。偏手妹妹先嘗，急喉姐姐休聽。好花枝國色天香，你做鶯鶯，誰做紅娘。賽越西施，遊吳南浦，窺宋東牆。有千般風流業樣，愛尋常雅淡梳妝。鳳也求凰，鴛也思鴦。有分成雙，願早成雙。〔註73〕

祇為歌喉宛轉，覷著陷人坑似誤入武陵源。但和他恩情一遍，不弱如流遞三千。不義門怎生連理樹，火坑中難長并頭蓮。眉尖傳恨，眼角留情，枕邊盟誓，袖裏香羅，尊前心事，席上情悰，傳書寄簡，剪髮拈香，都是鼻凹兒砂糖，待咽也如何咽！郎君們買了些盧牌風月，賣了些實落莊田。〔註74〕

這些豔曲調笑之作，有明顯的情色傾向，不脫楊慎豔曲的風格，甚至有過之而無不及，顯然非出自閨秀詩人之手，偽作的動機，令人玩味。時人朱孟震（1582年前後在世）《續玉笥詩談》載：

升庵楊先生夫人黃氏，遂寧黃簡肅公女，博通經史能詩文善書札，閑於女道，性復嚴整，閨門肅然，雖先生亦敬憚之，嘗見先生從子大行有仁云：「夫人雖能詩，然不輕作，亦不作藁，即子姪輩不得而見也」，今海內所傳若為「雁飛曾不到炎方」及「懶把音書寄日邊」，久為人傳誦，簡西邨又繼一詩云「纔經賞月時，又度菊花期，歲月東流水，人生遠別離」，只二十字而感時傷別，不必斷腸，墮淚而聞者淒然不堪，殆絕偶也。《國雅》又記一詩云「螻蟶也知春色好，倒花好瓣上宮牆」則諸書所記不一，且聲調與夫人百相遠矣。〔註75〕

文中論及黃峨的性格和寫作習慣，顯然和《楊夫人樂府》上的黃峨形象頗有出入，有趣的是，當時書商或男性文人為何要建構一個書寫情色的女詩人？而女人寫的情色詩為何能吸引讀者目光，而成為書坊暢銷書？楊慎偽造黃峨作品，可能出於遊戲心態，抑或傳播文藝夫妻美名。而男性文人、書賈把這些充滿情色的豔曲置於黃峨的集子，可能是基於商業出版考量，自來男性閱

〔註73〕〈折桂令‧風情〉，《楊升庵夫婦散曲‧楊夫人樂府》，卷1，頁113。
〔註74〕〈無題‧混江龍〉，《楊升庵夫婦散曲‧楊夫人樂府》，卷1，頁94。
〔註75〕參見朱孟震著：《續玉笥詩談》，收於《四庫全書存目叢書》（臺南：莊嚴文化，1997），集部，冊417，頁382。

讀女性文集，在欣賞文學的角度之餘，總是多少摻雜獵豔心理，女性作品與身體具有相類的私密性，這樣看來，黃峨文集中突兀的豔歌、調笑之作，女人的情慾書寫在閱讀中滿足文人男性幻想（male fantasy）和窺視慾，可以吸引眾多男性讀者目光，符合商賈出於暢銷的傳播考量。

明代社會禮教十分嚴密，對婦女的貞節道德要求極高〔註 76〕，落實在對婦女的道德教化也極為普遍〔註 77〕。然而明代卻也是情色文學、出版品最興盛的時代，就像傅柯（Michel Foucault）所說：「表面上近代的性論述基於壓抑假說，實際上是一個複製增殖，製造更多性話語的生產過程」〔註 78〕，就整個文化來看，明代是一個性話語受到壓抑、控制的時代，卻也是一個不斷增殖擴大的時代，而楊氏夫婦或偽黃峨的豔曲，正是在禮教嚴密的明中期社會的產物。進一步來說，文藝夫妻、謫臣怨婦、閨房情色、女詩人自道、現身說法等元素，增添作品的故事性、傳奇、可看性，滿足了男性讀者的窺視慾望，這也是託名黃峨的作品不斷滋衍之因。晚明情色題材的文學作品遽增，楊慎可說是開情色文學風氣之先，相關議題，也將延續到以下《江花品藻》、《漢雜事秘辛》、《麗情集》的探析中。

〔註76〕關於明代社會嚴格的婦女貞節觀念和要求，可以參看費絲言：《由典範到規範：從明代貞節烈女的辨識與流傳看貞節觀念的嚴格化》（台北：台灣大學出版委員會，1998）。柯麗德（Katherine Carlitz）認為十五世紀末，上層地位的男性非常積極地修建儒家對女性的道德典範，參見氏著：〈品德還是激情：為什麼明朝文人支持婦女忠貞的理想〉，收於張宏生編：《明清文學與性別研究》，頁 159～163。

〔註77〕當時《內訓》、《女誡》、《女倫語》等女性教化書，在社會上十分流行。關於明代對女性的道德教化情形，可以參看王光宜：《明代女教書研究》（台北：台灣師範大學歷史研究所碩士論文，1998）。

〔註78〕〔法〕米歇爾‧福柯（Michel Foucault）認為在嚴密的檢查制度下，「性話語在權力運作的範圍內不斷增殖：權力機構煽動人們去談性，並且談得越多越好」（頁 13），「17 世紀是一個壓抑時代的開始，專屬於所謂的資本主義社會，也許我們至今尚未完全擺脫它。從這個時代起，指稱性成了一件更加困難和要付出更高代價的事情……然而，一旦我們考察最近三個世紀來它們的連續變化，事情就大不相同了：圍繞著性，發生了一次真正的話語爆炸。」（頁 12）參見氏著，佘碧平譯：《性經驗史》（上海：上海人民出版社，2000）。這種情形與明中葉以後社會大力強調女子的節烈，女性受到了更為嚴屬的管束，然而，具有反諷意味的是，當時的娼妓業卻極為興盛，並形成了豐富的青樓文化，男人們從中享受商業化的性服務和娛樂的情況相似。參見孫枚、熊賢關：〈晚明劇作中的青樓女子──略論《西樓記》、《紅梨記》和《三生傳玉簪記》〉，收於張宏生編：《明清文學與性別研究》，頁 182～197。

五、女人的閱讀視域

明末清初女作家王端淑費時二十幾年光陰經營女性文學選集《名媛詩緯》，這部書可說是當時規模最大的女性選集。這部選集附有評語、小傳，展示一個十六、七世紀閨秀作家倡和、閱讀、評論的文學世界，王端淑藉由編輯、閱讀、傳播閨秀作家，試圖重寫歷史、重構經典〔註 79〕。她依身份和作品屬性將黃峨作品分別置於「夫人世婦以及庶民良士之妻者」之「正集」，和「填詞固詩之餘，雜著有詩之意」的「雅集」。值得注意的是，王端淑在介紹女詩人時，通常會先述及其夫其父，由《名媛詩緯》的編輯方式〔註 80〕，可以發現除了青樓、出家的女子外，有才的女子，其身份的認定還是必須依附在男性親屬下，顯然才華並不能為才女們帶來身份的獨立。

《名媛詩緯》收輯相當多黃峨作品，《正集》收〈文君〉、〈鶯鶯〉、〈寄夫〉；《詩餘集》收〈巫山一段雲〉一首；《雅集》收〈黃鶯兒〉八首、〈羅江怨〉四首：

> 積雨釀輕寒，看繁花樹樹，殘泥途滿眼，登臨倦靈山，幾盤江流灣天涯，極月空腸斷寄書難，無情征雁飛不到滇南。（〈黃鶯兒苦雨〉）
>
> 採藥憶天台，盼仙音不見來，倚闌卻把青鸞惟香，留鏡臺明分玉釵，敘桃花流水依在，然憶天台合歡，雙帶好寄予多才。（〈黃鶯兒春思〉）
>
> 香羅帶空亭月影斜，東方既白，金雞驚散枕邊蝶，長亭十里唱陽關也，一江風相思相見相見何年月，淚流襟上血愁穿心上，結鴛鴦被冷雕鞍熱。（〈羅江怨冬思〉）
>
> 細雨織流光，愛青苔繡粉牆，鴛鴦浦外清波漲，新簟送涼，幽蘭弄香，雲廊水樹堪清賞，倒金觴形骸放浪，到處是家鄉。（〈黃鶯兒前

〔註 79〕 有關《名媛詩緯》的研究，可以參看楊玉成：〈編織閨閣版圖：王端淑《名媛詩緯》的文學視域〉，發表於成大中文系主辦〈中國文學系紀念蘇雪林教授暨創立五十週年學術研討會〉，頁 1～52。（國科會計畫 NSC95-2411-H-260-010）

〔註 80〕 《名媛詩緯》的編排原則為：「以后王君公出自宮闈者為宮集，在元明之交者為前集，夫人世婦以及庶民良士之妻者為正集，其或縣風塵反正者附於正集之末，國變以前及皇朝之後者為新集，其或如綏狐桑濮者為閨集，其或以青樓終不自振者為豔集，其或巾幗亦有淄黃外裔者能諳風雅則為緇集、黃集、外集，其或仙鬼志怪、小說齊諧逆謀韞玉為幻集、備集、逆集，填詞固詩之餘雜著有詩之意則為餘集、雅集、雜集，或能詩而湮沒擅畫事而不能詩者皆為存其姓氏則為遺集。」參見王端淑：《名媛詩緯・序》，國家圖書館藏清康熙間清音堂刻本，頁 2。

腔〉〕〔註81〕

摒除黃峨一些「間雜淫藝，倡條冶葉之氣，大家非宜」（毛先舒語）的輕豔之
作，從這些被選入《名媛詩緯》的詩詞，可以發現王端淑喜愛含蓄、典雅的
文字，審美觀是傳統的、詩教的。如《正集》評論黃峨詩詞：

> 端淑曰：升庵以淹博獨步前代，即晉之茂先，宋之半山，無多少讓，
> 而夫人乃爲之耦，非左鮑誠未易匹也，然升庵詩稍冗，夫人過之遠
> 矣，近體開創，直欲與子美「伯仲之間見伊呂」爲一代五丁手。〔註82〕

這一則評論可以說集眾家大成，王端淑認爲楊慎文學造詣可以媲美張華、王
安石，而黃峨巾幗不讓鬚眉，認爲妻子勝過丈夫，（意即黃峨勝過張華、王安
石等名家），稱她「一代五丁手」，認爲黃峨的詩作開創性甚至可與詩聖杜甫
並列。《雅集》又針對黃峨戲曲說：

> 幽思綺語，濺人齒牙，弦索之下，蕙芬珠瀉。邇來諸學士家，新聲
> 戶著，豔烈交喧，傳奇散曲，刻本稿本，幾等海霧。此十二曲，其
> 詞隱先生之所未備也歟？〔註83〕

王端淑認爲黃峨勝過晚明許多男性戲曲家（諸學士），甚至超越晚明戲曲大師
沈璟。有趣的是，收集在《名媛詩緯》中的諸多作品被許多男性文人疑爲楊
慎代作或僞作。毛先舒《詩辯坻》云：

> 用修婦亦工樂府，今刻有《楊夫人詞餘》五卷，〈一枝花〉、〈天官賜
> 福辰〉一套，整麗有法，韻調俱叶，大有元人風格之妙。又〈點絳
> 唇〉、〈嬌馬吟鞭〉一套、〈落落疎縱錦纜龍舟〉一套，粗豪跌宕。且
> 曲中敘及遇豔太守能作主人，此三套似非夫人所作，恐是用修筆誤
> 夫人耳。餘作有佳處，而用韻雜調多舛，如《黃鶯兒》第四五句云
> 玉砌雕欄，翠袖花鈿，乖隔便遠，九疊悲辯，乃不成句。費長房縮
> 不盡相思地，女媧氏補不完離恨天。語雋，而《藝苑巵言》稱之，
> 然不著誰作，古句夫人掩之耳。刻本附單詞小令頗多，間雜淫褻倡
> 冶葉之氣，大家非宜，的是滇地白綾祓醉墨耳，不足自汙閨洙泗，
> 余故辯之。〔註84〕

〔註81〕王端淑《名媛詩緯初編・正集二》，國家圖書館藏清康熙間清音堂刊本，卷4，
　　　　頁237～240。
〔註82〕參見王端淑編：《名媛詩緯初編・正集二》，卷4，頁238。
〔註83〕參見王端淑編：《名媛詩緯初編・雅集》，卷37，頁1492。
〔註84〕毛先舒：《詩辯坻》（上海：上海古籍出版社，2010），卷4，頁56。亦可參見

毛先舒非常仔細地考訂《楊夫人詞餘》，認為集中的「豔遇」內容，非出於女人（黃峨）之筆，恐為擅長作豔曲的楊慎偽作。他還細緻考證出某些疑似前有所本的句子，似乎認為是以古句拼貼原作，以增精彩度，顧起綸（1517～1587）在《國雅品》亦云：

> 用修公歿後，奉改元詔，得稱孺人。相傳孺人能詩，余見南中少年
> 多習孺人所為小令〈黃鶯兒〉，非只一闋。及見劉安寧有用脩手書卷，
> 亦有「日歸」「其雨」之句，似用脩代內作，以其思多深僻也。若出
> 孺人，更當流亮，故天分所限。俞氏所纂〈春日即事〉一首，舊說
> 是祝英台譏梁山伯而作，余少時便聞梨園人唱此，斷非孺人所作。
> 為附證之，恐傷閨體也。〔註85〕

顧起綸首先稱讚黃峨有才，甚至連南中少年都學習她所作小令，強調此作品的價值和傳播廣泛，與楊慎同時代的他，宣稱親見手書卷，加以考證〈黃鶯兒〉為楊慎偽作，他進一步解釋〈黃鶯兒〉思多深僻應該是楊慎所寫，如果是女人所寫限於天分，會呈現不同面貌。這一則考證、評語顯然貶抑女性，即女人不能寫出「思多深僻」之作品，只能呈現「流亮」之風，意即情感深刻的特質似乎只能專屬男性文人？文後又舉一例，說明〈春日即事〉是梨園人唱的戲文，非黃峨所作，以親身所見、所聞，取信讀者，並認為糾舉女性贗作乃是避免傷閨體的正義之舉。這樣看來，流行於當世的〈黃鶯兒〉數闋，南中少年學習的還是楊慎（男性）作品，以男性文人之眼視之，顯然女性的文學能力還是難以與男人並駕齊驅。《玉鏡陽秋》也認同此說，進一步考辨：

> 世稱楊夫人才名尚矣。太倉虞山言夫人著作惟二章可據，僕考黃鶯
> 小詞，既見滇刻《升庵詞》中。長句中其雨一語，又見黃庭堅《豫
> 章外集》，摘用古人佳語，復是用修故智，即於此亦不能無疑。又云：
> 比再見顧玄言《國雅品》有云：……。丹陽所刻，或不為無自，第
> 其中確多升庵之作。〔註86〕

延續顧起綸的論點，《玉鏡陽秋》考證出〈黃鶯詞〉已見於《升庵詞》中，甚至進一步發現〈黃鶯詞〉中的一些句子似乎並非楊慎原創，而是前有所本啟

胡文楷編著，張宏生等增訂：《歷代婦女著作考》，頁 179。

〔註85〕顧起綸：《國雅品・閨集・楊孺人黃氏》，收於丁福保：《歷代詩話續編》，下冊，頁 1126。

〔註86〕轉引自胡文楷編著，張宏生等增訂：《歷代婦女著作考》，頁 192。

人疑竇，黃峨作品的真偽在當時文壇引起廣大討論，男性文人對於初萌的閨秀詩／人充滿好奇和質疑，若黃峨是被建構出來的閨秀才女，顯然已造成傳播效應。

進一步來說，王世貞在《藝苑卮言》中說「《黃鶯兒》一詞，楊別和三詞，俱不能勝」，錢謙益也引用王世貞的話，認為黃峨超越楊慎：

> 寄用修長句及小詞，為藝林傳誦，而用修詩亦云：『易求海上瓊枝樹，難得閨中錦字書。』讀者傷之。王元美云：『用修有詩答婦，又別和三詞，皆不及也』。〔註87〕

如果這些男性文人的懷疑是真的，那麼這是一個冒名頂替卻勝過自己的例子。楊慎假冒黃峨之名的動機大概出於出版和自我聲譽的傳播，而男性文人們為何認為楊慎偽作優於楊慎本人之作？同樣都出於楊慎之筆，一但掛上女人（黃峨）之名，男性文人似乎標準自然降低，在評選女性作品時，呈現一種「不平等」視角，成為一個奇異的現象。

小　結

從黃峨集中諸多偽作的現象探析，可以得知她應是楊慎抑或書坊商賈建構出來的女作家、閨秀才人。若出於楊慎偽作，則或出於獎掖婦女文學，或出於建構文藝夫婦形象，隱含傳播自我聲譽意圖；若出於書賈偽造則是基於市場需求，製造出版品的新奇感，以製造閱讀的感官之樂，滿足讀者好奇獵豔之心和窺視慾，被建構的女性作家成為出版文化的新圖景。然姑且不論真偽如何，黃峨及其作品的出現，楊慎等男性文人，創造「黃峨」這女性文人及作品，已具有中晚明提倡女性文學的先驅性意義。

第三節　青樓書寫──江花品藻

一、楊慎與妓女文化

明中葉以後隨著社會經濟發展，生活水準提高，淫欲之風日盛，娼妓遍佈天下，無處不有青樓〔註88〕。謝肇淛《五雜俎》記載當時妓業繁榮狀況：「今

〔註87〕參見錢謙益：〈楊安人黃氏〉，收於《列朝詩集小傳・閏集》，頁730。
〔註88〕陳寶良：「自景泰以後，南北直隸，十三布政司下的府、衛、市、鎮娼優日增月盛，多者聚有數千門，少者不下數百人」，參見氏著：《明代社會生活史》（北

時娼妓滿布天下，其大都會之地動以千百計。其他窮州僻邑，在在有之。終
日倚門賣笑，賣淫爲活，生計至此亦可憐矣。兩京師教坊，官收其稅，謂之
『脂粉錢』。隸郡縣者則爲樂戶，聽使令而已。」〔註89〕因此，即使在偏僻的
滇南，依然有妓院營生。王世貞在《藝苑卮言》中曾這樣陳述楊慎在滇南生
活：「用脩謫滇中，有東山之癖。諸夷酋欲得其詩翰，不可，乃以精白綾作裓，
遣諸伎服之，使酒間乞書。楊欣然命筆，醉墨淋漓裙袖，酋重賞伎女購歸，
裝潢成卷。楊後亦知之，便以爲快」，「用脩在瀘州，嘗醉，胡粉傅面，作雙
丫髻插花，門生昇之，諸伎捧觴，遊行城市，了不爲怍。」〔註90〕楊慎在滇
南的生活似乎是經常流連青樓，狎妓宴飲，遊山玩水，宛如風流名士，因此
有機會深入青樓，一窺妓女生活、文化、生態。相較於同時代其他文人，楊
慎可以說是較常觸及情色題材、女性議題及青樓妓女文化的文人，《升庵詩
話》、《詞品》經常精選許多描寫青樓圖景的詩作：

> 青樓綺閣已含春，凝妝豔粉復如神。細細香裙全漏影，離離薄扇詎
> 障臺。樽中酒色恒宜滿，曲裏歌聲不厭新。紫燕欲飛先繞棟，黃鶯
> 始弄即嬌人，撩亂絲垂昏柳陌，參差濃葉暗桑津。上客莫畏斜光晚，
> 自有西園明月輪。〔註91〕

> 《漢書》：「五城十二樓，仙人居也。」詩家多用之。東坡詞：「遊人
> 都上十三樓。不羨竹西歌吹古揚州。」用杜牧詩「婷婷嫋嫋十三餘」
> 之句也。永樂中，晏振之〈金陵春夕〉詞：「花月春江十四樓。」人
> 多不知其事。蓋洪武中，建來賓、重譯、清江、石城、鶴鳴、醉仙、
> 樂民、集賢、謳歌、鼓腹、輕煙、淡粉、梅妍、柳翠十四樓于南京，
> 以處官妓。蓋時未禁縉紳用妓也。〔註92〕

京：中國社會科學出版社，2004），頁 173。有關明代妓業發展，可以參看嚴明
著：《中國名妓藝術史》（台北：文津出版社，1992），頁 93～119；蕭國亮：《中
國娼妓史》（台北：文津出版社，1996）及王鴻泰：〈青樓名妓與情藝生活——
明清間的妓女與文人〉，收於熊秉真、呂妙芬：《禮教與情慾——前近代中國文
化中的後／現代性》（台北：中研院近代史研究所，1999），頁 73～124。

〔註89〕參見謝肇淛《五雜俎》（上海：上海書局，2001），人部四，卷 8，頁 157。

〔註90〕王世貞《藝苑卮言》，卷 6，收於丁福保：《歷代詩話續編》，下冊，頁 1053、
1054。

〔註91〕楊慎：〈謝偃新曲〉，《升庵詩話箋證》，卷 5，頁 142。

〔註92〕楊慎：〈十二樓十三樓十四樓〉，《詞品》，《楊升庵叢書》，第 6 冊，卷 2，頁
398。

〈謝偃新曲〉的刊錄，內容寫及青樓雅緻的場景，女子凝妝豔粉的裝扮，華麗芬芳的服飾。青樓中男女引觴滿酌，飲酒笙歌，曼妙歌舞助興的歡愉場景。〈十二樓十三樓十四樓〉則羅列介紹了許多前代和洪武時妓樓盛況。《升庵詩話》、《詞品》也出現了許多名妓身影：

> 《麗情集》載湖州妓周德華者，劉采春女也，唱劉禹錫〈柳枝詞〉云：「春江一曲柳千條，二十年前舊板橋。曾與美人橋上別，恨無消息到今朝。」此詩甚佳，而《劉集》不載。〔註93〕

> 唐人絕句多作樂府歌，而七絕句隨名變腔。……予愛〈小秦王〉三首，其一云：「雁門山上雁初飛。馬邑闌中馬正肥。陌上朝來逢驛騎，殷勤南北送征衣。」其二……第一首妓女盛小叢作，後二首無名氏。〔註94〕

這些作品談到名妓周德華、盛小叢，她們都色藝雙全，使文人詠之歌之。《詩話》中也經常寫到妓女的相關服飾、裝扮常識：

> 〈本事詩〉載劉禹錫〈杜司空席上贈妓〉詩云：「浮渲梳頭宮樣妝，春風一曲〈杜韋娘〉。」今本「浮渲梳頭」作「高髻雲鬟」，……。「浮渲」字妙，畫家以墨飾美人鬢髮，謂之渲染。〔註95〕

> 舒元輿〈詠妓女從良〉詩云：「湘江舞罷卻成悲，便脫蠻靴出鳳幃。誰是蔡邕琴酒客，曹公懷舊嫁文姬。」可考唐時妓女舞飾也。按《說文》：「鞻，四夷舞人所著屨也。」《周禮》有鞮鞻氏，亦是四夷之舞，今之樂部，舞妝皆出四夷。唐人舞妓皆著靴，猶有此意。盧肇〈柘枝舞賦〉：「靴瑞錦以雲匝，袍蹙金而雁敧。」樂府歌：「錦靴玉帶舞

〔註93〕楊慎：〈柳枝詞〉，《升庵詩話箋證》，卷 11，頁 411。關於唐代名妓劉采春、薛濤的記載，還有如：「『看朱成碧思紛紛，憔悴支離爲憶君。不信比來長下淚，開箱驗取石榴裙。』張君房〈脞說〉云：『千金公主進洛陽男子，淫毒異常，武后愛幸之，改明年爲如意元年。是年，淫毒男子亦以情殫疾死，後思之作此曲，被於管弦。嗚呼，武后之淫虐極矣！殺唐子孫殆盡。其後武三思之亂，武氏無少長，皆誅斬絕焉。雖武攸緒之賢，而不能免也。使其不入宮闈，恣其情慾於北里教坊，豈不爲才色一名妓，與劉采春、薛洪度相輝映乎？』」這一則詩話饒負趣味地提出武則天比較適合當妓女，若其當之，必與劉采春、薛洪度等名妓相輝映的說法。參見楊慎：〈武后如意曲〉，《升庵詩話箋證》，卷 6，頁 186。

〔註94〕楊慎：〈小秦王〉，《詞品》，《楊升庵叢書》，第 6 冊，卷 1，頁 352。

〔註95〕楊慎：〈浮渲梳頭〉，《升庵詩話箋證》，卷 10，頁 300。

> 回雲。」杜牧之〈贈妓〉詩曰：「舞靴應任傍人看，笑臉還須待我開。」
> 黃山谷〈贈妓〉詞云：「風流太守，能籠翠羽，宜醉金釵。且留取垂
> 楊，掩映庭階。直待朱轓去後，便從伊、窄襪弓鞋。」則汴宋猶似
> 唐制。至南渡後，妓女窄襪弓鞋如良人矣。故當時有「蘇州頭，杭
> 州腳」之諺云。〔註96〕

> 張子野詞：「垂螺近額，走上紅裀初趁拍。」晏小山詞：「雙螺未學
> 同心綰，已占歌名。月白風清，長倚昭華笛裏聲。」又云：「紅窗碧
> 玉新名舊，猶綰雙螺。一寸秋波，千斛明珠覺未多。」「垂螺」、「雙
> 螺」，蓋當時角妓未破瓜時額飾，今搬演淡色，猶有此制。〔註97〕

或寫浮渲梳頭或寫窄襪弓鞋，或探究「垂螺」、「雙螺」等角妓未破瓜時額飾，
皆涉及妓女容貌外飾，楊慎細緻考證這些妓女時尚事宜。明中葉以來，妓女
逐漸引領婦女流行風潮，這些介紹或可作爲男性讀者的品評、審美的標準，
以及女性裝扮自己的參考。楊慎也經常分享他研讀、收集的妓女相關文化知
識：

> 唐人樂府，多唱詩人絕句，王少伯李太白爲多。杜子美七言絕近百，
> 錦城妓女獨唱其〈贈花卿〉一首，所謂「錦城絲管日紛紛，半入江
> 風半入雲。此曲只應天上有，人間能得幾回聞」也。蓋花卿在蜀頗
> 僭用天子禮樂，子美作此諷之，而意在言外，最得詩人之旨。當時
> 妓女獨以此詩入歌，亦有見哉。杜子美詩諸體皆有絕妙者，獨絕句
> 本無所解，而近世乃效之而廢諸家，是其眞識冥契，猶在唐世妓女
> 之下乎？〔註98〕

> 杜牧之詩：「婷婷嫋嫋十三餘，荳蔻梢頭二月初。」劉孟熙謂：「《本
> 草》云：『荳蔻未開者，謂之含胎花』，言少而娠也。」其所引《本
> 草》是言少而娠，非也。且牧之詩，本詠娼女，言其美而且少，未
> 經事人，如荳蔻花之未開。此爲風情言，非爲求嗣言。若娼而娠，
> 人方厭之，以爲綠葉成陰。何事入咏乎？〔註99〕

> 唐著作佐郎崔令欽〈教坊記〉云：「左右兩教坊，左多善歌，右多工

〔註96〕楊慎：〈唐舞妓著靴〉，《升庵詩話箋證》，補遺，頁501。
〔註97〕楊慎：〈角妓垂螺〉，《升庵詩話箋證》，附錄一，頁528。
〔註98〕楊慎：〈錦城絲管〉，《升庵詩話》，《楊升庵叢書》，第6冊，卷1，頁15。
〔註99〕楊慎：〈荳蔻〉，《升庵詩話箋證》，卷10，頁343。

舞。外有水泊，俗號月陂，形如偃月也。」又云：「妓女入宜春苑，
謂之內人，亦曰前頭人，言常在駕前也。其家在教坊，四季給米，
得幸者謂之十家。」〔註100〕

或稱讚蜀地妓女以杜甫詩傳唱，造成流行，頗有見地；或解析澄清杜牧詩之
「荳蔲」爲妓女美而少；或深入教坊，揭示妓女內規、制度，皆有助於時人
一窺青樓文化，以達推廣、宣傳之效。進一步，楊愼不但獎掖傳播閨秀詩才，
對於有才的妓女也加以記載、稱頌：

「雁門山上雁初飛，馬邑欄中馬正肥。日旰山西逢驛使，殷勤南北
送征衣。」乃盛小叢，雁門妓女也。〔註101〕

吳二娘，杭州名妓也，有〈長相思〉一詞云：「深花枝，淺花枝，深
淺花枝相間時，花枝難似伊。巫山高，巫山低，暮雨瀟瀟郎不歸，
空房獨守時。」白樂天詩「吳娘暮雨瀟瀟曲，自別江南久不聞。」
又「夜舞吳娘袖，春歌蠻子詞。」〔註102〕

「悲莫悲兮生別離，登山臨水送將歸。武昌無限新栽柳，不見楊花
似雪飛。」高駢自渚宮移鎮揚州，別宴，口占楚詞二句，使幕下續
之，久未有應。有一妓進曰：「賤妾感相公之恩，續貂可乎？」即收
淚吟曰云云。合座大加賞歎，駢厚贈之。其詩絕佳，雖使溫李爲之，
不過如此。〔註103〕

第一則詩話介紹名妓盛小叢豪邁陽剛的邊塞詩，第二則詩話則介紹名妓吳二
娘〈長相思〉詞，並對吳二娘之詩被誤爲白居易詩加以澄清，書寫妓女兼及
才情。第三則詩話則寫宮妓爲深情高駢續詩，宮妓之才高於眾幕下，「合座大
加賞歎」，楊愼認爲宮妓詩絕佳，甚至「溫李爲之，不過如此」，將妓女之才
媲美於大詩人。

　　基於對妓女相關題材的喜好，楊愼撰寫了一本青樓文化專著——《江花
品藻》。這種賞玩、品評妓女，描寫風月場生活、互動圖景的青樓書寫，是明
中期新興的出版品類。文人留連青樓、狹邪妓女的傳統由來已久，然而青樓
書寫是在明代中期之後，才逐漸發展、成熟，某種程度來說，《江花品藻》可

〔註100〕見《詩話補遺》，《楊升庵叢書》，第6冊，卷2（上），頁147。
〔註101〕楊愼：〈盛小叢突厥三臺〉，《升庵詩話箋證》，卷11，頁409。
〔註102〕楊愼：〈吳二娘〉，《升庵詩話箋證》，補遺，頁497。
〔註103〕楊愼：〈渚宮妓高使君別宴〉，《升庵詩話箋證》，卷11，頁412。

說是一部品妓的風雅指南。探究楊慎的《江花品藻》可以一窺當時青樓文化生態，亦可觀察此類新體裁的作者創作、讀者群的賞閱、商賈的傳播心態。

二、《江花品藻》內容探析

《江花品藻》由當時著名的文化人——儒商潘之恆（1556～1621）付梓，潘氏一生致力於「品聖、品豔、品藝、品劇，目成心通，匪同術解」〔註104〕，他描述《江花品藻》成書經過：

> 敘曰：余品蜀豔，首薛弘度事，文采風流，爲士女行中獨步。惜時無嗣響，故此卷亦闕未傳。乙卯中秋之閒，社友張康叔攜焦太史家所藏《江花品藻》一卷見示，蓋楊用修太史謫滇中，息趼錦江、花酒留連，所乞題詠，而藉以佐觴政者。其詞之妙麗，久膾炙人口，而畫意古雅，非名手不能彷彿。因命幼兒彌時，如式梓行之，若藉諸豔部，尚有待於傳記爾。〔註105〕

後記又云：

> 蜀之江陽，邊隅重地，舟車雲集，商賈星繁，故狹邪之間，居多妖美。太史南征，逆旅於茲，宴酣興劇，人塡一詞，以成煙花之月旦云。〔註106〕

前記中論及蜀之豔妓，在薛濤之後無人記載，十分可惜，後得自焦竑珍藏《江花品藻》，乃「楊用修太史謫滇中，息趼錦江、花酒留連，所乞題詠，而藉以佐觴政者」，說明此書爲楊慎貶謫後留連青樓，花酒題詠之作，「惜時無嗣響」故此卷「亦闕未傳」，「尚有待於傳記爾」，也說明此書的開創性和稀有性，增加出版品的珍貴性、新奇性。

後記中論及妓女妖美發展於「邊隅重地，舟車雲集，商賈星繁」的城市

〔註104〕 參見〔明〕黃居中：〈潘髯翁勿已新集敘〉，原載於潘之恆《涉游草》卷首。轉引自〔明〕潘之恆著，汪效倚輯注：《潘之恆曲話》（北京：中國戲劇，1988），頁 330。潘之恆是萬曆年間著名的文人、商賈，在戲曲、詩歌等方面頗有建樹，著有《亘史》116 卷、《鸞嘯小品》12 卷、《黃海》60 卷、《涉江集選》7 卷等。潘之恆生於儒商之家，承繼家族愛好戲曲之風，科場失意後便致力於文學藝術，過著宴游、徵逐、徵歌、選妓的生活。

〔註105〕 潘之恆：〈江花品藻序〉，收於清苕花史輯：《品花箋》（國立中央圖書館藏善本書·明末滄秀閣刊本）。

〔註106〕 潘之恆：〈江花品藻後記〉，收於清苕花史輯：《品花箋》（國立中央圖書館藏善本書·明末滄秀閣刊本），頁 9。

地區，青樓文化書寫顯然是商業發達的產物，該記勾勒了晚明繁盛青樓文化的雛形，描繪青樓女子的風韻讀物的盛行，也反映了實用出版物題材的不斷擴展，而青樓書寫也為那些無錢無閒無緣留連風月場的人們，勾畫一福想像的圖景。

後記中也收錄楊慎自題的詩文：

> 楊慎自題詩云：散花樓上早梅芳，選妓徵歌出洞房。百指管弦齊和曲，十眉圖畫儼分行。可憐金谷繁華地，兼是蘭亭翰墨場。樂闋酒闌賓散後，歸途猶自有餘香。嘉靖丙辰十二月十三日。〔註107〕

楊慎以自敘的方式，再現了一個品妓場景，文中指出選妓徵歌的盛況，歌妓徵選出洞房的行進動態，以「管弦齊和曲」的美妙音樂伴奏，配合眾美的曼妙隊伍。接著寫飲宴歡愉，文人飲酒吟詩，原來的「金谷繁華地」，由於文人的參與，徵選題詠的活動，使原來的聲色場所增添雅致文人高尚品味，成了「蘭亭翰墨場」。徵花、品豔、選拔成為文人雅集的群體形式，文人與妓女的交際活動，形成一種獨特的文藝圈和文化型態。晚明以後，青樓已成為城市重要社交地點，成為城市文化重要的一環，具備與妓女交往的社交技巧，顯然才是「見過世面」的城市人〔註108〕。《江花品藻》是明中葉文人化的青樓文化較早的書寫資料，可以說是探測青樓文化的先聲。因此，探究《江花品藻》的書寫型態，亦可初步瞭解晚明繁盛的青樓／文化被創造的過程。

《江花品藻》的寫作方式在當時看來十分特殊〔註109〕，楊慎先將妓女排名，依名次編纂，「第一名雷逢兒字驚鴻」、「第二名陳滿堂字賽西」、「第三名李愛兒字玉池」等，依序羅列每個妓女的名字、字號。自來良家婦女不但行動、身體拘錮於閨閫之中，名字亦屬私密，除了達官顯宦之親屬外，女子之名僅限於私領域，然妓女顯然排除在此侷限外，可以大方地稱名道姓，免除傳統儒家禮教的檢視制度。進一步來說，品花之書為妓女舉行選拔，列分等地、名次，顯然是模仿男性世界的科舉制度，複製傳統父系社會的價值傳統。

〔註107〕楊慎：〈江花品藻後記〉，收於清苕花史輯：《品花箋》，頁9。

〔註108〕關於晚明青樓文化，請參看王鴻泰：《流動與互動——由明清城市生活的特性探測公眾場域的開展》（台北：台灣大學歷史學研究所博士論文，1998）之第三章〈青樓——中國文化的後花園〉，頁246～291。

〔註109〕其後這種選美競賽和花案名次的書寫，已經成為青樓書寫的普遍體例。關於妓女選美競賽的研究，有〔日〕合山究所著：〈花案、花榜考〉，收於《文學論集》（九州：九州大學教養學部），1985年，第35期。

青樓如科場，男人留連風月場，依然不忘情功名科第，品花書寫複製了男性世界的競爭色彩。

雖然品評的是蜀地之妓，並非妓女密度最高的江南秦淮之地，然楊慎在《江花品藻》為妓女們選拔、排名可說晚明繁盛的花案排名風氣、文人集體徵色時尚之先驅，如時代稍晚的曹大章的《蓮臺仙會品》是現存最早的秦淮妓女花案名次，其序文曰：「金壇曹公家居多逸豫，恣情美艷。隆嘉間，嘗結客秦淮，有蓮臺之會。同遊者毘陵吳白高、玉峰、梁伯龍諸先輩，俱擅才調，品藻諸姬，一時之盛。」〔註110〕就寫出他與吳嶷、梁辰魚等諸名士一同為秦淮妓女批點名次的盛況。其後潘之恆的《金陵妓品》則是更專業歸納出類似評選的基準：「一曰品，勝典則者；一曰韻，勝丰儀者；一曰品，勝調度者；一曰品，勝穎秀者。」〔註111〕他根據以上的基準，分別依各項細目中品評，並依名次登錄妓女芳名，使花案品評的活動，更為完備。而明末清初，這種競賽就成為風月場所中經常舉辦的活動了。

比較特殊的是，《江花品藻》中楊慎為每個妓女定品名，品名大多十分優雅，有濃厚的文人化特色。定品準則主要依妓女容貌、姿態，如「酒暈紅潮」、「一笑生春」、「芳林藏秀」、「月林清影」、「春月初圓」、「徐娘丰韻」、「錦步成蓮」、「小桃破萼」、「高燒銀燭」等；專長、特質，如「多情多愛」、「樂昌餘韻」、「妙語如弦」、「流鶯過墻」、「玉局爭先」、「響遏行雲」、「京兆畫眉」等；也有依予人感受定品，如「草薰風暖」、「鼓琴招鳳」。除了如實或意象性用語，有時也運用典故描繪，「洛浦神仙」、「前度劉郎」、「鼓琴招鳳」、「宋玉墻東」、「增之一分」、「南樹棲雅」、「有腳青陽」等，品名用詞極為優雅，對於締造文人品味的青樓文化，楊慎顯然開風氣之先。

品名下面皆搭配一物，亦根據妓女特質而設，或為花卉：「梅花」、「山茶」、「欸冬花」、「迎春」、「茝花」、「杏花」、「桃花」、「李花」、「梨花」、「楊花」、「海棠」、「牡丹」、「芍藥」、「楸花」、「楝花」、「櫻桃花」等，整部書可謂百卉齊聚、花團錦簇；或為果品「枇杷」、「薔茮」；或為器物：「端香」、「簀錦」，被擬物化的女人，被當成「美麗的商品／物品」，儼然與雅物連結，類於珍奇異卉、

〔註110〕 參見曹大章：〈蓮臺仙會品‧序〉，收於陶珽編《續說郛》（上海：上海古籍，1995），弓部，第44卷，頁2。

〔註111〕 有關秦淮妓女的選美競賽與花案名次研究的相關研究，可參看大木康著，辛如意譯：《秦淮風月：中國遊里空間》（台北：聯經出版社，2007年），頁212～215。

古董、香品、書畫，女人名符其實地被當成一件藝品，徹底被物化，供人從各角度審視，等同於男性文人觀看的賞玩之物，涉及觀看的權力，承載沈重的男性目光。

《江花品藻》可說是明中葉後第一部以妓女爲主題的著作，集中有許多關於妓院生活的描寫：

第六名李秋亭

詞曰：泛新波有女同舟，山映蛾眉，水寫明眸，小雪晴天，早梅時候，杜若芳州整中帶，纖腰似柳蕩，湘裙羅襪如鉤，掌上溫柔，懷裡風流，笑吟罷韓偓香奩，醉題在杜牧青樓。右調折桂令奉左席一杯（《江花品藻》，頁4）

第八名吳鞋山

詞曰：桃葉橫波急，蓮花襯步輕，黎渦笑處襪塵生，皎皎復盈盈。落浦人常見，陽臺夢未成，蕊珠樓上彩雲，迎醉聽囀春鶯。右調巫山一段雲隨意送一杯（《江花品藻》，頁4）〔註112〕

曲中寫及妓院的活動，攜手賞花、高樓平欄，熱鬧的飲宴，歌舞助興，狂飲拼醉，醉後題詠，從「奉左席一杯」、「隨意送一杯」等，可知參與盛會的文士妓女們，正在進行酒令遊戲以助酒興、詩興。許多的詞曲描述青樓眞實樣貌，鋪陳一般人難以一窺的青樓文化、生活圖景。

《江花品藻》中的詞曲作品，大多以妓女爲主題，有許多對於女性容貌、姿態、衣著、神情的描寫：

第二名陳滿堂字賽西

詞曰：東望碧雲開喜佳人，日暮來荸羅，堪把西施賽，露沾繡鞋，霜封翠釵，燈前兩兩深深拜，惜多才幽歡美，愛說甚楚陽臺。　右調黃鶯兒　奉素衣一杯（《江花品藻》，頁2）

第五名吳春山字麗春

詞曰：倒暈分梢十樣新，不逢京兆爲誰顰，春山添入秋嵐翠，捧出

〔註112〕其它如：「第七名梅藏春，詞曰：南枝向暖北枝寒，一種春風有兩般，大家留取憑闌看畫樓，高翠袖單懶雲窩，香夢初殘歌白雪聲聲，慢飲流霞滴滴乾，謫仙人笑坐金鞍。右調水偬子杯有餘瀝者一杯（《江花品藻》，頁4）」；「第九名梅粉西，詞曰：試燈之夕粉，西來燈下佳人，對上才更聽，翠樓歌曲妙風流，何必楚陽台。右調小秦玉言席外事者飲（《江花品藻》，頁5）」

峨眉月半輪秦樓明月隱花汀，煙淡春山曉黛青，一百八聲鐘，吼罷
夢回七十五長亭　右調小秦玉　多寵者一杯（《江花品藻》，頁 3）

詩文中描繪妓女蛾眉、黎渦、酒暈等嬌豔容貌，繡鞋、湘裙、羅襪、翠釵等光
鮮衣著，蓮花輕步、笑臉盈盈等優雅姿態。除了中國詩詞中的擬陰傳統和宮體
詩，自來男性文人鮮少書寫家中女眷，但在青樓這樣的場域卻可盡情描繪，展
現自己的詩才。就讀者而言，女子的外表姿態描寫，撩撥讀者對於隱藏身體的
無限（情色）想像。進一步來說，楊慎有一組詩〈題二八佳麗圖十六首〉〔註113〕
當為青樓文化的產物，該組詩可能據一長幅圖卷而作，根據詩文內容研判，圖
像大致為青樓妓女生活情貌、姿態，「金衣公子喚真真，驚起羅幃掌上身。寶枕
重雲選春夢，覺來惆悵為何人」（〈黃鸝驚夢〉，頁 1005），「吳宮白紵莫爭妍，
紅毯繚綾布錦筵。羅襪繡鞋隨步沒，廻旋元有肉飛仙」（〈霓裳羽舞〉，頁 1006）
等，而圖文並茂，更能產生視覺感官之樂，讀者更能產生幻想神會的閱讀樂趣。

　　另一方面，這種對妓女容貌衣著的描寫，也可視為當時女性流行文化的
參考書籍，明弘治、正德以後，妓女的打扮、妝束、髮型、衣著，往往引領
時尚風潮，漸漸成為當時婦女學習仿效的對象，《讀書續記》中說：「《棗林雜
俎》引《張氏風範》云：弘治、正德初，良家恥類娼妓。自劉長史更仰心髻
效之，漸漸因襲，士大夫不能止也。近時冶容尤勝於妓，不能辨焉，風俗之
衰也。余觀今世婦女裝飾幾視娼妓為轉移，士大夫不惟不能止，且從而導其
婦女，風俗如此，道德衰落，元氣潛壞矣」〔註114〕，余懷的《板橋雜記》也
曾提及「南曲衣裳妝束，四方取以為式……衫之短長，袖之大小，隨時變易，
見者謂是時世妝也。」〔註115〕從這些敘述可知，妓女裝扮衣飾是帶動明中葉
以來流行風尚的重要指標，像《江花品藻》這樣的品姬之書，正好可作為一

〔註113〕楊慎：〈題二八佳麗圖十六首〉，有〈紫洞酣春〉、〈花潭蕩槳〉、〈桂林一枝〉、
　　　　〈玉局爭雄〉、〈綺琴調鳳〉、〈手撚芳菲〉、〈蠻帚掃花〉、〈黃鸝驚夢〉、〈織羅
　　　　初試〉、〈扇影驚魚〉、〈臥看銀河〉、〈琅玕紀興〉、〈錦字題情〉、〈碧水窺妝〉、
　　　　〈霓裳羽舞〉、〈坐擁金爐〉等 16 首。見《升庵遺集》，《楊升庵叢書》，第 3
　　　　冊，卷 18，頁 1003～1006。
〔註114〕馬敘倫：《讀書續記》（上海：商務印書館，1933），卷 1，頁 19 下至 20 上。
〔註115〕余懷：「南曲衣裳妝束，四方取以為式，大約以淡雅樸素為主，不以鮮華綺麗
　　　　為工也。初破瓜者，謂之梳攏，已成人者，謂為上頭，衣飾皆客為之措辦。
　　　　巧樣新裁，出於假母，以其餘物自取用之。故假母雖年高，亦盛裝豔服，光
　　　　彩動人。衫之短長，袖之大小，隨時變易，見者謂是時妝也。」見《板橋雜
　　　　記·雅遊》（南京：江蘇文藝出版社，1987），上卷，頁 3。

時尚展演圖景，做爲婦女衣著美容仿效的參考書籍。

除了青樓生活的揭示，《江花品藻》眾多詩文中當然也細緻地陳述男性文人與妓女的互動：

第四名王暗香字芳卿

詞曰：疏影暗香芳徑裏，風流更遇逋仙，垂鬟接黛破瓜年，素娥同皎潔，青女鬥嬋娟言笑不分凝睇久離情，指下能傳，鴛衾翠被冷無眠，後期重會日，約定早春天。　右調臨江仙　奉右席一杯（《江花品藻》，頁 5）

第十七名劉七兒字采春

詞曰：紅袖烏絲罷寫詩，翠娥銀燭笑彈棋，雁行布陣當齊壘，虎穴臨衝拔趙旗。烽火劫羽書，持東山樽俎，捲淮泝紫裏，兒輩元能辨況，有嬋娟出六奇。　右調鷓鴣天　善奕者飲（《江花品藻》，頁 7）

妓女與文士的經常飲酒爲樂，席間亦摻入酒令遊戲，以彈奏樂曲助興，有時也下棋對奕，明中葉以來青樓女子受到文士影響，越趨多才多藝，營造娛樂氣氛，也漸漸發展出與男性文人的友誼關係。明中葉以後，這種在青樓酒宴中進行的文藝活動，漸漸蔚爲風尚，晚明妓女的文人化也可在《江花品藻》初見端倪〔註116〕。

然而，有時文士與妓女的互動，亦不脫情色氛圍：

第三名李愛兒字玉池

詞曰：翠幃深處暢春情，繡被紅翻錦浪生，銀燈背壁羞嬌影，罵玉郎且暫停，喘吁吁小語低聲堪描畫，鴛鴦顛倒廝禁，鸞鳳和鳴今宵長打三更。　右調水仙子　奉主人一杯（《江花品藻》，頁 5）

第二十二名梅半分字碧峰

詞曰：金釘兒釘來，剛半折泥水全不怕，巫山雲雨仙洛浦，凌波襪

〔註116〕王鴻泰：「城市社交活動的發達刺激了各種公共活動空間的發達，其中妓院更成爲士人聚會的重要場所，在此種情勢下，妓院與記也漸爲士人文化所浸透，妓院在空間上漸趨文人化，走向園林式、書齋式的格局。而妓女本身在經常參與士人社交活動的同時，也積極學習文藝寫作，試圖吸納文人文化，以便融入士人的社交圈中。」（頁 400）有關晚明的青樓文化盛況，可以參見王鴻泰：《流動與互動——由明清間城市生活的特性探測公眾領域的開展》（台北：台灣大學歷史研究所博士論文，1998 年），第 3 章〈青樓名妓與情藝生活——明清間的妓女與文人〉，頁 245～275。

護定，金蓮兒床上耍。　右調清江引　年最少者一杯（《江花品藻》，頁8）

第二十三名陳妹兒字素娥

詞曰：曲巷銀燈先馬去，凝光門外餘甘渡，娥月彎彎籠遠樹，雙棹舉倚門，紅袖迎人覷。羅襪凌波衣濕霧，燭花垂爐燈銷炷，淺笑微嗔佯不語，情縷縷，金雞三唱催天曙。　右調鳳棲梧　欲先行者巨杯（《江花品藻》，頁9）

楊慎寫下與妓女互動的情慾經驗，文字描摹十分具有畫面感，強調文字的視覺性，這種豔情書寫帶有一種男性凝視（male gaze），挑逗讀者的情色閱讀。青樓自來是文士釋放情慾之處，彷彿也只能在這樣的書寫場域中，男性文人可以正當地書寫情慾。然而，《江花品藻》或許是書寫青樓之始，這樣一本品花之書，書寫風格還是偏向雅逸、含蓄，題詠的詩詞曲文往往不脫文人習氣：

第一名雷逢兒字驚鴻

詞曰翩若驚鴻來洛浦，風流正遇陳王，凌波羅襪步生香，不言唯有笑，多媚總無粧回首高城人不見，一川煙樹微茫，最難言處最難忘，歸程須及早，一擲買春芳。　右調臨將仙　奉首席巨杯（《江花品藻》，頁1）

第十一名董蘭亭

詞曰：永和九年時分，暮春三月，山陰管弦絲竹少，清音論文藻，休誇往古說風流，不似如今二難，並稱了芳心。　右調紅繡鞋　善歌者飲（《江花品藻》，頁5）

第十二名董翠亭

詞曰：武陵溪上春風徧，花映玉樓妝，百暗逐錦雲，仙豔夢繞襄王殿。二喬二趙今重見，半韻一家，堪羨不到劉郎腸斷，凝睇橫波慢。右調桃源憶故人　奉色衣者一杯（《江花品藻》，頁6）

第十三名吳雪山

品云宋玉墻東李花

詞曰：巫峽雲雙朵，藍田玉一鉤，鳳凰臺上鳳凰遊，難比這風流。纖手鬆羅襪，香肩上玉樓，牙床一夜檀聲揉，人在鵲橋頭。　右調巫山一段雲　有外遇者巨杯（《江花品藻》，頁6）

雖是青樓品花題詠，但詞曲文中還是經常出現典故：淒美的愛情故事——曹植洛神、古代絕色美人——二喬二趙、纏綿的情慾——巫山雲雨等都不斷出現在題詠文中，甚至楊慎將這種青樓文人雅集比擬為王羲之修禊事「蘭亭集敘」，與「永和九年時分，暮春三月」緊密連結，「山陰管弦絲竹少，清音論文藻，休誇往古說風流」，男性文人複製平日慣習，將青樓聚會比擬為文人雅集，在此經營文人雅士的社交世界，提升了聚會的層次，有忘了身在何處之感。

《江花品藻》的文人化還表現在楊慎的寄寓興感之上：

　　第十九名董菊亭
　　詞曰：平陸成江水接天，煙籠桃葉渡頭，船枋醒愈，病憐風伯，玉骨冰肌詠洞仙。花作陣酒如泉，停雲靄靄北窗眠，殷勤莫負東君意，纖手琵琶四十弦。　右調於中好　奉笑者一杯（《江花品藻》，頁7）

　　第二十名陳官兒
　　詞曰：江花江草滿汀洲，江雨江雲憶舊游，江風江月添新瘦，望長江江自流，清宵夢獨上江樓，換秋色江頭柳，倚斜陽江上舟，琵琶行重賦江州。　右調水仙子　後至者巨杯（《江花品藻》，頁8）

這兩首曲運用屈原九歌、白居易《琵琶行》、貶謫江州等典故，桃葉渡、汀洲、江頭柳、江上舟縐合楊慎際遇來說，都寄寓濃重的遷謫之感，只能說雖身在青樓歡娛之地，楊慎依然無法忘情遷謫之愁苦。從另一方面來說，向來深具表演色彩的楊慎，就連在青樓書寫中，也不能忘情地透顯遷謫的縷縷愁緒和傷痕。明中葉以後，男性文人留連青樓不再只是買色買醉，許多飲宴題詠活動在青樓中展開，原本的聲色場所漸漸雅化、文人化，妓院漸漸形成另類的藝文沙龍，有許多的文藝作品在這裡醞釀、創作和傳播。而隨著《江花品藻》這樣的青樓書寫漸漸繁榮，許多私密情事，也隨著出版付梓，漸漸從私領域跨越至公領域，這樣的現象到明末清初達到高峰。

明中葉以後，文人集體徵色品豔活動日漸盛行，尤其是以金陵為中心的江南地區，馮夢龍曾載：

　　嘉靖間，海宇清謐，金陵最饒富，而平康亦極盛。諸姬著名者，前則劉、董、羅、葛、段、趙；後則何、蔣、王、楊、馬、褚，青樓所稱十二釵也〔註117〕。

〔註117〕參見馮夢龍《情史》「情痴類‧老妓條」，《馮夢龍全集》（上海：上海古籍出

青樓十二釵，經過文人的品評，成為一種公開的榮譽榜。評花案一類的活動常年不衰，並在明清之際達到顛峰〔註118〕，集體品妓徵色已成為文人生活美學建構的一環。晚明名妓如雨後春筍般出現，馬湘蘭、汴玉京、李香君、柳如是、董小宛、顧橫波、寇白門、陳圓圓、張桂芳等秦淮名妓身影，都再再出現載文人的文集中，文士與名妓的結合，甚至成為某種文化身份的象徵，青樓書寫達至高峰。當晚明文壇興起青樓書寫的繁盛風氣時，回溯出版文化史，可以發現，成書於嘉靖年間的《江花品藻》可說是書寫青樓文化之始，楊慎顯然開品花、妓女書寫風氣之先。楊慎的《江花品藻》〔註119〕屬品花箋之書，是第一部專題性，以「妓女」、「風月場」為主題的出版品。《江花品藻》後來收錄於明末莒逸史所編的《品花箋》〔註120〕中，與其後的王穉登《金陵麗人紀》、曹大章《秦淮士女表》、潘之恆《曲中志》、《吳姬錄》、《金陵妓品》、梅史《燕都妓品》、徐震《北里志》、《青樓集》、《教坊記》、等品姬之書並置；同時亦有《溫柔鄉》、《胭脂紀事》《十美詞紀》《悅容編》《香蓮品藻》等有關妓女題材之書，還有版畫《吳姬百媚圖》等商品，《江花品藻》顯然開品花類書風氣之先。

第四節　舊瓶新釀與情慾繁殖：閱讀《漢雜事秘辛》

　　明中葉以來隨著商業和印刷術的發達，閱讀人口的激增，文學書籍的大量出版，使文學接受更為便利，閱讀群眾的文學需求也反過來刺激書籍的生產，兩者的活絡互動，書籍漸漸從單純的文化交流意義，微妙地滲入商業傳播色彩，置於當時的商業傳播語境中，書籍成為一種可以企業化經營的文化商品〔註121〕。因應這樣的日益興盛的出版文化現象，楊慎的《漢雜事秘辛》、《麗情集》都是記述女人的故事，也都是充滿商業氣息的出版品。

　　　　　版社，1993），卷7，頁513。

〔註118〕參見呂菲：〈晚明名士潘之恆的女性審美觀〉，《安徽大學學報（人文社會科學版）》，第40卷，第2期（2012年3月），頁235。

〔註119〕參見楊慎著，潘之恆校《江花品藻》，收於明清之際莒逸史編《品花箋》，中央圖書館善本書，子部雜家類，雜纂之屬，第8冊，共43卷。

〔註120〕明末莒逸史編《品花箋》，所收書籍篇幅短小，內容為女子歌妓之事，為一部小型叢書，為中國第一部以青樓為主題的叢書。

〔註121〕參見周彥文：〈宋代坊肆刻書與詩文集傳播的關係〉，收入中國古典文學研究會主編：《文學與傳播的關係》（臺北：學生書局，1995），頁23－45。

一、流行的「僞書」

　　《漢雜事秘辛》一書原署漢無名氏作，主要記載了東漢桓帝（147～167年在位）時，選立大將軍梁商遺女、梁冀女弟梁女瑩爲皇后的經過及六禮冊立之事。《漢雜事秘辛》的定位爲一篇歷史類「秘辛」，這部著作歷來學者多認爲爲楊愼託古僞作之書。雖然楊愼並未刻意隱藏其手筆痕跡，甚至故佈疑陣，有意引起讀者懷疑，但他在後記又信誓旦旦道：

> 右《漢雜事》一卷，得於安寧州土知州董氏，前有義烏王子充印，
> 蓋子充使雲南時篋中書也。然《御覽》諸書亦有《漢雜事》，而略不
> 見收。〔註122〕

他宣稱這卷書得之於雲南「安寧州土知州董氏」，並且根據書上的一印記認定該書原屬洪武時官員王子充，他曾奉派雲南爲官亦死於該地，而該書流落至此。後記中談到此篇諸書不收，爲「子充使雲南時篋中書」顯示這部書的稀有、珍貴性。王子充（1321～1372）是明初歷史、文學家，洪武時確奉詔書前往雲南〔註123〕，而董氏則是虛構的人物，楊愼試圖以歷史人物和在地人（雲南）的流傳取信於人。此書升庵以前，未見任何書目著錄，亦未見任何人言及，更無古鈔本刻本存在。且所載與《後漢書‧懿獻梁皇后傳》，及劉昭《禮遺志注》多所牴牾，當時許多文人都懷疑過這部書的來歷。明胡震亨、姚士粦均疑其書，他們都作了清楚的考證：

> 按桓帝初爲蠡吾侯，梁太后欲以女弟女瑩妻之，征至京師，會質帝
> 崩，因立之，其明年立女瑩爲后。袁宏《後漢記》，范曄《書》帝后
> 兩紀、李固傳，并詳之。《后紀》：有司請徵，引《春秋》在途稱后。
> 正謂前曾結婚也，不應復下詔審視，即其故事，詔中亦應略及之。
> 今第云貞靜之聽，流聞禁腋，何也？又劉昭〈禮儀志〉注云：漢立
> 皇后，國禮之大，而志無其儀，取蔡質所記靈帝立宋后儀以備闕。

〔註122〕楊愼：〈書漢雜事後〉，《升庵遺集》，收於《楊升庵叢書》，第3冊，卷26，頁1098。

〔註123〕「王禕，字子充，號華川，義烏人。……幼敏慧，從祖父王炎澤學，師從柳貫、黃晉。至正八年遊大都時，上八千言書，陳述時弊。至元十八年，朱元璋取婺州，受徵召，爲中書省掾。……洪武二年爲參修《元史》總裁官。後升翰林侍制，同知制誥兼國史編修。……洪武五年正月，奉詔書前往雲南。洪武六年，被元舊臣脫脫所殺。……禕子王紳到雲南找父遺骸，未得。作《滇南慟哭記》。著有《王忠文公集》、《厄辭》、《大事記續編》。」參見《明史‧列傳第一百七十七‧忠義》。

此書較多審視及六禮節次，又在宋后前，宣卿注志，舊稱博悉，不
應舍此引彼，即位儀亦與注多同。雖用修復生，不能判此疑案也。
癸卯人日胡震亨識（津逮秘書本）。〔註124〕

予始讀《漢雜事》，目駭情搖，謂非漢人不能作。及見孝轅跋語，該
引詳駁，牴牾灼然，乃更發書檢校，復得可疑者數則。按《雜事》
所載立后儀，并同宋后固無論，即后服所稱紺上玄下，八雀九華，
皆廟見所著，若十二鑣是親蠶飾，不宜于大婚之時，合并而服也。
且鹵簿大駕，與劉昭親蠶注不爽眉髮，而六禮版辭，亦見沈約《宋
書》。《宋書》云：晉穆帝將納何后，太常王彪之謂，六禮宜依漢舊。
今考《雜事》及晉版，一則曰欽承舊章，肅奉典制，一則曰欽承前
典，肅奉儀制，此豈彪之所云，華嶠改定，而有異同邪？禮使有太
常宏，不知爲誰；其曰中常侍超，單超也；曰司徒戒，趙戒也，注
曰蜀郡人，曰太尉喬，杜喬也。但梁冀初欲厚納微，喬執不從，冀
遂于是年十一月殺喬，朝廷此時寧敢拂冀，遣喬爲使？至于宗正千
秋，惟安帝時有劉千秋爲宗正，去此年十一月有減天下死罪一等語，
然與立后絕不相蒙，當是仍襲宋后舊文耳。惟以后生年推之，用合
商妻陰夫人所卒之年，則后生於永建五年，陰卒于陽嘉四年，是生
六歲而母始喪也，于理稍不背戾。又《后紀》注曰：乘馬四四馬也，
《雜事》乃云馬十二匹，更檢《晉志》云：漢高后制，聘后黃金二
百斤，馬十二匹，此則《雜事》較有所據，足補悉依孝惠皇帝納后
故事注。余因念僞作者，必非不讀《漢書》，何至自開釁竇如此。且
審識一段，描寫精瑩，若有生氣，似非假托可到，恐秘記史官各有
依據，未可指爲贋作也。海鹽姚士粦叔祥跋。〔註125〕

胡震亨、姚士粦都以詳細的考證，認爲此書史實、禮制、人物錯亂，非漢代
作品。而沈德符的《萬曆野獲編》認爲該書，「此書本楊用修僞撰，託名王忠
文得之土酋家者。楊不過一時遊戲，後人信書太眞，遂所惑耳。」〔註126〕認

〔註124〕王文才、張錫厚輯：《升庵著述序跋》，頁217。
〔註125〕王文才、張錫厚輯：《升庵著述序跋》，頁218～219。
〔註126〕此則其實是藉該書考證弓足起源，「近日刻《雜事秘辛》紀後漢選閱梁冀妹事，
　　　　因中有約束如禁中一語，遂以爲始於東漢。不知此書此書本楊用修僞撰，托
　　　　名王忠文得之土酋家者。楊不過一時遊戲，後人信書太眞，遂所惑耳。」參
　　　　見沈德符：《萬曆野獲編》（北京：中華書局，1959），卷23，頁599。

為是讀者自己盡信書，一廂情願，受其所惑。他在《敝帚軒賸語》中又根據明代學者的考證，乘勢發言「此書即楊慎偽作也。敘漢桓帝懿德皇后被選及冊立之事，其與史舛謬之處，明胡震亨、姚士粦二跋辨之甚詳。其文淫豔，亦類傳奇，漢人無是體裁也」。有趣的是，這部「偽書」在當時卻大受編者／讀者歡迎，大部分的學者都對《漢雜事秘辛》的來源有程度不同的懷疑，然而又正面認同該書的價值，梁啓超甚至饒負興味的說：「假如楊用修坦白地承認是自己作的，明人小說已曾有此著作，在文學界價值不小」〔註127〕，進一步說明該書的創新性。《漢雜事秘辛》在出版界十分流行，沈士龍始印入萬曆三十一年刻《秘冊彙函》中，程榮刻入《漢魏叢書》、《重編說郛》，繼而《津逮秘書》、《龍威秘書》、《五朝小說》、《說庫》、《秘冊匯函》、《綠窗女史》、《無一是齋叢鈔》、《香豔叢書》、《廣漢魏叢書》、《增定漢魏叢書》、《說庫》《漢魏小說探珍》等書，相率收入，《漢雜事秘辛》反成為升庵作品最流行的一種。王謨就說出該書流行的情況：

> 又《漢雜事秘辛》一卷，據楊用修跋，得自雲南土知州董氏，為義烏五子充遺書。蓋亦如張天覺言，三墳書得於北陽民家，其為真贗，固有能辨之者，茲不復論。且如子貢《詩傳》，申培《詩說》，黃靈《天錄閣外史》，皆明人所作偽書，而毛氏《津逮秘書》，何氏叢書尚皆收錄，不以為疑，於《秘辛》乎何有，故仍校刊，以資參考。汝上王謨識。（《漢魏叢書》本）〔註128〕

王謨肯定此書的價值，將《漢雜事秘辛》與歷史上有名的偽書（子貢《詩傳》、申培《詩說》、黃靈《天錄閣外史》）並列，他也道出當時明中葉出版業「以偽為真」，著重於書籍精彩度、暢銷考量，而不甚重視考證真贗的出版文化現象。

　　許多當時文壇人士還紛紛稱譽此書：

> 自古以文字類寫娟麗，無過〈衛詩〉之美莊姜。其他若宋玉之「娭光渺視目增波」，郭舍人之「齰妃女脣甘如飴糖」，唐玄宗之「軟溫新剝雞頭肉」，杜樊川之「纖纖玉筍裹輕雲」，之數語皆妙於形容，亦足寫

〔註127〕如近人梁啓超就認為：「此書疑即晚明楊慎用修所作。楊先生文章很好，手腳有點不乾淨，喜歡造假。假如楊用修坦白地承認識自己作的，明人小說已曾有此著作，在文學界價值不小。」予以《漢雜事秘辛》正面評價。參見張心澂：《偽書通考》（北京：商務印書館，1939），頁870。
〔註128〕王文才、張錫厚輯：《升庵著述序跋》，頁219。

一時之豔。然未有摹畫幽隱，言人所不忍言，若《秘辛》之搖人心目
也。且自如瑩燕處，度髮解衣，以至幽鳴可聽，其間兩人周旋光景，
雖去年千百餘年，猶歷歷如眼見而耳聞之也。至其造語，若拊不留手、
築脂刻玉、胸乳菽發、火齊欲吐之類，咸此嫗率率口創，有後來含毫
所不敢望者。何得橫索同異，相與疑之。叔祥孝轅證博矣，然非所以
語於文章之妙。繡水沈士龍識（《津逮秘書》本）〔註129〕

《漢雜事秘辛》引發一連串的懷疑、多重解讀風潮，引來諸多文人學者對此
書的考證、詮釋，這也許是楊慎本來就試圖造成的「話題」效果，或有意的
操弄讀者。許多人的懷疑、考證不斷增加此書和「偽作者」──楊慎的知名
度，他們在一遍遍的疑其真偽，考證年代中，不斷地細讀《漢雜事秘辛》，結
果意外地讀出許多興味。

沈士友認為《漢雜事秘辛》「摹畫幽隱，言人所不忍言」，認為女瑩在閨房
寬衣解帶，裸體受檢的一段，猶歷歷如眼見而耳聞之也，是一場感官之旅，因
此可以達到「搖人心目」的閱讀效果。他雖然認為《漢雜事秘辛》中的優雅造
語，不可能出自吳姁一老嫗之口，令人懷疑其可信度，但認為其文章精彩，已
超越真偽。因為此書深受讀者喜愛，十分暢銷，大部分的學者已不論其真偽，
而直接以小說視之，清《四庫全書總目提要》卷一百四十三，列入小說類存目
一，在《燕丹子》後，《飛燕外傳》前。對《漢雜事秘辛》評曰：「其文淫豔，
亦類傳奇，漢人無是體裁也。」認為升庵工於仿古，以唐人傳奇為範本，雜以
明代小說家喜言穢褻之習氣，遂成本篇。從來源的真實性造作（土酋董氏、上
有王子充印）、珍貴性的營造、史事的考符、神秘性的勾勒、當代情色香豔元素
的適時加入，個人手筆的有意無意透露，《漢雜事秘辛》似乎成了楊慎最暢銷、
最流行的一部偽書了。值得思考的是，楊慎為何要偽作這部書？此書的書寫策
略為何？這樣的書寫策略又達到何種效果？這部書為什麼能在當時流行、暢
銷？該書又描繪出當時何種文化圖景？皆成為值得探討的議題。

二、《漢雜事秘辛》的情色書寫策略

關於《漢雜事秘辛》的內容，楊慎在該書後記中作了簡短的介紹：

右《漢雜事》一卷，……此特載漢桓帝懿獻皇后被選，及六禮冊立
事，而吳姁入後燕處審視一段，最為奇豔，但太穢褻耳，不謂冀威

〔註129〕王文才、張錫厚輯：《升庵著述序跋》，頁219。

嚇震人，猶得瀆選如此。卷首有「秘辛」二字不可解，要是卷帙甲
乙名目。余常搜考弓足原始不得，及見約縑迫襪，收束微如禁中語，
則纏足後漢已自有之。言脫於口，追駟不及，聊誌於此，用塞疏漏
之誚。〔註130〕

他指出這部書主要記載東漢桓帝時，懿獻皇后被選入宮，及六禮冊立事。本
來是一件冊立皇后的莊嚴史事，作者卻強調「吳姁入後燕處審視一段，最為
奇豔」，提醒讀者該書最精彩之處。然後羞赧地自述「太穢褻耳，不謂冀威嚇
震人，猶得瀆選如此」，（意即這一段實在太穢褻，驚嚇到讀者，瀆選如此，
深感抱歉），充滿挑逗讀者閱讀興趣的意味，而「秘辛」二字不可解，埋伏懸
疑，也為這個故事蒙上陰影，激發讀者偷窺的視／試慾。小說中還加入了當
時流行的元素——纏足起源，（欲知纏足起源，靜待《漢雜事秘辛》分曉），
可以發現這一篇後記十足意在吸引讀者目光，企圖擄獲讀者之心。

　　《漢雜事秘辛》最為人津津樂道的段落，大概就是女官吳姁對梁女瑩婚
前檢查的細緻描摹，誠如楊慎自己說的「審視一段，最為奇豔」，是書初出，
論者皆驚其色豔，傳刻不絕，這一本楊慎十分暢銷的書，他究竟運用何種書
寫策略，吸引商賈／讀者目光，擄獲讀者之心，成為值得討論的議題。

　　《漢雜事秘辛》的主題為東漢桓帝選立梁女瑩為后的「秘辛」，故事一開
始，在未成婚前，桓帝派女官吳姁到梁府，吳姁清晨抵達，拂曉的陽光灑在
女瑩臉上，美得如「如朝霞和雪豔射」，令人「不能正視」。吳姁一進門先觀
察梁女瑩走路的姿態，判斷她身材勻稱，姿態娉婷。接著由上而下觀察女瑩
的五官面容，發現眼（目波澄鮮）、眉（眉嫵連卷）、口、齒（朱口皓齒）、耳、
鼻（修耳懸鼻）、臉頰（輔靨頤頷）皆「位置均適」，且樣貌十分完美。然後
解下女瑩的髮簪，鬆開髮髻，仔細測量頭髮顏色「黝鬒可鑒」，頭髮烏黑亮麗，
長度「圍手八盤，墜地加半握」（纏在手上足夠繞八圈），十分精確的科學測
量描述。頭部面部檢查完畢後，便請女瑩進入閨房，脫去衣服，吳姁開始仔
細檢查身體各部位：

芳氣噴襲，肌理膩潔，拊不留手。規前方後，築脂刻玉，胸乳菽發，
臍容半寸許珠，私處墳起，為展兩股，陰溝渥丹，火齊欲吐。〔註131〕

〔註130〕楊慎：〈書漢雜事後〉，《升庵遺集》，收於《楊升庵叢書》，第3冊，卷26，
　　　　頁1098。
〔註131〕參見《漢雜事秘辛》，收入〔清〕蟲天子《香豔叢書》（上海：上海書店，出

除去衣物後，吳姁用鼻子嗅了女瑩的腋下和臉部，看她身上是否有狐臭、炎症等異味，嗅得芳氣噴襲，一陣襲人的香氣撲鼻而來。接著以手觸及女瑩皮膚，觸得肌理爽潔，用手撫摸沒有一絲滯澀之感。又查看她肚臍的形狀、深淺，一樣以科學數據行文（臍容半寸許珠），檢查女瑩的乳房，檢視是否有腫瘤。女瑩胸部微微現出一道弧形曲線，後背方整，如羊脂堆砌，似美玉雕琢。還仔細審視女瑩私處的顏色、樣貌，最後得出「此守禮謹嚴處女也」的結論。這一段描述頗類醫療診視，書寫形式如中晚明盛行的醫案，當然隱含觀看的權力。閱讀是私密的感悟活動，這一段使用各種感官描繪，彷彿讀者的眼、耳、鼻、手隨著吳姁的檢查褪去女瑩層層的衣衫，字裡行間充滿情色挑逗的元素，歷史的「秘辛」，感官的刺激，在在都引起情慾閱讀的魅力。

接續檢查步驟，吳姁測量肩膀的寬、厚及腰圍，並測試了她臀部的寬窄，大腿膚色、長度，手掌十指姿態，十腳指的顏色，腳板平凹豐妍：

> 約略瑩體，血足榮膚，膚足飾肉，肉足冒骨。長短合度，自顛至底，長七尺一寸；肩廣一尺六寸，臀視肩廣減三寸；自肩至指，長各二尺七寸，指去掌四寸，肖十竹萌削也。髀至足長三尺二寸，足長八寸，踁跗豐妍。底平指斂，約縑迫襪，收束微如禁中。〔註132〕

這一段寫及女瑩的身材肌膚光潤，骨肉勻稱，血路通暢，這與醫學文獻的描寫極為相似，可能與楊慎的醫學背景有關，他與《韓氏醫通》作者韓懋交好，又曾撰《素問糾略》、《男女脈位圖說》等醫書〔註133〕。值得注意的是，此段

版年不詳），頁651。

〔註132〕參見《漢雜事秘辛》，收入《香豔叢書》，頁652。

〔註133〕王文才：「慎每在滇枕疾，寓廬就醫，常問方於道士韓飛雲、醫師彭五嶷等，多涉方書，漸知診理。《升庵遺集》，有《男女脈位圖說》一文云：『《褚氏遺書》有《平脈》一篇，分別男女左右脈部，甚為明晰，而醫家罕遵用之。』飛霞嘗語慎：『試以《素問》平脈並脈，按男女脈部，如褚氏說而診之，自可以驗，信非虛語。因表章褚氏《平脈》一篇，又繪男女脈部二圖，刻而傳之』。」參見氏著：《楊慎學譜》（上海：上海古籍出版社，1988），頁299。又楊慎自述：「予外方友飛霞韓懋，遵用褚氏平脈，以診婦女，十中其九。且又為予言：子試以《素問》平脈病脈，按男女脈部，如褚氏說而診之，自可以驗，因歎俗書之誤人也久已。予在滇南，枕疾歲久，岐黃雷華之書，鑽研頗深，蓋亦折肱而知良醫，信非虛語。因表章褚氏平脈一篇，又繪男女脈部二圖，刻而傳之。庶乎庸醫之門，冤魂稍稀，亦仁人君子之所樂聞而快睹也。」參見氏著：〈男女脈位圖說序〉，收於《升庵遺集》，《楊升庵叢書》，第3冊，卷24，頁1083。楊慎曾著有《素問糾略》、《脈位圖說》等相關醫學類書籍，由此可知他素有醫學素養。

仔細記載女瑩的身體各部位尺寸，這個部分改變前面「太穢褻」的感官式書寫，以精細的數據，客觀的量化敘述呈現。高彥頤認為楊慎的書寫：「臨床診斷般的淡然口吻，反而足以刺激讀者的想像，使得冰冷的尺寸量度，蒙上一層情色的薄紗」〔註134〕，科學式的描摹，反而引起非科學的情色效果，這種細緻的身體表述，適巧成為繁殖情慾的想像圖景。而這種科學、近乎解剖式的身體書寫，呈現獨特的身體意識（body consciousness），身體成為被凝視的客體（object），與中晚明萌興的醫案、醫典、醫書講求身體病徵精確描述，診斷、藥方的科學數據陳述有關，身體成為被訊問、審視的知識對象，成為一種新的身體政治〔註135〕。進一步來說，這種以身體檢查為情節的情色場面，帶著一種品賞女人的眼光，隱藏、預設男性的眼光，彷彿某種「窺視癖」，女人的身體成為一種新的閱讀對象，「觀看」本身就是慾望的一種形式〔註136〕，涉及觀看的權力，《漢雜事秘辛》的這一段新鮮又情色的女性身體書寫，預現了晚明「窺視」的閱讀態度／慾望。

這一段還提及明清時代與情慾關係密切的蓮足，「底平指斂，約縑迫襪，收束微如禁中」，小小的雙足受到約制，收束在緊縮的白襪子裡，少女宛如身處禁宮，內斂含藏，三寸金蓮（纏足）蘊藏一種含蓄的美感和隱蔽的性愛慾望〔註137〕。有不少男性文人，都有蓮癖，《萬曆野獲叢編》就記載，「元楊鐵

〔註134〕 參見高彥頤著，苗廷威譯：《纏足「金蓮崇拜」盛極而衰的演變》（台北：左岸文化，2007）。

〔註135〕 「明代醫學理論與知識在印刷術的普及與醫者數量的快速成長下，有了重要發展。……越來越多的明代醫者討論為特別身體構造的病人適當的醫學治療與規劃」（頁179～180）顯示身體描述在明代越來越受重視，有關明代醫學發展可參見梁其姿《面對疾病：傳統中國社會的醫療觀念與組織》（北京：中國人民大學出版社，2012）；熊秉真：〈案據確鑿：醫案之傳承與傳奇〉，收於氏編《讓證據說話【中國篇】》（臺北：麥田出版社，2003），頁201～246及楊玉成師：〈病人絮語：晚明張大復的疾病與書寫〉，發表於中研院文哲所主辦，2011年11月24日，「2011明清研究前瞻」國際學術研討會，感謝楊老師慷慨借閱修改補充後之論文。

〔註136〕 有關晚明「窺視」的相關文化，參見楊玉成師〈閱讀世情：崇禎本《金瓶梅》評點〉，收於《國文學誌》（彰化：彰化師範大學，2001），第5期，頁115～158。

〔註137〕 〔美〕費俠莉認為「道學泯滅人欲理論的精髓，就是通過纏足，使得女性以一種更加私秘的方式，將自己的胴體隱蔽起來，只能在最親密的人面前展現」（頁123），參見氏著，甄橙譯：《繁盛之陰——中國醫學史中的性（960～1665）》（南京：江蘇人民出版社，2006）。

崖好以妓鞋纖小者行酒，此亦用宋人例，而倪元鎮以爲穢，每見之輒大怒避
席去。隆慶中，雲間何元朗覓得南院王賽玉紅鞋，每出以觴客，坐中因之酩
酊，王弇州至作長歌以紀之。」〔註138〕在明清時期，蓮足更是與情慾緊密連
結，楊愼自己就有賞玩蓮足的癖好，「月娥絲履五文章，步步生蓮印寶坊。瞥
見癡郎沈醉死，襪羅留作反魂香」〔註139〕，「曲曲瓊鈎無限情，不論花貌已傾
城。南朝天子風流少，不使金蓮掌上行」〔註140〕，羅襪、弓足、蓮步的描寫，
道出明清男人對蓮足的癡迷，因此，女瑩的蓮足特寫，正可使男性讀者馳騁
情慾想像，涉及窺視慾望，隱含觀看的權力，成爲一種身體的政治。

　　楊愼在《漢雜事秘辛》後記自道「余常搜考弓足原始不得，及見約練迫
襪，收束微如禁中語，則纏足後漢已自有之」，不但自我解惑，亦解答了眾家
男性蓮癖的情色之惑。而後又掀起沈德符、胡應麟、趙翼等男性文人關於弓
足起源的激烈討論，趙翼《陔餘叢考》在探論纏足起源史料時，亦引用《漢
雜事秘辛》的內容〔註141〕，小說衍生出的弓足起源疑雲，這恐怕又是《漢雜
事秘辛》的另類迴響〔註142〕。

〔註138〕〔明〕沈德符：《萬曆野獲編・妓鞋行酒》（北京：中華書局，1959），卷23，
　　　　頁600。
〔註139〕楊愼〈題元夜留鞋圖〉，收於《升庵遺集》，《楊升庵叢書》，第3冊，卷18，
　　　　頁1010。
〔註140〕楊愼〈詠妓鞋二首〉，收於《升庵遺集》，《楊升庵叢書》，第3冊，卷19，頁
　　　　1023。其他如〈月夕見美人過浮橋〉：「雁齒螭頭影動搖，金波玉鏡夜迢迢。
　　　　忽逢羅襪輕盈步，疑是鮫人出賣綃。」收於《升庵文集》，《楊升庵叢書》，第
　　　　三冊，卷34，頁535。楊愼在《升庵詩話》也收錄一些有關蓮足的詩，如「『神
　　　　女初離碧玉階，彤雲猶擁牡丹鞋。應知子建憐羅襪，顧步徘徊拾翠釵。』章
　　　　仇兼瓊時爲成都節度使。」參見楊愼：〈何兆章仇公席上永眞珠姬〉，收於丁
　　　　福保：《歷代詩話續編》，中冊，卷5，頁719。
〔註141〕趙翼：「《花間集》詞云『慢移弓底繡羅鞋』楊用修因之，並引六朝〈雙行纏〉
　　　　詩，所謂『新羅繡行纏，足趺如春妍，他人不言好，獨我知可憐』，以爲六朝
　　　　已裹足。不特此也，《漢雜事秘辛》載漢保林吳姁句『足長八寸，踁跗豐妍。
　　　　底平指斂，約練迫襪，收束微如禁中』」，見氏著：《陔餘叢考》，收於《續修
　　　　四庫全書・子部・雜家類》（上海：上海古籍，1995），卷31，頁179。
〔註142〕有關弓足起源的爭議，沈德符：「楊用修謂婦人纏足始於六朝，以樂府雙行纏
　　　　爲其據，其說誠誤，友人胡元端駁之不遺餘力，因引晉人男方頭履女圓頭履爲
　　　　證，又云宋齊以後，題詠婦人足者甚多，並不及纖小，然終無實證以折之，按
　　　　梁武帝弟臨川王蕭宏，與帝女永興公主私通，遂謀弑逆，許事捷以爲皇后，永
　　　　興公主使二僮衣婢服入弑，及升階，僮踰限失履，閽帥令與人八人抱而擒之，
　　　　搜僮得刀，乃殺二僮，夫可爲婢服且失履，則足之與男子同可知，當時梁去唐
　　　　不遠，是一大證佐，而元端未之及也。元端又引道山新聞，以爲始於李後主宮

科學診斷規格的處女檢查後，吳姁繼續執行她的任務：

> 久不得音響，姁令推謝皇帝萬年，瑩乃徐拜稱皇帝萬年，若微風振
> 簫，幽鳴可斷。不痣不瘍，無黑子創陷及口鼻腋私足諸過。〔註143〕

因為一直都沒有聽到女瑩的聲音，吳姁最後讓女瑩三呼「萬歲」則是要檢查
一下其聲帶發音。寫及女瑩的跪下叩頭，口稱「皇帝萬年」。那聲音如微風吹
響了玉簫，幽然悅耳，而聲音似乎也傳到讀者心坎中。最後吳姁詳察了她身
體的每一個部位，確定了她沒有痔瘡、皮膚病，周身上下也沒有斑痣、傷疤，
以及口、鼻、腋下等處的毛病。這是一個描寫繁複的婚前檢查，彷彿經過醫
學診療望、聞、問、切、觸，再三確認才得以完成。而其書寫策略就在視、
聽、嗅、觸覺等各種描寫中，引領讀者進行一場感官的閱讀之旅。

　　《漢雜事秘辛》因為這段奇豔的裸體檢查描寫為後人津津樂道，這個閱
讀效果也是楊慎早就預期或預設的，他在後記裡說「吳姁入後燕處審視一段，
最為奇豔，但太穢褻耳」，其真正目的，正在提醒讀者不要遺漏這全書最高潮
精彩的段落，促使讀者看到後記，趕快再翻到此段一讀再讀。閱讀召喚情慾
需求，隨著吳姁檢查女性身體的步驟，跟著楊慎充滿感官、挑逗的文字，領
略情色文學的激盪刺激。

　　《漢雜事秘辛》雖來路可疑，但一付梓卻得到極大迴響，謝肇淛在《五
雜俎》中言「敘女寵者，至《漢事秘辛》極矣；敘男寵者，至《陳子高傳》
極矣。《秘辛》所謂『拊不留手』、『火齊欲吐』等語，當與『流丹狹藉』競爽
而文采過之」〔註144〕；清陳森在其小說《品花寶鑒》中對這段梁女瑩裸體的
仔細考究，大加讚賞。其充滿臨床診斷式的新奇語言運用，還被明清文人運
用到詩文創作上，如《浙西六家詞》、《曝書亭集》等皆收錄以科學之法寫的
豔詞俗曲〔註145〕。繼《漢雜事秘辛》後又有一部偽題為東晉時人著的小說——
——《張皇后外傳》亦仿效《漢雜事秘辛》，有清楚的后妃處女裸體檢查的情節
〔註146〕，雖然文字不如楊慎婉麗，但也算是另一種形式的迴響。從這部書在

　　嬪宦娘，似不始於中唐，則又與自所引杜牧詩相背馳矣，一人持論，上游移無
　　定見乃爾，何以駁證前人耶，余已記弓足，因再閱元端說，又訂之如此」參見
　　氏著：《萬曆野獲編·胡元端論纏足》（北京：中華書局，1959），卷23，頁599。
〔註143〕參見《漢雜事秘辛》，收入《香豔叢書》，頁652。
〔註144〕參見謝肇淛：《五雜俎》，人部四，卷8，頁146。
〔註145〕有關這引用部分的考證，請參看朱國偉《〈漢雜事秘辛〉明楊慎作偽說「考
　　辨」，收於《明清小說研究》（2012年第3期），頁180～181。
〔註146〕參見陳東原論明代處女的檢查部分，《中國婦女生活史》（北京：商務印書館，

當時的流行，顯然這樣的書寫策略，達到良好的傳播效果。《漢雜事秘辛》的傳播情形，也預示了晚明的情色思潮，「目極世間之色，耳極世間之聲」〔註147〕，明代中後期即出現大量與性有關的通俗文學／文化商品，楊慎就曾談論過「春宵秘戲圖」：

> 徐陵與周弘讓書，歸來天目得肆，閒居差有弄玉之俱仙，非無孟光之同隱，優游俯仰，極素女之經文；升降盈虛，盡軒皇之圖勢，則宋人春宵秘戲圖有自來矣。〔註148〕

顯然情色書、畫在明中葉已漸出現，春宮畫、秘戲圖等文化商品活絡上市〔註149〕，呈現縱情聲色，不避淫穢的文人的生活品味的社會語境。

三、兩截式的小說敘事

分析《漢雜事秘辛》的書寫策略，可以發現前後文的樣貌形成極大的差異，上半截文詞冶艷，下半截端肅隆盛。這一篇成為兩截式的作品，究竟是楊慎的創意展現？遊戲式的操弄讀者？抑或是文人焦慮的呈現？

繼吳姁審視女瑩的奇豔描寫後，楊慎忽然扳起考據學家嚴肅的臉孔，以「博考」功夫鋪陳女瑩進宮後冊立為妃的細節，首先，寫及冊封前的種種禮儀、程序：

> 辛卯，皇帝制詔：「大將軍參錄尚書侯冀之女弟，有母儀之德，窈窕之姿，如山如河，宜奉宗廟，永承天祚。以黃金二萬斤，馬二十四，玄纁穀璧，以章典禮。今使使節司徒戒太常弘以禮納徵。」主人曰：

1998），頁 216～220。

〔註147〕 袁宏道：〈龔惟長先生〉，《袁中郎全集》（台北：偉文圖書，1976），卷 5，頁 79。

〔註148〕 楊慎：〈春宵秘戲圖〉，收於《升庵集》（上海：上海古籍出版社，1993），卷 48，頁 399。

〔註149〕 中國穩定性的社會模式在明代後期「突然爆發了一場性革命」，而有幾種表現：一、出現大量與性有關的通俗作品；二、春宮畫、秘戲圖與性藥品等蜂擁上市；三、同性間的性活動得到充分發展。參看潘綏銘：〈性文化史〉，收於《讀書叢刊－思想史上的失蹤者》（台北：聯經，1995），頁 152～153。又楊慎亦曾有關秘戲圖的說明「宋代儒家倫理的興盛可能會使人以為春宮畫在當時並不很常見。然而，據明代學者楊慎稱，這個時期的職業藝術家們畫有「春宵秘戲圖」。「秘戲圖」這個詞成為描繪性行為的各種姿勢的畫冊、手卷的通用文字稱呼」，參見參見〔荷蘭〕高羅佩（R. H. van Gulik）著，楊權譯：《秘戲圖考》（廣州：廣東人民出版社，2005），頁 132。

「皇帝嘉命，降婚卑陋，崇以上公，寵以典禮，備物典策，肅奉儀
制。」甲午，皇帝制詔大將軍參錄尚書乘氏侯冀：「謀於公卿，大筮
元龜，固有不臧，率遵典禮。今使使持節大常弘宗千秋以禮請朝。」
主人曰：「皇帝嘉命，使弘重宣中詔，吉日惟今月庚子可迎。臣欽承
前典，肅奉儀制。」庚子，皇帝制詔大將軍參錄尚書乘氏侯冀：「歲
吉月令，吉日惟庚子，率禮以迎。今使使持節太尉喬司徒戒以迎。」
主人曰：「皇帝嘉命，使者喬重宣中詔，令月吉辰，備禮以迎。上公
宗卿，兼至副介近臣百兩，臣蠑蟻之族，猥承大禮，憂悚惶悸。欽
承前典，肅奉儀制。」〔註150〕

因為寫的是東漢桓帝史事，署名漢無名氏，楊愼細緻地考據漢代儀典細節，
拿出考據學家的看家本領，從古文獻找寫作資料，詳寫冊封前的各項繁文褥
禮的程序、事宜，似乎要把讀者從感官情慾式的閱讀，拉回嚴肅正經的歷史
情境，企圖進一步宣示此事的眞實性。接著又隆重地描繪冊立典禮現場情境：

后服紺上玄下，假髻步搖，八雀九華，十二鐏，加以翡翠朱烏抹。
乘法駕，重翟羽蓋，金根，車駕青交路。青帷裳，虡畫軩，黃金塗
五末，蓋蚤施金華，駕駟馬，龍旗九斿。大將軍妻參乘，太僕妻御。
車府令設鹵簿，屬車四十六乘，前鸞旗，車皮軒，鳳凰翕戟，九斿
雲罕，金鉦黃鉞。洛陽令奉引，公卿五官校尉，司隸校尉、河南尹
妻，皆乘其官車帶夫本官綬以從。置虎賁羽林騎戎頭，黃門鼓吹五
時，副車女騎夾轂，執法御使在前。五將導騎，引至闕下。自皇漢
迎后，未有若斯之盛也。

至八月乙未，詔曰：「維建和元年八月乙未，制詔故大將軍乘氏忠侯
商女女瑩：朕聞任姒佐周，綿遠八百，良以德重黃床，足奉宗廟也。
朕以寡昧，承嗣歷服，爰求英淑，共臨海內。惟爾凤閑內戒，德冠
后庭，有天桃之宜，協和鳴之祥，宜升尊位，母儀天下。今使太尉
喬使持節奉璽綬，宗正千秋爲副，立爾爲皇后。其敬愼中饋以踐乃
位，無替朕命，永奠坤維！」

后即位於章德殿，太尉使持節奉璽綬。天子臨軒，陛設虎賁旄頭五
牛旗，百官陪位，皇后北面，太尉往蓋下東向，宗正大長秋西向。

〔註150〕參見《漢雜事秘辛》，收入《香豔叢書》，頁652。

> 宗正讀策文畢，皇后稱臣妾皇帝萬年畢，往位。太尉喬授璽綬。中
> 常侍超長跪受璽綬，奏於殿前女史授婕妤，婕妤長跪受以授昭儀，
> 昭儀長跪以帶皇后，皇后伏起拜稱臣妾皇帝萬年訖。黃門鼓吹三通，
> 鳴鼓革，群臣以次出，后即位，大赦天下。〔註151〕

延續前文，這一段一樣以博考之工筆行文，博物式地書寫儀式進行時的各種
器物，將宮廷皇家的物質文化羅列展示於讀者眼前，使觀者彷彿身歷其境，
參與一場重要的冊封大典。從香豔的驚豔到皇家盛大場面的驚奇，《漢雜事秘
辛》的讀者馳騁一場驚聲連連的閱讀之旅。

《漢雜事秘辛》前半文詞豔冶，下半嚴肅隆盛，似乎截然二分〔註152〕。
書寫完吳姁入後燕處審視的奇豔段落後，傳統文人徘徊於情色與禮制；私與
公；沈迷與覺悟的矛盾中。雖然明中葉後隨著通俗文學的興盛，情色文學也
逐漸發展，然而自覺「太穢褻」的文字遊戲後，根深蒂固的道學禮教老靈魂
又悄悄呼喚，文人式的焦慮緩緩升起。而一本正經的博物式典禮書寫適足以
重新調整筆觸，正提供了一個展演古文獻、歷史知識的舞台。而兩截式的書
寫策略也適巧使沈溺於感官情慾的讀者，跳脫至歷史閱讀情境。情慾式的閱
讀繼以禮節的講究，這種兩截式的閱讀，也正產生一種我享樂，但我也正沈
浸在古禮中，關心史事的閱讀心理，以知識的姿態包裝情色的情節，使讀者
不至於過度沈溺在閱讀的愉悅中，兩截式敘事方式正創造一種無罪惡感的安
心閱讀。

進一步來說，正如楊慎的許多作品，《漢雜事秘辛》雖然寫的是梁女瑩被
選入宮中，冊立為妃的故事，但在盛大壯觀的典禮鋪陳進行中，也寄託了楊
慎對於朝廷隆盛、秩序井然的嚮往：

> 后即位於章德殿，太尉使持節奉璽綬。天子臨軒，陛設虎賁旄頭五
> 牛旗，百官陪位，皇后北面，太尉往蓋下東向，宗正大長秋西向。
> 宗正讀策文畢，皇后稱臣妾皇帝萬年畢，往位。太尉喬授璽綬。中
> 常侍超長跪受璽綬，奏於殿前女史授婕妤，婕妤長跪受以授昭儀，
> 昭儀長跪以帶皇后，皇后伏起拜稱臣妾皇帝萬年訖。黃門鼓吹三通，

〔註151〕 參見《漢雜事秘辛》，收入《香豔叢書》，頁652。
〔註152〕 王汝梅認為這種兩截體作品為楊慎首創，具有強烈的反諷效果，意蓋在譏刺
明中後期上層統治者的侈靡頹敗之風，《聊齋誌異》中有多篇類似作品。參見
氏著：〈《稀見珍本明清傳奇小說集》解題（選五則）〉，《明清小說研究》（2008
年第3期），頁249。

鳴鼓華，群臣以次出，后即位，大赦天下。〔註153〕

楊慎所處的時代是明代由盛轉衰的轉折時期，嘉靖皇帝罔顧朝政，崇尚方術，朝綱廢弛，宦官擅權，東南沿海倭寇不斷侵擾，「天子臨軒」，「百官陪位」，可以說是他最想看見的朝廷圖景。經歷過「大禮議」挫敗，被貶為軍籍，謫戍到當時最遠的邊陲雲南，重返中原、朝廷之日遙遙無期，「黃門鼓吹三通，鳴鼓華，群臣以次出，后即位，大赦天下」，朝廷百官井然有序，氣勢磅礡，嘹亮的「大赦天下」，恐怕是楊慎內心最企盼聽到的聲響。

第五節　《麗情集》的編撰視域

一、舊名沿用與創意

　　《麗情集》和《續麗情集》這部文言小說作品，是以唐傳奇和「筆記體」的形式，揉合楊慎博學考證的書寫慣習，以女性為主題的故事集。李調元曾談論此書：

> 《麗情集》一卷，《續集》一卷，皆升庵採取古之名媛故事，間加考證而成者也。以緣情而靡麗，故名之。按此書世無傳本，得之丁小山。疑古今麗人尚多，所纂必不止此，然別無他本可校，姑存之以備一種。〔註154〕

> 宋晁昭德《郡齋讀書志》：宋張君房唐英編古今情感事為《麗情集》二十卷。今其書不傳，惟升庵有《麗情集》及《續集》各一卷，意即補張唐英之所未備。散見於先生各說部詩話中，今合併梓行，庶可以歸當日之全面目云。〔註155〕

李調元說明楊慎創作《麗情集》的動機在於補宋朝張唐英之所未備，並合併各部詩話中相關名媛故事。李調元提及目前其書不傳的《麗情集》〔註156〕，

〔註153〕參見《漢雜事秘辛》，收入《香艷叢書》，頁652。
〔註154〕李調元：〈麗情集序〉，楊慎撰、李調元校定：《麗情集》（百部叢書集成37輯，函海第61種），嚴一萍輯選《百部叢書集成》（臺北：藝文印書館，1968），頁1。
〔註155〕王文才、張錫厚輯：《升庵著述序跋》，頁92。
〔註156〕該書「明代原書猶存」，清代蟲天子輯的《香艷叢書》五集卷二中輯有宋張君房《麗情集》故事共12則，今人李劍國更是遍驗各書得「遺文可考者」42篇，可以說是至今為止，《麗情集》輯佚之最，雖亦未完善，但不管怎麼說，

為宋張君房（唐英）最後一部小說集，他自述編撰目的為「其纂古今麗情事為本書，乃出娛情遣興」。由於這部書中有許多名女人的故事，因此自問世後，引起文人們極大的關注〔註157〕。楊慎《麗情集》即延續張君房以「娛情遣興」為目的，以「緣情而靡麗」為書寫氛圍，以「纂古今麗情事」為主軸的書寫。內容即李調元序中言「采取古之名媛故事」編撰而成，二書所收皆為女性故事或典故，而李調元《函海》叢書把它列在「文學・豔情小說類」。因為張君房的《麗情集》曾引起文壇極大的關注，在明代書傳或不傳，又成懸案，因此，楊慎這種延續舊名的作法，在書籍市場上，本身就是一個有效的行銷策略。

嘉靖、隆慶朝，文言小說創作出現一種新的動向，那就是有些文人開始編纂帶有專題性的作品集〔註158〕。由於文化市場的需求，加上印刷技術的進步，明中葉後期搜集、整理、出版文言小說的專集或總集，也蔚然成風〔註159〕。這本書以女性作為書寫對象，也在明中葉文壇上開啟以女性為題材選擇對象的新風氣。

這部以「纂古今麗情事」為主題的著作，在題材選擇的專門化頗有「類書」特色，楊慎可以說開主題式題材風氣之先，嘉靖中期以來，圍繞某一專題匯編（或適當改寫）前人相關主題的作品集相繼問世，似乎成了一種風氣。其後有如王世貞以「情色豔異」、「情事之美者」為主題的《豔異編》，以及收錄前代豪俠題材的《劍俠傳》；馮夢龍以各式各樣「情感」為中心的《情史》；王文祿《機警》一書彙編歷朝歷代有關「史書中應變神速，轉敗為功者」一類的機警故事；王穉登撰《虎苑》，採錄歷代典籍中與虎有關之軼聞故事；張應瑜所言「志末視之弊竇，示救世之良策」，以「防騙」為警世目的的《杜騙新書》；田汝成收輯有關西湖傳說、史實、歷史的《西湖遊覽志餘》；黃姬水彙編歷代安於清貧的高潔之士事蹟的《貧士傳》；王鎣為「開示後學」而編輯的《群書類編故事》更是直接以「類」標目，顯示專題性的出版品特點。

該書還是部分保留下來，並非李調元所謂「今其書不傳。」參見曾紹皇〈論楊慎文言小說專集編撰的師法淵源與藝術特質〉，《明清小說研究》（2009 年第 4 期），頁 217。

〔註157〕參見李劍國：《宋代志怪傳奇錄》（南京：南開大學出版社，1997），頁 78～86。

〔註158〕參見陳大康：《明代小說史》（北京：人民文學出版社，2007），頁 227。

〔註159〕吳志達：《中國文言小說史》（濟南：齊魯書社，1994），頁 712。

　　十六世紀有一股編刊新舊小說的熱潮〔註160〕，從《麗情集》的編纂中可以
觀察當時讀者的喜好和文化圖景。而從這本書的編纂、刊行，亦可觀察書籍作
爲一種文化商品，初步刊行的一些行銷策略。進一步來說，值得思考的是，爲
什麼是這些故事被選進來？楊慎在撰寫這些女性故事時，透顯出怎樣的意識型
態。本文擬從性別的角度切入，探析《麗情集》所呈現的女性形象，觀察男性
文人透過書寫、話語建構的方式，有意識或無意識流露出來的性別意識？

二、行銷與撰寫策略

　　首先，楊慎沿用宋張君房編古今情感事的《麗情集》之舊名，又宣稱「今
其書不傳」，正如李調元在《麗情集》序中所論，「散見於先生各說部詩話中，
今合并梓行，庶可以歸當日之全面目云」，《麗情集》是先有構書雛形，其後
楊慎將部分篇章先寫入《升庵詩話》中：

> 《麗情集》載：湖州妓周德華者，劉采春女也，唱劉禹錫〈柳枝詞〉
> 云……此詩甚佳，而劉集不載。〔註161〕
>
> 朱滔括兵，不擇士族，悉令赴軍，自閱於毬場。有士子容止可觀，
> 進趨淹雅。滔召問曰：「所業者何？」曰：「學爲詩。」問：「有妻否？」
> 曰：「有。」即令作寄內詩，援筆立成。詞曰：「握筆題詩易，荷戈
> 征戍難。慣從鴛被暖，怯向雁門寒。瘦盡寬衣帶，啼多漬枕檀。試
> 留青黛看，迴日畫眉看。」又令代妻作答。曰：「蓬鬢荊釵世所稀，
> 布裙猶是嫁時衣。胡麻好種無人種，合是歸時底不歸？」滔遺以束
> 帛，放歸。此條《麗情集》采自《本事詩》。〔註162〕

名妓周德華的傳唱〈楊柳詞〉的佳構，將帥朱滔體恤士兵，關心士卒感情生
活，治理軍隊重視人情的動人情節，都是十分吸引讀者的內容。其他如女侍
中（魏元義妻也）、女學士（孔貴嬪）、女校書（薛濤）、女進士（林妙士）、

〔註160〕孫康宜：〈中晚明文學之交文學新探〉，《孫康宜自選集：古典文學的現代觀》，
　　　　頁115。

〔註161〕參見楊慎：〈柳枝詞〉，見《升庵詩話箋證》，卷11，頁411。又「周德華乃劉
　　　　香女，善歌《楊柳詞》。……所唱者七八篇，乃近日名流之詞。滕邁郎中云：
　　　　『三條陌上拂金羈，萬里橋邊映酒旗。近日令人腸斷處，不堪將向笛中吹』」，
　　　　參見《宋詩話輯佚·古今詩話》，頁196。這樣看來名妓周德華所唱《楊柳詞》
　　　　在當時十分流行，文壇上也享有盛名，因此楊慎在這則詩話強調的「此詩甚
　　　　佳，而劉集不載」，亦有強調稀有性、珍貴性，吸引讀者閱讀的效果。

〔註162〕楊慎：〈朱滔括兵〉，《升庵詩話箋證》，卷12，頁455。

女狀元（黃崇嘏）、秦少游女、李芳儀公主、名妓勝兒等故事，亦出後出現在《升庵詩話》和《補遺》中。楊慎在這些詩話中都明白道出這些內容出自《麗情集》。利用詩話「資閒談」的特質，《升庵詩話》中有多則詩話節錄《麗情集》內容，有如電視電影預告、廣告的作用，彷彿暗示讀者，從《詩話》中讀到《麗情集》的片段精彩故事，欲知詳情、完整故事，請參看原書《麗情集》。而第一則中名妓周德華的故事，「此詩甚佳，而劉集不載」，亦有強調稀有性、珍貴性，吸引讀者閱讀的效果。這種僅有此處特刊，別無分號的強調也經常見於《麗情集》中：

> 雲卿與張浚魏公友，魏公既相，雲卿隱豫章東湖，鬻蔬自給，公托帥漕覓之，微服乃得見，詰朝再至，則閉關矣，啟之，惟書與金在，不啟封，曾茶山作歌云：「東湖湖面波渺瀰，東湖岸上春土肥。先生渺雲明月曉，種來蔬甲今成畦。把茅蕭蕭環四壁，此身不願人間識。乾坤清濁那復知，寸心杳緲黃塵隔。故人子房今九雲，交情不斷江湖濱。江西使漕卻驕騎，故作敲門問字人。黃金百鎰牋一幅，多謝春風到茅屋。君為使者吾邦民，見君容我更樵服。故人與我情重哉，君且歸矣明當來。明朝啟扉人不見，黃金不動書不開。使者持書三太息，封書徑上黃扉側。翩鶴馭雲冥冥裏，空向胡山訪行跡。向來桐江嚴子陵，曾得故人雙眼青。芒鞋卻踏金華路，太史驚誇說客星。先生得書掉頭去，并此湖光不回顧。夢夫媚婦截鬢鬙，亦有老大閨中女。」茶山此歌，可激貪鄙，張世南《遊宦紀聞》載宋隱逸記蘇翁本末甚詳，宋得翁《東湖遺事》，北面挹湖山，築庵仰高，章泉先生名曰灌園菴，按《茶山集》，此詩不載。〔註163〕

這一則為《麗情集》唯一突兀的男性故事，詳細書寫南宋名士蘇雲卿隱居東湖種蔬之士，極寫其不慕榮利、澹泊名利的隱逸之志，此則將蘇雲卿的〈茶山歌〉整首載出，宣稱這首能夠寫出「管、樂之流亞」的蘇雲卿，其遁跡湖海，山潛水杳，邈不可尋的生平精粹的詩歌，「按《茶山集》，此詩不載」，連曾幾的集子都沒有收錄，強調這筆資料的稀有、難得，增加讀者閱讀的珍貴之感。進一步觀察，此則隱逸男人的故事置於眾女人「緣情而靡麗」的故事

〔註163〕楊慎撰、李調元校定：《續麗情集》（百部叢書集成 37 輯，函海第 61 種），嚴一萍輯選《百部叢書集成》（台北：藝文印書館，1968），頁 64。本文《麗情集》、《續麗情集》引文皆引至此書，以下只標書名、頁數，不再另標出版資料。

中，似乎引人疑竇地思考，「先生渺雲明月曉，種來蔬甲今成畦，把茅蕭蕭環四壁，此身不願人間識」隱逸亦是一種麗情乎？這般突兀感似乎也正創造一種閱讀的趣味性。

有時珍奇性的營造，來自發掘歷史上被忽視的佳人：

> 芳儀，江南國主李璟女也。納士後住京師，初嫁供奉官孫某，為武疆督監妻，生女皆為遼中聖宗所獲，封芳儀，生公主一人。趙至忠虞部自北虜歸期，嘗仕遼為翰林學士，修國史，著〈虜庭雜記〉載其事。時晁補之為北都教官，覽其書而悲之，與顏復長道作〈芳儀曲〉云：「金陵宮殿春霏微，江南花發鷓鴣飛。風流國主家千口，十五吹簫粉黛稀。滿堂詩酒皆詞客，奪錦揮毫在瑤席。〈後庭〉一曲風景改，收淚臨江悲故國。令公獻籍朝未央，敕書築第優降王。魏俘曾不輸織室，供奉一官奔武疆。秦淮潮水鍾山樹，塞北江南易懷土。雙燕清秋夢柏梁，吹落天涯猶並羽。相隨未是斷腸悲，黃河應有卻還時。寧知翻手明朝事，咫尺山河不可期。倉皇三皷滹沱岸，良人白馬人誰見。國亡家破一身存，薄命如雲信流轉。芳儀加我名字新，教歌遣舞不由人。採珠拾翠衣裳好，深紅盡暗驚胡塵。陰山射虎邊風急，嘈雜琵琶酒闌泣。舞罷遍數天河星，只有南箕近鄉邑。當年十指渡江來，十指不知身獨哀。中原骨肉又零落，黃鵠寄意何當回。生男自有四方志，女子那知出門事，君不見李陵椎髻泣窮邊，丈夫漂泊猶堪憐。江州廬山真風觀，李主有國日施財。」補之刊姓氏於石，有太寧公主、永嘉公主，皆李璟女，不知芳儀者孰是也。〔註164〕
>
> （《續麗情集》，頁1）

這一則公主的故事，藉〈芳儀曲〉一詩敘述後唐亡國經過及悲情，詩中晁補之寫及，「芳儀加我名字新」，表示不知芳儀為誰？楊慎根據史書指出李芳儀是江南國主李璟之女，發掘歷史「新」人物，顯示資料的稀有，凸顯人物故事的珍貴性，頗有「獨家」刊錄意味，增加閱讀的新鮮感。

而有時新鮮感的元素，來自故事的「即時性」、「時效性」：

> 《列子》：鄭衛之處子，娥媌靡曼，注：靡曼，柔弱也，楚辭，蛾眉曼睩，靡顏膩理，注：曼，澤也，靡，緻也，言美女顏容脂緻，身體柔滑，《漢書‧佞幸傳》，柔曼之態，非獨女德，亦有男色焉，注：

〔註164〕楊慎：《續麗情集》（據古今說海本排印）（臺北：商務印書館，1968），頁1。

> 言其質柔而色理光澤也，近日有一士夫，一日觀〈佞幸傳〉，不覺色
> 動曰：是先得於我心矣，一日席上見歌童以手承其頤，曰：爾何名，
> 答曰：程嬰，乃笑曰：爾爲程嬰，我即杵臼，聞者捧腹。（《續麗情
> 集》，頁5）

這一則故事以談論女性知識爲開頭，楊慎運用訓詁學知識，爲讀者說解描寫
美人詞彙「靡曼」爲「顏容脂緻，身體柔滑」，然後話鋒一轉，論及「娥媌靡
曼」並非女性專利。此時插入一近日士夫的「新聞事件」，寫到此士夫觀〈佞
幸傳〉爲之色動，（這當然也說明了感官閱讀的效果），某日見一歌童爲之心
動，諧用程嬰、杵臼「搜孤救孤」患難之交的典故，這一則成爲笑話的新聞
事件，使故事增加趣味性、流行感。「男色」之風自古有之，但明中葉以後，
成爲日漸流行的社會風潮〔註165〕，謝肇淛《五雜組》言「今天下言男色者，
動以閩、廣爲口實，然從吳越至燕雲，未有不知此好者」〔註166〕，當時無論
是達官顯宦、士人、商賈甚或平民「或昵龍陽，或喜優孟」〔註167〕的風氣漸
漸普遍，《麗情集》雖定位爲「古代名媛故事」，但有時也會與當世時尚接軌，
而這也是創造閱讀新鮮感，吸引讀者目光的一種書寫策略。而有時《麗情集》
是以當代物質文化營造「時事感」：

> 魏文帝吳妃改襪樣，以羅爲之，復加以綵繡畫，至隋煬帝宮人織成
> 五色立鳳朱錦襪靴。（《麗情集》，頁3）

> 東昏侯潘妃以金蓮花步地，曰步步生蓮花，其寶屧直千萬。（《麗情
> 集》，頁3）

不論是考據羅襪來源，還是有關「步步生蓮花」的由來，價值千萬的「寶屧」
介紹，都與當時流行的纏足有關。相關的知識考訂滿足時人／讀者的求知慾，
也創造了閱讀率。而有時這種求知慾造成的閱讀需求，是因爲有類似日用「類
書」般的參考價值：

> 《唐類表》載李近仁〈賀武后新牙更生表〉云：「易有四營，金牙爲
> 壽考之象；詩具六義，玉齒載神仙之謠。還年而輔車不齲，卻老而
> 齬犀仍出。堅而不脆，聞於導養之方；落而更生，得自靈飛之散。

〔註165〕參見王書奴：《中國娼妓史》（上海：上海書局，1934）第五章〈明代之男色〉。

〔註166〕謝肇淛：《五雜組》，人部四，卷8，頁146。

〔註167〕〔明〕范濂：《雲間據目鈔》，收於《明清筆記小說大觀》（台北：新興書局，
1984年），22編，卷2，頁2627。

乞宣示海內，仍錄付史官。」史稱武后年七十，盛自拂拭，不覺衰
耗，始信夏姬之年踰七十而雞皮三少，猶與巫臣生女後嫁叔向，《北
史》，胡后年踰不惑，而妖蠱若二八，是三人者，貴爲君配，而其行
乃花璃梨妲之所恥而不爲，然天乃祐之以誨淫，其亦理之不可曉者。
（《麗情集》，頁3）

這則故事藉由武后「老而瓠犀仍出，堅而不脆」；夏姬「年踰七十而雞皮三少」，
猶能生女；胡后「年踰不惑，而妖蠱若二八」三個歷史上延年益壽、青春永
駐的傳奇故事，激發女性讀者欣羨之情。而不管是「導養之方」、「靈飛之散」
還是「盛自拂拭」，亦皆提供了若干女性駐顏保養的可能方法，足以吸引女性
讀者關注，產生與日用類書相類的功能。

　　本著「緣情而靡麗」的初衷，《麗情集》有許多關於「美」的故事。延續
《漢雜事秘辛》的感官式書寫，《麗情集》也出現許多美女的身影：

旋波，越之美女，與西施、鄭妲同進於吳王，肌香體輕，飾以珠幌，
若雙鸞之在煙霧。（《麗情集》，頁1）

魏甄后慧而有色，先爲袁熙妻，曹公屠鄴，令疾召甄，左右曰，五
官郎將已取去，孟德歎曰：今年破賊正爲奴。后乃甄會女，初未嫁
熙日，擬婚子建，其後爲文帝后，以妒死。子建思之不忘，作〈感
甄賦〉。明帝，甄出也，見此賦，改名〈洛神〉云，甄氏何物一女子，
至曹父子三人交爭如此。（《麗情集》，頁2）

第一則寫到美女旋波，以觸、視、嗅覺等豐富感官書寫旋波之美，以精巧的
比喻描摩，使讀者彷若身歷其境。第二則以父子相手的宮廷爭奪秘辛，製造
懸疑感，「甄氏何物一女子，至曹父子三人交爭如此」，凸顯甄妃之美。美景、
美物、美人自古總是攫人耳目，加上感官的引逗，秘辛的不可思議，更引發
讀者想一探究竟的興趣。而有時楊愼也以傳奇之筆書寫：

唐呂用之在維揚日，佐高駢，專權擅政，有商人劉損妻裴氏，有國
色，用之以陰事搆取，損憤惋，因成詩三首曰：「寶釵分股合無緣，
魚在深淵月在天。得意紫鸞休舞鏡，斷蹤青鳥罷啣箋。金盃倒覆難
收水，玉軫傾敧懶續絃。從此荼蘼山下過，只應將淚比流泉。鶯辭
舊伴悲何止，鳳得新梧想稱心。紅粉尚殘香冪冪，白雲將散信沈沈。
已休磨琢投期玉，懶更經營買吠金。願作山頭似人石，丈夫衣上淚
痕深。舊嘗遊處遍尋看，覩物傷情死一般。買笑樓前花已謝，畫眉

窗下月空殘。雲歸巫峽音容斷，路隔星河去住難。莫道詩成無淚下，
淚如泉湧亦須乾。」詩成吟詠不輟，一日晚，見一虯髯老叟，行步
迅疾，眸光射人，揖損曰：子衰心有何不平之事，損具對之，叟夜
果入用之家，化形於抖拱之上，叱用之曰：所取劉氏之妻并其寶貨，
速還之，否則隨刃落矣。用之驚懼，夜遣幹事賷金并裴氏還損，損
夜促舟去，虯髯亦無蹤跡。(《麗情集》，頁2)

呂用之以「陰事搆取」有國色的劉損之妻裴氏，後在神秘英雄「虯髯老叟」，
「化形於抖拱之上」斥責與恫嚇，才「夜遣幹事賷金并裴氏還損」，虯髯老叟，
「行步迅疾，眸光射人」行俠仗義的形象塑造充滿傳奇性，都一再吸引閱讀
者的目光。

三、理想女人的建構

　　所有的小說人物、題材、情節，都是經過作者的選擇、創造、編撰，這
其間或多或少都隱含編撰者的意識型態，《麗情集》「皆升庵採取古之名媛故
事，間加考證而成者也」(李調元序)，要問的是，為什麼是這些女人？這些
故事內容被撰寫？觀察、分析其內容，亦可見楊慎對「理想」女人典範的創
造與建構，以及男性文人有意無意透顯出來的性別意識。

　　《麗情集》的可讀性，也經常表現在創造前人所未發的觀點，發揮楊慎
博學考據的長才，他經常從歷史文獻中，發現前人所未見，對歷史上的女人
提出不同的詮釋，《麗情集》中的「西施」、「馮夫人」即為翻案的作品：

世傳西施隨范蠡去，不見所出，只因杜牧「西子下姑蘇，一舸逐鴟夷」
之句而附會也，予竊疑之，未有可證以析其是非。一日讀《墨子》曰：
「吳起之裂，其功也；西施之沈，其美也」，喜曰，此吳亡之後，西
施亦死于水，不從范蠡去之一證也。墨子去吳越之世甚近，所書得其
真，然猶恐牧之別有見，後檢《修文御覽》，見引《吳越春秋》逸篇
云，吳王亡後，越浮西施於江，令隨鴟夷以終。乃笑曰：此事正與墨
子合，杜牧未精審，一時趁筆之過也。蓋吳既滅，即沈西施於江，浮，
沈也，反言耳，隨鴟夷者，子胥之譖死，西施有力焉，胥死盛以鴟夷，
今沈西施，所以報子胥之忠，故云：隨鴟夷以終。范蠡去越，亦號鴟
夷子，杜牧遂以子胥鴟夷為范蠡鴟夷，乃影撰此事，以墮後人於疑網
也，既又自笑曰：范蠡不幸遇杜牧，受誣千載，又何幸遇予而雪之，

亦快哉。〔註168〕（〈西施〉，《麗情集》，頁1）

> 《漢書‧西域傳》，馮夫人名嫽，漢宮人也，善史書，乘錦車持節，
> 和戎而歸，按此事甚奇，而六朝，唐人無人篇詠者，惟劉孝威詩云：
> 「錦車勞遠駕」，駱賓王詩「錦車昭促候，刁斗夜傳呼」，徐堅詩「雲
> 搖錦車節，月照角端弓」，僅一句一聯而已，此事可畫可歌，勝於詠
> 明妃之失節，文姬之傷化多矣。（〈馮夫人〉，《麗情集》，頁2）

在「西施」一則中楊慎提出與歷史人物評議不一樣的觀點，《國語》、《史記》、
《吳越春秋》和《越絕書》等許多古代典籍均記載范蠡與西施為家國大計，
犧牲兒女私情，拯救越國，功成身退，泛游五湖的故事。其後，歷代文學家
如唐代李白、杜牧、杜荀鶴，元明時期的關漢卿、白樸、梁辰漁等人，都把
范蠡和西施泛游五湖當作功成身退或不慕榮利的典範。楊慎對「世傳西施隨
范蠡去，不見所出」這一觀點卻「竊疑之」，提出西施並非「隨范蠡去」，而
是「蓋吳既滅，即沈西施於江」，認為子胥譖死，與西施有關，「今沈西施，
所以報子胥之忠」。雖然此事真偽難辯，楊慎的考據也未必正確，然此舉在於
凸顯了伍子胥對吳國之忠的儒家價值，削弱原來予與西施、范蠡的美譽，推
翻歷史上的定論，行文中對女人紅顏陷害忠良，提出批判，彰顯了儒家士大
夫效忠國家的大義，貶抑女子以色誘人的報國之情。

　　馮夫人一則發掘彰顯歷史上被忽視的有功女子，馮夫人善史書，「乘錦車
持節，和戎而歸」，然無人篇詠，其功績一直沒有受到關注，楊慎認為馮夫人
之功，「可畫可歌」更勝於在歷史上與外番有關的而享有盛名的王昭君、蔡琰，
從「勝於詠明妃之失節，文姬之傷化多矣」〔註169〕，可以看出楊慎對於失節

〔註168〕楊慎撰《麗情集附續集》（據《古今說海》本排印），收於《叢書集成新編‧
　　　　文學類》（臺北：新文豐，1985），冊83，以下引文只標書名、頁數，不再另
　　　　標出處。《升庵詩話》中亦有二則有關西施史事的考證：「『響屟廊中金玉步，
　　　　採香徑裏綺羅身。不知水葬歸何處，溪月彎彎欲效顰。』杜牧之詩：『西子下
　　　　姑蘇，一舸逐鴟夷。』後人遂謂范蠡載西施以去，然不見其所據。余按《墨
　　　　子》云：『西施之沈，其美也。』蓋句踐平吳越後，沈之於江也，又兼此詩可
　　　　證。李義山《景陽井》一首，亦叶此意。」參見楊慎：〈皮日休館娃宮懷古〉，
　　　　《升庵詩話箋證》，卷11，頁377：「『景陽宮井剩堪悲，不盡龍鸞誓死期。惆
　　　　悵吳王宮外水，濁泥猶得葬西施。』觀此，西施之沈信矣。杜牧所云逐鴟夷
　　　　者，安知不謂沈江而殉子胥乎？『鴟革浮胥骸』，亦子胥事也。」參見楊慎：
　　　　〈李義山景陽井〉，《升庵詩話箋證》，卷11，頁393。
〔註169〕按史書記載，明妃——王昭君本被選為漢元帝宮女，「昭君和番」，先後嫁給
　　　　呼韓邪單于，在呼韓邪單于死後，又根據胡俗，嫁給其子。蔡琰初嫁於名門

再嫁女子的貶抑之情，對貞節觀念的固守。進一步來說，翻案能使故事產生新鮮感，增加閱讀的趣味性，這也是《麗情集》經常出現的編撰策略。

　　對於女子在才華上的表現，相較於同時代男性文人，楊慎一直是持相對開明的態度，《麗情集》當中就撰寫了許多才女的故事：

> 范陽盧氏母王氏撰〈天寶迴紋詩〉，凡八百十二字，循環有數，若寒暑之遞遷，應變無方，謂陰陽之莫測，與蘇若蘭事相類。（〈盧氏〉，《麗情集》，頁3）

> 進士鄭殷彝旋遊會稽，寓唐安寺，見粉壁有題云：瑯琊王氏霞卿，光啓三年，陽春二月，登於是閣，臨軒轉恨，覩物增悲。雖看煥爛之花，但比淒涼之色。時有輕綃捧硯，小玉觀題，詩曰：「春來引步暫尋幽，愁見風光倚寺樓。正好開懷對煙月，雙眉不展如鉤。」鄭生和曰：「題詩仙子此曾遊，應是尋春別鳳樓。賴得從來未相識，免教錦帳對銀鉤。」霞卿乃邑宰韓嵩妻，自京師挈之任所，嵩遭暴寇而卒，鄭生欣然謁之，時霞卿竟辭以疾而不見焉，但令總角婢子輕綃持詩答曰：「君是煙霄折桂身，聖朝方切用儒珍。正堪西上文場戰，空向途中泥婦女。」鄭得詩大慚而退，唐會昌中，三鄉有女子題詩於壁曰：「西逐良人西入關，良人身歿妾空還。謝娘衛女不相待，為雨為雲過此山。」進士陸真洞、王祝、劉谷、王條、李昌鄴、王碩、李高、張綺、高衢、韋兵、賈馳，十一人和之，曰三鄉略未聞，謁之而不內，悵而退焉。（〈王霞卿〉，《麗情集》，頁4）

王氏撰「天寶迴紋詩」，此詩「應變無方」、「陰陽莫測」，展現女性傑出的才華，蘇若蘭〈錦織迴文詩〉在女性文學史上享有盛名，楊慎發掘罕人聽聞的王氏〈天寶迴紋詩〉與之媲美，製造搜奇之樂趣。第二則寫到王霞卿題壁詩，引起一位理想讀者——鄭殷彝賞識，進而愛慕相和的一段浪漫文學情事，雖然「鄭生欣然謁之」，「霞卿竟辭以疾而不見焉」，然題壁詩相和相慕，已創造一種文學的美感情事。下文則寫唐三鄉女子題詩於壁，引起十一名男性文人產生共鳴，進而相和的文壇盛事。《麗情集》收羅諸多才女，編撰才女的故事，

之子衛仲道，丈夫早逝，後遇董卓亂京，蔡琰為董卓部將所擄，並於東漢興平二年（195年），流落至匈奴，嫁南匈奴左賢王劉豹為妾室，建安12年（207），由於曹操在發跡前已和蔡琰父親相熟，遣使以重金將蔡琰贖回，並安排再嫁同鄉陳留董祀，「文姬歸漢」亦成為有名的歷史事件。楊慎提及的王昭君、蔡琰兩人都有失節再嫁之經歷。

可以發揮女性讀者見賢思齊，獎掖文學創作之效，有助於女性文學的傳播。

楊愼對女性之才的欣賞是多元的，除了許多才女身影和文學的故事，《麗情集》也出現了馳騁沙場、不讓鬚眉的巾幗英雄：

> 成都浣花谿有石刻浣花夫人像，三月三日爲浣花夫人生辰，傾城出遊，地志云，夫人姓任氏，崔寧之妾，按通鑑，成都節度使崔旰入朝，楊子琳乘虛突入成都，寧妾任氏出家財募兵，得數千人，自帥以擊之，子琳敗走，朝廷加旰尚書，賜名寧，任氏封夫人。（〈浣花夫人〉，《續麗情集》，頁 2）

> 馮寶妻洗氏，封石龍夫人，戰則錦繖寶幰，至老未嘗敗，年八十而終，智勇福三者全矣，古今女將第一人也，繡旗女將與李全戰者，見金史，可對錦繖夫人。今按宋史李全傳，繡旗女將一事亦載之。（〈洗氏〉，《續麗情集》，頁 5）

浣花夫人慷慨出家財募兵，平定楊子琳攻入成都之亂。古今第一女將「石龍夫人」，在戰場上，「錦繖寶幰」，「至老未嘗敗」。這些女中豪傑，巾幗不讓鬚眉，展現了帶兵武藝長才，楊愼書寫之、稱揚之，展現他欣賞女性多元才能的開明態度。

四、娛樂乎？道德乎？《麗情集》的教化作用

事實上，雖然在獎掖女才方面，楊愼表現出多元、開明的思想，然而《麗情集》中更多的理想女人，是具有傳統道德節操的：

> 予觀《藝文類聚》，見東漢婦人徐淑與夫秦嘉兩書，又觀《玉臺新詠》，見其與夫詩，皆麗則可誦，又考《史通》，稱其動合禮儀，言成規矩，夫死毀形不嫁，哀痛傷生，可謂才德兼美者也，范曄《後漢書》作《列女傳》，乃捨淑而取蔡琰何見哉。（〈徐淑〉，《麗情集》，頁 2）

徐淑〈答夫秦嘉〉書，是女性文學史上的名篇，然而楊愼稱頌其夫死毀形不嫁的貞節之德，認爲此乃「才德兼美者」，接著他又再次批評同樣有才但失節再嫁的蔡琰，進一步強調了守貞全德的重要性。這種婦德的稱譽，不僅止於一般良家婦女，也展現於妓女的生命史上：

> 唐小說，趙嘏嘗惑一美姬，名青娥，後爲浙帥所得，嘏及第，以一詩箴之曰：「寂寞堂前日又曛，陽臺化作不歸雲。當時間說沙叱利，今日青娥屬使君。」浙帥使送歸之，逢嘏於橫水驛，姬抱嘏慟哭而

　　絕，又薛宜僚使新羅，至青州，悅一妓段東美，賦詩曰：「阿母桃花
方似錦，王孫草色正如煙」，頻夢東美，感疾卒於外，柩至青州，段
奠之，一慟而卒，青娥、東美，可謂節妓矣，漢之蔡文姬、陳了陳
之樂昌公主，九原如見之日，豈不汗顏。（〈青娥〉，《麗情集》，頁6）

這一則描述青娥在「爲浙帥所得」後，面對曾迷惑動情於己的趙嘏及第後的
相見，居然「抱嘏慟哭而絕」。而段東美在薛宜僚因思念自己而「感疾卒於外」，
「柩至青州」，奠祭時，「一慟而卒」，這兩件貞烈之行，用現代的眼光讀之，
甚爲誇張。然楊慎認爲兩者的舉動，都是值得高度讚揚的節烈之人，以「節
妓」稱之，甚至認爲「漢之蔡文姬、陳之樂昌公主，九原如見之日，豈不汗
顏」，予以二妓高度稱譽。可以發現，楊慎十分重視婦德的傳統價值，同時也
試圖建構全德女子，以供讀者效法。

　　楊慎對婦女守節的德行十分重視，〈陳母貞節卷〉一詩就將婦女貞節典
範，提高至詩教地位，「竹柏有貞性，璧玉無瑕疵。懿彼匪石女，寧爲所天移。
旌門有龍綍，秉筆饒鴻辭。青史令女傳，黃絹曹娥碑。三從古來道，二南刪
後詩。因之播彤管，閨中有餘師」〔註170〕。〈搗衣杵有序〉則寫當時山東女子
趙小錢年十五，爲賊所掠，罵賊不從，以搗衣杵擊賊遇害。事聞，詔旌其門
的時事，「戕賊金鈷鉧，擊賊搗衣杵。今見趙小錢，昔聞楊愍女。愍女事見《唐
語林》，皆山東人也。」〔註171〕這首時事詩寫來悲壯凜然，鏗鏘有聲。楊慎在
評李東陽〈史烈女〉詩時云「史烈女者，杞史氏之女也，未嫁而死其夫，是
踰禮以守信，破經而成仁者也。李子曰：史氏女有激俗之功焉。然予聞其言
矣，於是乎述。」〔註172〕認同其師烈女之節有激俗、教化之功的看法。他亦
曾寫過〈郭門雙節記〉、〈內江蕭氏雙節記〉等詩文旌揚守節的婦女，其中最
有名的是書寫當時一名著名烈婦的事蹟：

　　烈婦姓唐氏，名貴梅，池州貴池人也。笄年適朱姓，夫貧且弱。有
老姑悍且淫，少與徽州一富商有私，弘治時富商復至池，一見婦悅
之。自拊心曰：吾無頭風，何以老嫗虛哉。乃密以金帛賂其姑，姑
利其有，誨婦淫者以百端。弗聽，迫之，加以箠楚，弗聽，繼以炮
烙，體無完膚，終不聽，乃以不孝訟於官。通判慈溪毛玉，亦受商

〔註170〕楊慎：〈陳母貞節卷〉，《升庵遺集》，收於《楊升庵叢書》，第3冊，卷2，頁
　　　　710。
〔註171〕楊慎：〈搗衣杵有序〉，《升庵文集》，《楊升庵叢書》，第3冊，卷33，頁522。
〔註172〕楊慎評：〈史烈女〉，《空同詩選》，《楊升庵叢書》，第3冊，卷1，頁936。

之賂，倍加官判，幾死者數。商猶慕其色，冀其改節，復令姑保出之。親黨咸勸其吐實，婦曰：若然，全吾名而污吾姑，非孝也。乃夕易褂襠，雉經於後園古梅樹下。及旦，姑不知之也，將入其室挺之，手持桑仗，且罵且行曰：惡奴早從我言，又得金帛，且享歡樂，今定何如而自苦乎。入室無見，尋之至樹下，乃知其死，姑大慟哭之。親黨咻之曰：生既以不孝訟之，死乃稱嫗心，何哭之慟。姑曰：婦在吾猶有望，婦死商人必倒臟，吾哭金帛，不哭此惡奴也。尸懸於樹三日，顏如生，樵夫牧兒，咸爲墮淚。每歲梅月下，隱隱見其形，冉冉而沒。有司以礙於府官之故，終不舉。余舅氏喻士積薄遊至池州，稔聞其事，作詩弔之，歸屬慎爲傳其事。嗚呼，婦生不辰，遭此悍姑。生以梅爲名，死於梅之株。冰操霜清，梅乎何殊。既孝且烈，汗青宜書。有司失職，咄哉可吁。乃爲作傳，以附露筋碑之趾。〔註173〕

唐貴梅是明中葉一個著名的烈婦，她的丈夫早死，起先婆婆與一富商人通姦，後來就逼貴梅也加入，貴梅力拒，被激怒的婆婆誣告「不孝」，甚至被受賄的通判毛玉「倍加刑」到幾乎致死的地步，但貴梅礙於保全婆婆的名聲，始終不肯吐實，最後在「孝」「節」無法兩全的狀況下自盡。有司礙於通判，不敢將唐氏呈舉旌表，喻士積經過當地，得知此事，不但作詩弔之，還囑咐外甥楊慎爲之作傳。此傳一出，還受到許多文士的迴響，楊慎的知己讀者李卓吾就表示：

> 楊太史當代名流，有力者百計欲借一言以爲重而不得，今孝烈獨能得太史之傳以自昭明於百世，孝烈可以死矣。〔註174〕

他認爲楊慎爲當代名流，其所書之人之事影響甚大、甚遠，印證了當時「名人」出版品對於娛樂或教化人心，產生無遠弗屆的影響。明代是提倡貞節至極的時代，清人修《明史》時，發現節烈婦女「著于實錄及郡邑志者，不下萬餘人」〔註175〕，可見提倡「節烈」風氣之盛。當時以婦女節烈事蹟爲題材

〔註173〕楊慎：〈孝烈婦唐貴梅傳〉，《升庵文集》，《楊升庵叢書》，第 3 冊，卷 11，頁 227。

〔註174〕李贄〈讀史·唐貴梅傳〉，《焚書》，收於《李贄文集》（北京：社會科學文獻出版社，2000），第一冊，卷 5，頁 208～210。

〔註175〕「據康熙四十五年完成的《古今圖書集成》中『閨節部』和『閨烈部』記載情況，節婦烈女在先秦僅 13 人；漢代 42 人；唐代 53 人，宋代 282 人，元代

的史傳作品非常多，也有許多有關教化婦女的女教書〔註176〕，而楊慎以節婦
為小說主角或為貞烈婦女作傳，也是契合當時時代氛圍，和迎合閱讀市場需
求的一種策略。

　　除了正面典範，《麗情集》中有些故事則示現負面事例，以供警惕：

> 南宋蕭齊，崇尚佛法，閣內夫娘，悉令持戒，麾下將士，咸使誦經，
> 見法琳辨正論，夫娘之稱本此，謂夫人娘子，蓋是稱美也，是時，北
> 則胡后即扇於曇獻，南則徐妃贈枕於瑤光，龜茲王女納於鳩摩羅什，
> 反以為榮，千金公主偶於淫毒丐僧，不以為恥，後世以夫娘為惡稱，
> 緣此，東坡戲語有和尚宿夫娘，相牽正上牀，衍陶九成乃罵語，蓋
> 未見六朝雜說耳。（〈夫娘〉，《續麗情集》，頁5）

這一則故事則從「夫娘」的典故由來開始談起，羅列「胡后即扇於曇獻」、「徐
妃贈枕於瑤光」、「龜茲王女納於鳩摩羅什」，認為不管是中原或域外，這些美
人以淫為榮，不以為恥，留下惡名。除了戒淫誨節，有趣的是，《麗情集》中
有較多有關妒婦的故事，「秋胡妻」載劉伯玉妻聞其夫誦〈洛神賦〉，遂投水
而死，名妒婦津之事而發議論：

> 劉子元曰，《列女傳》載秋胡妻者，尋其始末，了無才行可稱，直以
> 怨憝厥夫，投川而死，輕生同於古冶，殉節意於曹娥，此乃兇險之
> 頑人，強梁之悍婦，輒與貞烈為伍，有乖其實焉。予按小說，載劉
> 伯玉妻，字明光，聞其夫誦〈洛神賦〉，遂投洛水而死，名妒婦津，
> 事與秋胡相類，秋胡妻可為貞烈，則當祠于妒婦津，以劉伯玉妻配
> 享可也。胡應麟曰，當名胡妻所投水曰悍婦川〔註177〕。（〈秋胡妻〉，《麗
> 情集》，頁2）

楊慎持與劉知幾相同看法〔註178〕，認為秋胡妻「了無才行可稱，直以怨憝厥

700人，明代36000人，清初12000人。……通過官方記載可清楚地看到，
在兩朝統治者刻意彰顯『貞烈』之風的引導下，『貞烈』風氣越演越烈」，參
見趙秀麗：〈明代妒婦研究〉，《武漢大學學報〔人文科學版〕》，2012年5月，
第3期，頁95。

〔註176〕「明朝是獎勵貞節最力的時代，在書籍方面有徐皇后的《內訓》，解縉等的《古
今列女傳》。《內訓》的傳播尤廣，……二十四史中，節烈婦女最多的莫如《明
史》」，參見陳東原：《中國婦女生活史》（北京：商務印書館，1998），頁178
～179。

〔註177〕楊慎撰《麗情集附續集》（據古今說海本排印）（臺北：商務印書館），頁2。

〔註178〕文學史上對於秋胡妻一事，亦有許多褒揚之辭，如《列女傳》，卷五，〈節義

夫，投川而死」、「輒與貞烈為伍，有乖其實焉」，最多只能「祠于妒婦津，以劉伯玉妻配享可也」，對秋胡妻提出負面評騭。其後楊慎在考據學上的追隨者兼批判者，胡應麟與之對話，認為秋胡妻投水之津，可名為「悍婦川」，進一步撻伐妒婦之事。另一則妒婦「王氏」亦循類似脈絡：

> 元制婦人妒者乘驢牛狗部中，宋劉休妻王氏妒，明帝勅令開小店，
> 賣皂莢掃帚以辱之。今按南宋劉休妻妒，帝勅令云云，胡應麟曰：
> 太祖為徐中山易夫人，即此，之婦人妒者必不容于聖王之世，非特乘
> 驢牛，賣皂莢而已，惜皆不著令甲中。（〈王氏〉，《續麗情集》，頁 5）

王氏因妒遭明帝，「勅令開小店，賣皂莢掃帚」，以辱之、懲罰之，故事內容十分有趣，胡應麟又據妒婦故事發表己見，舉出一當代事例，「太祖為徐中山易夫人」，一樣是因妒而遭懲，因而得出「婦人妒者必不容于聖王之世」的結論，希望女性讀者能借茲警惕，充滿教育婦女的意義。

　　楊慎、胡應麟等男性文人對「妒風」之事，批之駁之，似乎特別嚴厲。

傳·魯秋潔婦〉「潔婦者，魯秋胡子妻也。既納之五日，去而宦於陳，五年乃歸。未至家，見路旁婦人採桑，秋胡子悅之，下車謂曰：『若曝採桑，吾行道，願託桑蔭下，下齎休焉。』婦人採桑不輟，秋胡子謂曰：『力田不如逢豐年，力桑不如見國卿。吾有金，願以與夫人。』婦人曰：『嘻！夫採桑力作，紡績織紝，以供衣食，奉二親，養夫子。吾不願金，所願卿無有外意，妾亦無淫泆之志，收子之齎與笥金。』秋胡子遂去，至家，奉金遺母，使人喚婦至，乃嚮採桑者也，秋胡子慚。婦曰：『子束髮脩身，辭親往仕，五年乃還，當所悅馳驟，揚塵疾至。今也乃悅路傍婦人，下子之裝，以金予之，是忘母也。忘母不孝，好色淫泆，是污行也，污行不義。夫事親不孝，則事君不忠。處家不義，則治官不理。孝義並亡，必不遂矣。妾不忍見，子改娶矣，妾亦不嫁。』遂去而東走，投河而死。君子曰：『潔婦精於善。夫不孝莫大於不愛其親而愛其人，秋胡子有之矣。』君子曰：『見善如不及，見不善如探湯。秋胡子婦之謂也。』詩云：『惟是褊心，是以為刺。』此之謂也」又〈秋胡行〉：「秋胡子。娶婦三日。會行仕宦。既享顯爵。保茲德音。以綏頤親。輟此黃金。睹一好婦。採桑路傍。遂下黃金。誘以逢卿。玉磨逾潔。蘭動彌馨。源流潔清。水無濁波。奈何秋胡。中道懷邪。美此節婦。高行巍峨。哀哉可愍。自投長河。秋胡納令室。三日宦他鄉。皎皎潔婦姿。冷冷守空房。燕婉不終夕。別如參與商。憂來猶四海。易感難可防。人言生日短。愁者苦夜長。百草揚春華。攘腕采柔桑。素手尋繁枝。落葉不盈筐。羅衣翳玉體。迴目流采章。君子倦仕歸。車馬如龍驤。精誠馳萬里。既至兩相忘。行人悅令顏。借息此樹旁。誘以逢卿喻。遂下黃金裝。烈烈貞女忿。言辭厲秋霜。長驅及居室。奉金升北堂。母立呼婦來。歡樂情未央。秋胡見此婦。愓然懷探湯。負心豈不慚。永誓非所望。清濁必異源。鳧鳳不並翔。引身赴長流。果哉潔婦腸。彼夫既不淑。此婦亦太剛」參見《魏晉南北朝詩·晉詩》，卷 1，頁 556。

在中國歷史上「妒婦」之名由來已久，《周易・妒卦》：女壯，勿用取女。班昭《女誡》以「卑弱」爲女德第一要義。歷來以「妒」爲女子惡德，「五刑之屬三千而罪莫大於妒忌，故七出之狀標其首焉」（《女孝經・五刑章》）。明代中後期妒婦悍婦大量出現，成爲一個奇特的社會現象〔註179〕，謝肇淛在《五雜組》中指出「妒婦比屋可封」，「江南則新安爲甚，閩則浦城爲甚，蓋戶而習之矣」〔註180〕，「妒風」盛行，河東獅吼，令男性膽怯，謝肇淛深感不安，竟稱：「凡婦人、女子之性無一佳者，妒也，吝也，拗也，懶也，拙也，愚也，酷也，易怒也，多疑也，輕言也，瑣屑也，忌諱也，好鬼也，溺愛也，而其中妒爲最甚。故婦人一不妒，足以掩百拙。」〔註181〕顯然妒婦、悍婦造成嚴重的社會問題，令男人們不勝其擾，楊慎似有先見之明地預見了妒婦問題的嚴重性，希望藉由小說教化婦女，達到止妒之效。

第六節　療妒與教化：論《倉庚傳》

除了在《麗情集》中對批判妒婦行徑外，楊慎還饒負趣味地寫了一篇有關「療妒」題材的文言小說〈倉庚傳〉，以作爲教化婦人或順應時代風潮之用。這部小說和《漢雜事秘辛》一樣，是託古寄託之作，故事從梁武帝爲皇后之妒憂心不已開場：

> 梁武帝代齊籙，居齊宮，後庭稚齒，在潘余之亞者，損之又損，尚溢乎百數，郗后心妧焉。帝閒居，一日覽《大荒經》云：倉庚食之，令人不妒。遂下令虞人，收捕此鳥，絡野籠山，佛首爭獻者盈軒墀。乃勅中庖，以爲官膳，旦旦不繼他肉，后與帝食而甘之。帝心冀其術之速驗，試問后曰，此餘甘可以分諸夫人乎，后即輟著不食。帝曰《荒經》曷予欺乎，其諸食力尚淺耶，將盡脯其餘。〔註182〕

〔註179〕有關明代妒風大盛，妒婦眾多的情形，可以參見趙秀麗：〈明代妒婦研究〉，《武漢大學學報》，第 65 卷，第 3 期，頁 90～96；鍾曉華：〈尋找失落的世界——從《醋葫蘆》看妒婦人格生成及明清「療妒」類型敘述的文化心態〉，《中國文學研究》，2002 年第 1 期，頁 91～95；吳秀華、尹楚彬：〈論明末清初的「妒風」嫉妒婦形象〉，《中國文學研究》，2002 年第 3 期，頁 42～47。李春霞、張曉光：〈文化透視下的妒婦成因〉，《佳木斯大學社會科學學報》，第 26 卷，第 1 期，頁 68～70。

〔註180〕謝肇淛：《五雜組》，卷 8，人部四，頁 147。

〔註181〕謝肇淛：《五雜組》，卷 8，人部四，頁 148。

〔註182〕楊慎：〈倉庚傳〉，收於《升庵文集》，《楊升庵叢書》，卷 11，頁 228。

梁武帝後宮佳麗甚多，招致正宮郗后生妒，一日讀《大荒經》中食倉庚肉以止妒的秘方〔註183〕，於是見之欣喜，趕忙嘗試。然成效似乎不彰，因此欲盡脯其餘趕盡殺絕，大肆捕抓，以增成效，而這時神奇的故事發生了：

> 倉庚中有老而慧者，鼓翅作人語而稱曰：余西裔之羽臣也，余祖逮事庖羲氏。庖羲氏之佐有鳥山，主建福是鬐百羽，命余祖曰：而仁鳥也，其司春候。緜茲以還，奕世載胥。及周文王邑於岐山，西中有鳳鳥者，覽其德而下之，群鳥皆往從之，萃於岐下。維時風翔者，露鷟者，雨舞者，霜噪者，朝嘲者，夜夜者，以萬計。復有巴人之比翼，蜀山之文翰，方人之孔鳥，善芳不昧，翡翠華首，咸集宮樹，王及後宮不之奇也，而余族獨著形官焉。其詩曰：「維其葉萋萋，黃鳥於飛」，為有助於德象也。二虢誓戲引弓飛土而逐之，后曰：非所以養童心也，戒勿彈。周公白文王，命羅氏境內特貰不捕焉。今帝不欲為文王，盍赦微軀。〔註184〕

小說以擬人方式，以傳奇兼志怪之筆行文，倉庚鳥為避殺身滅族之禍，派出老而慧者，鼓翅作人語，開始以周文王禮制引導梁武帝：

> 帝曰：爾曷知周文王，試為我言文王后妃之德何如。庚乃喜而躍曰：鷖知之，鷖知之，匪獨后妃之德，實文王之烈。日者天之明，月者地之紀，夫為妻綱，象日明，使婦從夫，放月紀。日載魄於西，由媵以升謫，月載魄於東，由嫡以逮媵。帝笑曰：禮失乃求諸鳥乎，為我說之。庚引脰曰：鷖何知，鷖何知。月之潮也，君以視朔不近內焉，后亦辟焉。月始魄，左媵六人迭御三夕，象徵陰也。月成魄，又媵六人迭御三夕，象漸陰也。月成弦三夕，而世婦迭御焉，月成采三夕，也。而御妻迭御焉。月之幾望，后當一夕，陰將盈也，月之端望，后當一夕，陰極盈也，月之後望，后當一夕，陰不終盈也。自是三夕，仍降而御妻，三夕薦降而世婦，三夕還降而左媵，三夕復降而右媵。及月之夕也，君以掩身不近內焉，后亦辟焉。象月以進，象月以退，授銀環告進也，正金環告退也，施玄的告辟也，鳴

〔註183〕遠在神話時代，中國男性便以「療妒」為己任，如《山海經‧北山經》有食之不妒的黃鳥，《南山經》有可使「食者不妒」的「異獸類」。參見鍾曉華：〈尋找失落的世界──從《醋葫蘆》看妒婦人格生成及明清「療妒」類型敘述的文化心態〉，收於《中國文學研究》，2002 年第 1 期。

〔註184〕楊慎：〈倉庚傳〉，收於《升庵文集》，《楊升庵叢書》，卷 11，頁 229。

佩玉告節也。由媵以生嫡，本微而著盛，由嫡以逮媵，自盛以下微。
勿使陰厭陽，勿使柔乘剛，嗣續以昌，壽命以長，此陰禮教六宮，
而頌聲洋萬方也。又公此制於天下，諸侯有副宮，大夫有側室，士
有妾，當夕侍夜，倣是為節。當是時，豈伊無險坡，王制鮋之，妒
亦何能為。周制之蕪久矣，而欲委罪于微禽，變性於纖羽，不亦異
乎。且荒經之誕，非神農之述也，帝而信之，是不知也。沈昵之專，
非周文之制也，帝而行之，是不仁也。負此二愆，不可以君羽族，
而況君江東乎。〔註185〕

倉庚鳥化身為智者，為梁武帝陳述周文王管理後宮后妃之理，以「夫為妻綱，
象日明，使婦從夫，放月紀」為宗旨，管理規範之法，大致以月象推移為憑，
規律化、有條理地安排后、妃、嫡、媵不同等級的女子侍帝時間，希望能以
制度代替爭奪，消弭因妒嫉而產生的亂象。最後是一個圓滿的結局：

帝聞庚言，悚然惻席，郗后聞之，慚然無色，乃命寫其言於斧扆，
行其制於永巷。郗后幡然，更為逮下之行，庚之力也。帝喜曰：徒
信古陳編，不如倉庚言。乃放之不殺，封為金陵郡公，唐世有號金
衣公子者，即其後也。〔註186〕

這個制度得到梁武帝的認同，倉庚一族免除被宰殺為膳食之禍，郗后也幡然
悔悟，以身作則推行倉庚所述之制，梁武帝還認為此制有永久推行之必要，
因此，「乃命寫其言於斧扆，行其制於永巷」。這部有趣的小說順應當時逐漸
興盛的婦女「妒風」題材，時事意味十分濃厚。倉庚所言雖為「古制」，但顯
然可作為當時妻妾成群，頗受妒婦所擾的男人，在管理規劃眾多妻妾的參考，
同時小說中幡然悔悟的郗后亦可作為當世眾多妒婦的借鏡？典範？顯然蘊含
教化意義，「療妒」意味濃厚，然而不論是解決困擾的妒婦問題，抑或作為教
化妒婦之用，在在都增加這篇小說的時事性和實用價值，當然也增加的閱讀
魅力。

〈倉庚傳〉顯然是一部以「療妒」、教化為主旨的敘事文本，以禮教知識
的姿態，含藏男性駕馭、教化婦女的企圖，在知識的外表下，交織性別意識
型態。而分析此書亦可見當時關注的世情圖景，楊慎開啟了對「妒婦」之風
的正視與教化，這股風潮一直延續到明末清初，當時小說家參考前代關於「妒

〔註185〕楊慎：〈倉庚傳〉，收於《升庵文集》，《楊升庵叢書》，卷11，頁229。
〔註186〕楊慎：〈倉庚傳〉，收於《升庵文集》，《楊升庵叢書》，卷11，頁229。

婦」的記載，輯錄文獻中關於女性的一些「惡」行，結合時代特點加工女性的潑悍行徑，竭力描寫，塑造妒婦的形象：蒲松齡《聊齋誌異》卷六《江城》篇中的江城、《馬介甫》篇中的任氏；西周生《醒世姻緣傳》中的薛素姐、童寄姐，靜恬主人；《療妒緣》中的秦淑貞；周楫《西湖二集》中的李鳳娘、李漁《連城璧》中淳于氏，伏雌教主《醋葫蘆》中的都氏等，她們可說是古代妒婦的典型代表。隨著劇曲的發展，明代的劇作家也受到「妒風」的襲擊，因而他們也加入到了反「妒」的行列。汪廷訥《獅吼記》、馮夢龍《萬事足》、秦鳴雷《清鳳亭》、徐士俊《春波影》、陳棟《紫姑神》等，均對妒婦大加撻伐〔註187〕。

　　以物質（如，倉庚肉）「療妒」的題材也一直延續，馬克夢指出根據有關傳說，用藥物或食物來療治嫉妒，是明清小說戲曲中解決潑婦的方法之一，如吳炳《療妒羹》，以濃湯療妒；周楫《西湖二集》中以指目樹葉和倉庚肉下藥，以抑制女人體內不斷茲長的「妒石」〔註188〕；清蒲松齡發明「丈夫再造散」，《聊齋志異·馬介甫》中的楊萬石飲下「再造散」後，「覺忿氣填膺，……直抵閨闥，叫喊雷動」，給尹氏迎頭痛擊；《紅樓夢》中薛蟠為治好夏金桂的「妒病」，聽了寶玉的話，命其服用向道士索來的「療妒湯」〔註189〕，這些都是與療妒有關的物質文化。感受到「妒風」熾盛困擾的男性文人，隨著女性識字率、閱讀水準的提升，他們紛紛以激烈披露、譴責撻伐或溫和教化的方式，試圖馴服閱讀書籍的女人。

〔註187〕參見吳秀華、尹楚彬：〈論明末清初的「妒風」嫉妒婦形象〉，《中國文學研究》，2002年，第3期，頁43。

〔註188〕〔美〕馬克夢認為「根據倉庚療法的理論，女人體內有顆『妒石』會越長越大，直到後來不食倉庚肉則不能救。按照這種治療邏輯，嫉妒只是女人的一種病，她很快就會幡然悔悟，最終將接納一個賢淑而又能夠生育的妾。」參見氏著，王維東、楊彩雲譯：《吝嗇鬼、潑婦、一夫多妻者——十八世紀中國小說中的性與男女關係》（北京：人民文學出版社，2001），頁62。

〔註189〕《紅樓夢》80回關於「療妒湯」的段落，十分有趣：「寶玉問一位道士，有沒有治女人嫉妒毛病的藥方？道士說：『有一種湯藥，或者可醫……這叫做療妒湯。用極好的秋梨一個、二錢冰糖、一錢陳皮、水三碗、熟梨為度。每日清晨吃這一個梨，吃來吃去就好了。』寶玉道：『這也不值什麼，只怕未必見效。』道士說：『一劑不效，吃十劑；今日不效，明日再吃。橫豎這三味藥都是潤肺開胃不傷人的。甜絲絲的，又止咳嗽，又好吃。吃過一百歲，人橫豎是要死的，死了還妒什麼？那時就見效了。』」見曹雪芹、高鶚著，馮其庸校注：《紅樓夢校注》（臺北：里仁書局，1984），第2冊，頁1277。

　　楊慎非常肯定小說的社會教育意義，他曾為著名的古小說《山海經》作注，在〈山海經跋〉中他這樣糾正一般人對於小說的理解：

> 昔者，吾友亳州薛氏君宋，雅以同好，相過從數焉。一日廣坐中，君宋誦《文選》、《山海經》，相與訂疑，傍有薛之同官一人，顰蹙曰：二書吾不暇觀，吾有暇則觀六經耳。君宋笑曰：待有暇始觀書，恐六經亦不暇觀矣。余為之解曰：某公之言亦是，六經，五穀也，豈有人而不食五穀者乎？雖然，六經之外，如《文選》、《山海經》，食品之山珍海錯也。徒食穀而卻奇品，亦村疇之富農，苛訐者或以為贏牸老衹目之矣，合座為之一笑。〔註190〕

楊慎常與薛君宋討論《山海經》等小說作品，當時某官僚謅著眉頭說，「吾有暇則觀六經耳」。此人以儒家觀點輕視小說，楊慎對此論調大不以為然，於是他借用形象性食物為喻，提升小說的地位，認為經學固然擁有不可抹滅的至尊地位，將六經比喻為日常飲食不可或缺的五穀，然而《山海經》等小說之書也具有獨特的價值，甚至精彩程度可比山珍海錯，給予小說極高的評價。

　　因此，《麗情集》中關於理想女人形象的建構，失節之人、妒婦的批駁，女德的宣揚，都可視為楊慎落實小說教育意義的具體實踐。進一步來說，此種理想女人的建構，女德的召示與教化，也透顯男性文人對女人的有意無意的精神箝制，「道德的女人最美」在閱讀中，男、女讀者，都將作者的精心書寫漸漸被教／馴化。

　　從《麗情集》的書寫、行傳播策略分析，亦可以觀察當時社會文化圖景：情慾之風日熾、男風普遍、婦女識字能力大增、婦女的節烈要求嚴格、妒婦之風的盛行與教化等時代風潮。進一步來說，楊慎編撰此類作品或應時代潮

〔註190〕楊慎退而與永昌張愈光述其，愈光對此語贊之云：「觀《文選》如食熊膰，極難熟而為雋永，觀《山海經》如食海味，必在飫醉之後，枵腹則吐之不納也。二書非宵三肆，朝百誦，不得其益。今或披之不盈尺，讀之未能句，號於人曰，我嘗觀《文選》、《山海經》，亦目食之說耳。某公之不觀，信不自欺者乎。此雖一時戲語，而要亦有理。」張愈光之語亦是以形象比喻，提高小說之地位。參見楊慎：〈跋山海經〉，王文才、張錫厚輯：《升庵著述序跋》（昆明：雲南人民出版社，1985），頁 39。與楊慎時代相近的唐錦描述小說叢書《古今說海》影響之盛亦有類似說法，「該書編成後，好古博雅之士聞而慕之，就觀請錄，殆無虛日，譬之饜飫八珍之後，而海錯繼進，不勝夫嗜之者之眾也。」參見唐錦：〈古今說海引〉收於陸楫著：《古今說海》（臺北：廣文書局，1968），頁 3。。

流，或爲投男性讀者之所好，隱含觀看的權力和性別的意識型態。

第七節　結　語

　　本章藉由觀察黃峨從私領域的楊慎之妻到公領域的女性文學家，梳理其中的發展歷程。從黃峨集中諸多僞作的現象探析，可以得知她應是楊慎抑或書坊商賈建構出來的女作家、閨秀才人。楊慎僞作，或出於獎掖婦女文學，或出於建構文藝夫婦形象，隱含傳播自我聲譽意圖；書賈僞造、仿冒則是基於市場需求，製造出版品的新奇感，以製造閱讀的感官之樂，滿足男性讀者好奇獵豔之心和窺視慾。僞黃峨作品隱含觀看的權力、性別的偏見、男性的意識等諸多複雜的元素，被建構的女性作家成爲出版文化的新圖景。然若不論眞僞，在明清文學史上，黃峨爲第一個被關注、重視的女性作家，其人其文具有先驅意義。

　　本章也藉由分析楊慎的《升庵詩話》、《江花品藻》、《漢雜事秘辛》、《麗情集》、《倉庚傳》、《烈婦唐貴梅傳》等有關女性的作品，從這些出版品閱讀出建構當時讀者的閱讀品味，看見潛藏而不可小覷的女性讀者群，和爲迎合男性讀者閱讀需求的編撰視域。在解讀情色、青樓、節烈等文化圖景，同時發現楊慎對性別意識的衝突與矛盾，一方面他獎掖提倡女性文學，大膽書寫豔情綺靡的詩詞，又創作青樓題材的《江花品藻》，展現較同時代男性文人大膽、開明的性別觀。但他也在《麗情集》中編撰大量教化題材，《升庵文集》中書寫大量表揚貞節烈婦的詩歌、傳記。楊慎在提倡女性文學、書寫女人的故事、欣賞女子之才，然在書寫過程中，亦隱含諸多道德教化、馴化女人的軌跡。而疏理其諸多編撰作品，亦可以發現男性的觀點、觀看的權力，一直未曾或離。

第七章　起點與啓點：知識生產與文學傳播

第一節　重讀楊愼

一、國族激情／表演慾望／邊緣性格：楊愼的三個面向

　　楊愼一生命運多舛，秉持對傳統禮制的追尋和堅持，在大禮議中以因扞格當權者，遭受被貶爲雲南軍戶的重罰，從此失卻政治舞台。在漫長的滇南貶謫歷程中，他不改其志，依舊關心時事時政。在傳統中國知識份子的立功、立言、立德的價值框架下，在底層心理圖景中，國族激情迴盪，以經綸朝政自許，試圖建構忠肝義膽捍衛正統的「忠臣」典範。

　　然而大禮議的政治巨變，三十餘年的雲南千古奇謫，使他的人生產生重大變異，楊愼頓時脫離傳統士大夫的常軌。這種政治上的邊陲的位置，也影響他在明中葉文化場上的展演。楊愼的一生交織豐富的風景，先是不在意正統規範的顛放行舉，試圖以邊緣化的方式，在異域獲取有異於正統士大夫立功之譽的「異譽」。再者，政治上的失勢，卻激發他在文學／文化上的旺盛慾望，重視聲譽傳播使他的生命史有趣而精彩，從生平諸多「傳奇」事蹟的撰寫，「簪花敷粉」、「醉墨淋漓裙袖」的行動藝術，顛放詮釋框架的建立，乃至成爲系譜，可以發現楊愼亦是一個具有強烈聲譽傳播和傳世慾望的文士，而行動的展演，話語表述，建構自我形象的策略，都產生積累其文化資本的效應。

再者，他在雲緬邊徼不斷發聲，關注出版脈動，著力於編撰立言之業，發展眾多的文學社群。發揮文學、學術充沛能量，運用文字、圖像、戲劇等文化媒材，藉由中晚明繁盛出版文化之便，成為有明一代編撰著作最豐贍的文人，試圖在當時文學場域佔有一席之地。楊慎一直煥發展演和傳播慾望，用各種方式試圖被看見、被紀念、被記憶，試圖成為「不朽」的典範。

楊慎雖有傳統知識份子經學為本的價值傾向，但深受明中葉社會氛圍影響，博物百科全書式的知識取向，強烈的傳播意識，可以說楊慎薰染抑或開創中晚明文人的「新」型態，綰合他的出版品類來說，他體現了一個既「古雅」又「時尚」，既「傳統」又「前衛」的文人新典型。

二、雅・俗・雅俗交織：文學／文化傳播的三個面向

梳理楊慎的相關撰述，可以發現在楊慎的文學出版品的編撰視域隱然呈現三條脈絡：雅、俗以及雅俗交織。

楊慎考據學相關典籍，如《墨池瑣錄》、《書品》、《畫品》、《法帖神品目》、《名畫神品》以及考據名物古器、撰寫文人生活雅事的相關筆記，提供中晚明文人式生活美學的建構知識，這些著作提供許多物質文化，生活、藝術、精神美學營造的指南，為中晚明文人閒賞文化之學的先驅。這些考據「古」文獻加上楊慎詮釋的筆記，成為一種「新」的時尚之學，在故紙堆琢磨的考據學就跟當時流行的古董之學一樣，烙上時間印記煥發班雅明（Walter Benjamin）古典靈光（aura），成為文人標榜新時尚品味的指南和先備知識。

另一方面，隨著中晚明出版業的勃興，作者、讀者、社會文化三者高度互動，讀者意識、市民閱讀喜好、傳播宣傳等成為新的文化議題，楊慎的諸多著作也受當時市民文化生態產生密切的互動與相輔相成。秉持「人人有詩，代代有詩」的文學傳播宗旨，楊慎的部分作品致力於文學的宣傳與流布，在強烈傳播意識下，許多著作與庶民生活需求、愛好緊密結合，趨向實用性，具有濃厚的日用類書色彩。他獎掖邊緣的女性文學，創作豔情詩詞曲、《漢雜事秘辛》、《江花品藻》、《麗情集》等情色文學；《異魚圖贊》、《羣豔傳神》、《玉名詁》等圖錄典籍；《男女脈位圖書》等醫書；《洞天玄記》等戲劇，編撰《風雅逸編》、《古今風謠》、《古今諺》等民間俗文學；《赤牘清裁》等名人書信選集，其它如化嚴肅史籍為輕鬆彈詞的《歷代史略詞話》；點染文學批評專著為日用百科色彩的《升庵詩話》、《詞品》；將枯燥的地理化為旅遊指南書的《雲南山川志》、《滇程記》、

《滇候記》等，這些有關楊慎出版文化圖景，都展現了傾向庶民、通俗化的面向，在在呈現中晚明出版文化先驅色彩。而這種通俗化、向出版文化靠攏的作風，相對於正統的文學脈絡，可以說呈現較邊緣化的色彩。

從楊慎的編撰視域、策略探析，他龐大的編撰出版體系，既滿足文士區隔、建構高雅文化時尚需求，亦在推廣文學、文化的傳播意識下，滿足廣大市／庶民接觸文學的渴望，甚至從文學中得到趣味、實用的另類功能。第三條脈絡，筆者認爲與其劃分楊慎意在迎合「高雅」抑或「通俗」文化品味，毋寧視楊慎爲一傳播意識強烈，傾向民間、具有邊緣色彩的文人，他試圖在雅、俗、雅俗交織中，增加作品的可讀性，吸引讀者的編撰意識，以種種宣傳策略擴展自己的文學版圖，試圖吸引更多讀者的目光、青睞和掌聲。

第二節　先驅者楊慎

一、縱放之風

楊慎可說是明中葉激揚六朝文風，別張壁壘的先驅者。而他在滇雲「簪花敷粉」、「挾妓遊行」等縱放行徑，頗有六朝名士騁度於禮教之外的色彩，與他開啓的崇尚六朝文風相應成趣。綰合來說，文風與士風休戚相關，楊慎的文學觀和「老顛欲裝風景」的縱放行徑，都傾向六朝越禮教任自然，崇尚個體自由自覺之風。晚明出現一群不拘禮法，越出名教，展現放誕不羈之行的文人，除了與心學的流行，政治社會語境有關外，亦與楊慎開啓崇尚的六朝文風和縱放的士風有關，可稱中晚明異端、狂士、山人的先驅者。

二、出版文化

楊慎編《赤牘清裁》，尺牘從原本的文章小道，漸漸成爲文人重視的小品，尺牘是私人情誼的公開出版，也因涉及公／私領域的跨越和交織，滿足讀者的窺視慾望，增添了閱讀的新鮮感和娛樂性，使此類選集成爲出版市場上的新寵。盧恭甫〈國朝名公翰藻序〉說「明之書記至嘉隆萬曆之歲而愈嫻郁可餐，蓋自楊用脩、王元美兩先生勤成之，其書縱橫，光燭士林，具載在兩集中」〔註1〕，說明由楊慎至王世貞的尺牘編撰接力，開啓中晚明尺牘文學勃興，

〔註 1〕　凌迪知編：《國朝名公翰藻》，收於《四庫全書存目叢書》（臺北：莊嚴文化，1997）〔集部‧總集類〕，第 313 集，頁 120。

而《赤牘清裁》所選的書信多為短篇，亦可說為晚明小品文先驅。

中晚明療病話語盛行，從嘉靖、隆慶開始出現一種病榻絮語的潮流〔註2〕，楊慎《病榻手欷》、《蜉簽觚筆》二書，皆病苦中著。雖然二書迥異於陸樹聲《病榻寱言》等其他病榻絮語療病雜感的潮流，卻有開啟病榻話語書寫之風的意義。楊慎以《病榻手欷》、《蜉簽觚筆》二書顛覆原本的病療話語的形式，藉該文類以突顯立言之志，建構文化傳承者形象意圖，呈現在病疾將逝之際，展現孳孳不倦於學術撰著的傳世慾望。以病榻書寫作為一種展演，一種宣說自我的途徑，留下一個對創作激切的姿態（stance）、聲音供後人觀看、思考、詮釋，更強而有力地形塑了自己對文化／字傳承意志，建構自我文化傳遞者的主體性。

評點是印刷文化（print culture）直接產物，明中葉以後，隨著出版文化發達，視覺感也成為評點的主要考量要點，楊慎《批點文心雕龍》開創性地用了五色筆評點。這種評點方式以色彩加上符號，五色筆可以明確指出文章段落、文意交織呼應關係，以文字作為補充說明，更利於理解，更能吸引讀者目光，增加閱讀效果，發揮評點紙上伴讀的功能。五色評點法，在印刷出版史上的意義，即是促成了套版印刷法的發明，具有印刷文化上的先驅意義。

楊慎輯訂《史記題評》列舉了諸家的批評，書眉有前代評論，及對疑難句、段之疏解，可以說是之後流行的《史記評林》前身和評點輯集基礎。在古文辭派影響下，史書評點順勢而崛起於中晚明出版市場，促使《史記》成為士子奉為圭臬的文章範本，楊慎的《史記題評》可以說是時人「發現」《史記》的關鍵。而對於當代文人文集的評點；評點《草堂詩餘》的詞集評點肇始；《檀弓叢訓》的經典評點，在形式、文類上皆具評點文學的先驅性。

說唱俱佳的《歷代史略詞話》是以韻文「彈詞」形式寫就的史傳文類，該書開啟這種可誦可唱的講唱藝術，被視為清人彈詞之祖。此書仿宋元市井演史、調笑轉踏之例，為當時讀者接觸嚴肅篇帙浩瀚的史籍閱讀開啟了方便法門。

楊慎雖遠謫滇地，但往往能觀察當時文化脈動和趨勢，在明中葉出版文化中往往展現先驅者形象，這個前瞻性、先驅者的角色，長期以來，一直未受學界關注。

〔註2〕當時相關的療癒書寫有李豫亨《推蓬寱語》（1570）、陸樹聲（1509—1605）《病榻寱言》（1592）、耿定向（1524—1596）《病間寱言》等。

三、視覺文化

中晚明受到出版業發達，博物知識建構傾向和對視覺文化的重視影響所及，楊愼《異魚圖贊》即是一本以水族動物的圖錄典籍。《異魚圖贊》是根據南朝所傳《異魚圖》增補修改，「或述其成製；或演以新文」內容圖文並呈。這類題材對與海洋文化甚爲疏離的華夏人士，想必相當新鮮，也符合了中晚明以來好奇尙異的文化氛圍。他以寓言、教化、文學性、實用性等書寫技藝形塑《異魚圖贊》的諸多面向，展演水族知識的奧義，使《異魚圖贊》呈現詩意生物學的讀物性格，具有文學欣賞的功能。該書開啓了中晚明「魚族海錯譜」圖錄類典籍的出版，與植物花卉類《羣芳傳神》一同扮演譜錄出版品的前驅。

楊愼也善於運用圖繪、小像作爲自我形象建構的策略。明清社會請人寫照銘刻自己、特定人物或紀念事件的風氣成爲一種流行的文化風尙，這也是一種新興的傳播自我途徑。人日草堂圖詠，以楊愼小像爲核心，圖文並茂記載，一個遙奠活文學典範（楊愼）的儀式，成爲一個超越時空的崇拜活動。晚年楊愼〈青城五隱圖贊〉組詩即是一個結合小像、題贊的文學展演。楊愼藉由這一組詩將自己置入蜀地隱士行列，置換社會性身份（謫臣），變換現實自我，以「隱士」建構另一種身份，展現另一面向的人生理想，增加自我文化資本。《神樓曲》也是一次圖文並茂的文學展演，文徵明繪樓居圖遺其神樓，朱曰藩將此事演繹成〈神樓曲〉，楊愼繼之作〈後神樓曲〉，他們共構了有典故、隱士、圖像、詩詠的文學展演，提高參與文士的公眾能見度。這些圖文媒材的結合，都成爲傳播自我形象、宣說自我的有力媒介。

四、性別文學

相較於明中葉男性文人，楊愼可以說在女性文學、性別議題上，態度較開明，談論資料較多的男性文人，這一點從「資閒談」的詩話作品可以窺知，關注女性議題便是《升庵詩話》的特色之一。該書經常採擷女性文學作品以茲獎掖鼓勵，除了歌頌女詩人外，也羅列許多關於女性知識、典故、事蹟，並從古典詩作切入，探究討論女性容貌、生活、日常用品等物質文化，具有實用價值。

從現有的材料看，明代嘉靖以前刊刻女子文集甚少，有的僅以鈔本流傳，楊愼、黃峨夫婦合集的《楊升庵夫婦散曲》可以說是當時規模較大，傳播較

盛較廣的女性文集。晚明隨著出版業的繁榮，以及婦女識字能力的增長，不斷發行的各種女性文本成為及受歡迎的熱門讀物。因此，晚明男性文人開始編選大量的女性選集，而出版付梓于嘉靖年間的楊慎之妻黃峨作品集，可說是女性選集、作品之先驅。

明代社會禮教十分嚴密，對婦女的貞節要求極高，落實在對婦女的道德教化也極為普遍。然而明代是一個性話語受到壓抑、控制的時代，卻也是一個不斷增殖擴大的時代，情色文學在此時日益孳衍。楊氏夫婦的豔曲，正是在禮教嚴密的明中期社會的產物，發晚明繁盛情色題材的文學作品之端。

王世貞在《藝苑卮言》中曾這樣陳述楊慎在滇南生活：「用脩謫滇中，有東山之癖。諸夷酋欲得其詩翰，不可，乃以精白綾作裓，遣諸伎服之，使酒間乞書。楊欣然命筆，醉墨淋漓裙袖，酋重賞伎女購歸，裝潢成卷。楊後亦知之，便以為快」、「用脩在瀘州，嘗醉，胡粉傅面，作雙丫髻插花，門生舁之，諸伎捧觴，遊行城市，了不為作」〔註3〕楊慎在滇南的生活似乎是經常流連青樓，狎妓宴飲，遊山玩水，宛如風流名士，因此有機會深入青樓，一窺妓女生活、文化、生態。基於對妓女相關題材的喜好，《江花品藻》是賞玩、品評妓女，描寫風月場生活、互動圖景的青樓書寫，是明中期新興的出版品類，可說是明中葉對青樓文化較早的書寫資料。

《漢雜事秘辛》最為人津津樂道的段落，大概就是女官吳姁對梁女瑩婚前檢查的細緻描摹，科學式的描摹，反而引起非科學的情色效果，誠如楊慎自己說的「審視一段，最為奇豔」，是書初出，論者皆驚其文之豔，傳刻不絕，從《漢雜事秘辛》的暢銷情形，也預示了晚明「目極世間之色，耳極世間之聲」〔註4〕的情色思潮。

嘉靖、隆慶朝，文言小說創作出現一專題性的作品集的動向〔註5〕。楊慎《麗情集》以女性作為書寫主題，開啟明中葉文壇上以女性為題材選擇對象的新風氣。另一方面，這部以為「纂古今麗情事」主題的著作，在題材選擇的專門化頗有「類書」特色，楊慎可以說開此主題式題材風氣之先。楊慎、偽黃峨豔曲作品、《江花品藻》、《漢雜事秘辛》、《麗情集》等可說是開晚明繁盛的情色文學風氣之先。

〔註3〕 王世貞《藝苑卮言》，卷六，收於丁福保：《歷代詩話續編》（北京：中華書局，1983），下冊，頁1053、1054。

〔註4〕 袁宏道：〈龔惟長先生〉，《袁中郎全集》（台北：偉文圖書，1976），卷五。

〔註5〕 參見陳大康：《明代小說史》（北京：人民文學出版社，2007），頁227。

第三節　各章研究成果綜述

第一章　緒　論

　　首章先概述社會／文化視域下的明中葉文學以作爲論題開展的語境基礎。中晚明之交，朝綱廢弛，內憂外患交迫，朝臣廷杖貶謫事件頻傳，在此政治氛圍下，貶謫文學、時事劇和時事小說成爲文化「新」現象。此時，也是商業萌發的時代，出版業的活絡，書價的遽降，造成新的讀者文化來臨，書籍變成文化商品，吸引讀者閱讀、購買，在發達的出版文化下，傳播、行銷策略，成爲中晚明傳播文化的新議題。

　　本文爲一文人個案研究，因此，本章概述了楊愼的生命史特色，因「大禮議」遷謫雲南長達三十餘年的楊愼，不但在當時身處邊徼異域，在後代文學史上也經常處於邊緣位置，職是之故本文旨在「發現」、「重讀」楊愼。就出版文化上，楊愼撰著之多，爲明朝第一，筆者試圖呈現楊愼開啓的許多新的文學表現形式。從文化聲譽而論，楊愼以各種文化展演、自傳性作業，呈現新的文人範式。就文學場域來說，一直以來以被文學史忽略的非正統、非主流、邊緣的楊愼，卻正好提供了一個理解政治‧社會／文化視域下的明中葉文學一個很好的觀測點；就知識生產來說，楊愼建構了一個考據、博物式的知識外貌，但疏理其內容並非全然是實證式、客觀或科學的，而是經常隱含美學、文化、權力的元素，其多元的、各面向編撰題材，適巧提供了一個很好的檢視個案，在中晚明的銜接點上具有指標意義。

　　本章也針對本文所援引的高夫曼表演觀、布迪厄的文學場域、福柯知識生產與權力論述、後殖民論述、讀者反應、出版文化、性別理論等相關理論做一簡單的論述，希望藉由西方理論的參照，可以更好地詮釋楊愼的生命史。此外，本章對於全文的論述脈絡、重心、章節安排以及預期成果，亦作一概括性說明。

第二章

　　本章爲楊愼生命史與聲譽傳播的探討，從出生前父親的夢兆、兒時神童事蹟、狀元翰林睿智軼事、大禮議的激烈抗爭、忠臣武將形象、貶謫滇雲三十餘年的千古奇謫、與才女黃峨的文學與愛情，楊愼以各種文學／化的展演，建構出充滿傳奇與驚嘆號的自傳性作業。謫滇之後，楊愼透過「傅粉簪花狎

妓」等特殊行徑，凸顯差異，自我表述，重建存在的意義，建構自我主體性。對於這種顚放行徑，楊愼與友人劉繪的書信進行對話，預設一套狂放行徑的詮釋框架，「聊以耗壯心，遣餘年」、「老顚欲裝／裂風景」在時人、後人不斷重新詮釋、增補下，成爲理解楊愼的詮釋路徑，其後文人也以此作爲投射自我人生際遇的文化符碼。

就文學場域來說，楊愼也善於利用出版、評點、序跋等策略，經營與李東陽、楊一清、王廷相、嚴嵩、李夢陽等館閣重臣、文壇領袖的社交網絡，這些文化／政治上活躍的能動者（agent），形成師表（master）或提攜者，有助於提升楊愼在當時文學場上的聲譽。楊愼一生的經歷、交游廣泛，雖無自立文學流派，然創設、參與麗澤、汐社、雲南、蜀地等許多文學社群，他經常舉行各種詩文雅集，編選詩文選集，這些文學社交活動，都使他的聲譽和文化資本不斷積累。

序跋、題詞、圖像、戲劇都是有助於文學／文化傳播，建構聲譽的媒介，這一章也探討楊愼運用這些媒材，進行文化展演，楊愼及友人共構人日草堂圖詠、《神樓曲》圖詠、《巫山一段雲》題跋、〈青城五隱圖贊〉等文化展演，達到建構自我形象的效果。後代文人則以《楊升庵簪花圖》、《簪花髻》雜劇等建構、傳播楊愼的形象。這一章也疏理知己讀者李贄在《李卓吾先生讀升庵集》投射自己的傷痛、癖好、理想和昇華，在閱讀評點中形塑楊愼與自我的形象，並展現旺盛的傳播意識。

本章最後則探討楊愼的自傳性作業，剖析楊愼以病、謫作爲締造自我形象（intended self-image）的符碼，形塑一個更顯眼、更聞名於世的受難者，增益自我文化資本（cultural captial）。楊愼爲明朝著書立說產量最多的學者，他生平的著述高達四百餘種，貶謫滇地後他不斷編著撰述，一直到生命的盡頭。可以發現他賴以超越遷謫窘難、身體病痛、人生理想失落的精神資源是「立言」不朽傳世的慾望：詩文、文學、文史、思想及更廣義的文化，楊愼締造自我形象（intended self-image）之一就是文化的承載、傳遞者。在傳統知識份子立言理想失落後，他意識到可以通過撰述的途徑，傳播自我聲譽和立言傳世，而建立身後之名，以文字參與、影響文化場域或更大的知識／權力話語（discourse）。

第三章

楊慎「大禮議」被定罪永遠充軍於雲南永昌衛，楊慎挾其知識份子的書寫優勢，對於流放地著墨甚多，他編纂方志，整理雲南相關史籍，隨著行旅之眼、之跡留下許多紀游、紀程詩文。其中《滇載記》、《滇程記》、《雲南山川志》建構雲南原本幾近空白的的史地資料，而高嶢、安寧溫泉、點蒼山、洱海、大理等著名景點，奇異花草蟲魚、神秘邊族風采，也在楊慎筆下漸為士人所知所聞。流人楊慎在雲南放逐之地，因流寓而發明、展示、再現滇地景／物，從而提高邊域的文化聲譽，並藉由許多書寫創始之舉，成就自我銘刻、流傳後世的文名聲譽。

這一章梳理楊慎的雲南相關書寫，探討其中有關傳播的相關議題。可以發現貶游滇地的楊慎經由詩文、《滇程記》、《雲南山川志》、《滇載記》等的編撰，對於西南邊域的景點、風物、民族、文化傳播居功厥偉。再者，也因為他長居滇地三十餘年的千古奇謫，亦促進西南邊儌的文學、教育／化、出版等發展。

從楊慎的西南書寫游移於紀實與虛構之間，部分坐實了華夏人士「想像的異國」（image of foreign countries），也進一步以自己的視角，重新形塑邊域的知識體系。而這種異質民族文化的建構不但傳播到華夏，亦形塑了邊地人民的自我想像。以中土為本位去描寫異族異地的視角或隱或現，可以觀察「自我／他者」相互觀看，以及新舊事物和價值觀的衝擊和融合，自我遷謫的感懷，以及獵奇尚異之心、帝國凝視之眼、華夏中心、人類中心的意識型態，不斷交織在各類文本中。

楊慎的西南文本可視為一種空間實踐（spatial practice），因其貶謫的生命史，而豐富了作品的內涵，不但傳播雲南等邊域的文化聲譽，代表了新知識、新觀點的傳入，成為世人觀看邊／異境的一道窗口。另一方面，邊域的奇異書寫吸引當世及後世讀者目光，神秘獵奇色彩加速文學／文化傳播，從這種意義來說，貶游謫旅所得的邊域文化知識，成了楊慎知識體系中另一重要的文化資本（有別於經學、考據學、小學等古典領域），而這種異文化的流傳也造就了文人／謫人之名。於是，楊慎的異域（雲南書寫）因名人符碼而傳播中原文學場域；異域／譽的楊慎因其本身的傳奇性，傳播邊域的異質書寫，而揚名當時文化／文學場域，從這種來看，楊慎的漫長的貶游之旅，著實是一場文化交流，文學、聲譽傳播之旅。

第四章

　　詩話、詞話由於其記錄藝文瑣事與資閒談的文體特徵，不但是探索楊慎文學批評理論的主要資料，也適巧成為觀察當時文學脈動與文學現象的絕佳園地。中晚明以後，出版文化、文學傳播、讀者意識、大眾文化等都成了醒目的文學議題，這些都可以在當代讀者——楊慎的閱讀反應錄與當代文壇現形記——《升庵詩話》、《詞品》中找到蹤跡。經由《升庵詩話》、《詞品》的疏理、剖析，可以發現楊慎的文學批評論著，除了詩詞作品的鑑賞、文學理念的宣倡、談詩論藝等文學性面貌外，《升庵詩話》、《詞品》呈現實用性、當代性的特色，與當時的社會文化風氣密切接軌，產生雅俗的交織與辯證，文學與日用生活交融互構一種新的流行風尚。

　　《升庵詩話》、《詞品》亦是一本傳播性、宣傳意味濃厚的作品，楊慎以之傳播自己的相關著作，使該書成為一個絕佳的廣告園地。他又在書中積極推薦賞析親人、師、友、蜀滇當地詩人，傳播自己和親友文學聲譽，建構文際圈，使詩話的文學性和社交性形成奇異的連結。

　　明中葉以後，書籍作為一種文化商品，編撰者有別於前代作家，必有預期的讀者、預計出版市場的需求，仔細評估其出版策略，吸引更多的消費者，這些意圖都會或隱或現地展現在書籍的編撰策略上。雅俗交織，重視實用性、當代性和遊戲是明中葉以後，圖書市場的明顯特色，這樣的趨勢也展現在《升庵詩話》、《詞品》的編撰策略上，楊慎以傳統文學資源，加上當代流行元素，使艱深的古典詩歌，形式上通俗化，成為閱讀市場上受歡迎的出版物。因此，這一章經由《升庵詩話》、《詞品》的探討，可以顯影明中葉的市民文化生態和出版圖景，「資閒談」的詩話、詞話不但談詩論藝，也談出了時代脈動。

　　《歷代史略詞話》一書一再被翻刻，為楊慎最暢銷的出版品之一。有別於以往史書的長篇累牘和嚴肅性，《歷代史略詞話》呈現通俗彈詞的音樂性、娛樂氛圍，該書開啟這種可誦可唱的講唱藝術，被視為清人彈詞之祖。《歷代史略詞話》篇幅不滿三萬，卻鋪揚歷代興亡之跡，自洪荒迄於元世，為讀史啟蒙而作，自然成為家絃戶誦之書，楊慎以通俗說史，增加傳播性，收雅俗共賞之趣，迎合大眾讀者新鮮趣味的「閱讀期待」，使該書成為暢銷的史書，一則出版史上的奇蹟。

　　中晚明在古文辭派影響下，《史記》成為士子奉為圭臬的文章範本，史書評點順勢而崛起於出版市場，一般人都注意到集《史記》評點之大成的《史

記評林》，卻往往忽略在此書之前即有有楊慎、李元陽輯訂的《史記題評》。
該書列舉了諸家的批評，書眉有楊慎輯前代評論，及對疑難句、段之疏解，
可以說是《史記評林》的前身和評點輯集基礎，可說是發現史記可作爲古文
典範的先驅。

　　評點是印刷文化（print culture）直接產物，明中葉以後，隨著出版文化發
達，視覺感也成爲評點的主要考量要點，楊慎《批點文心雕龍》開創性地用
了五色筆評點。這種評點方式以色彩加上符號，可以吸引讀者目光，增加閱
讀效果。五色評點法，在印刷出版史上的意義，即是促成了套版印刷法的發
明，可以說印刷文化上的先驅者。

　　一般談論尺牘文學，都會從王世貞《尺牘清裁》談起，而忽略了此書的
前身楊慎編《赤牘清裁》，其實已開晚明尺牘文學先聲。尺牘從原本的文章小
道，漸漸成爲文人重視的小品，而尺牘私人情誼的公開出版，也因涉及公／
私領域的跨越和交織，滿足讀者的窺視慾望，而增添了閱讀的新鮮感和娛樂
性，使得此類選集成爲出版市場上的新寵。

　　明中葉文學場上出現一股博物知識風潮，出版市場上對視覺文化也漸趨
重視，楊慎《異魚圖贊》即是一本以水生動物的圖錄典籍，楊慎學術體系豐
贍而多元，而他也以書寫技藝形塑《異魚圖贊》的諸多面向，該書圖文並茂，
介紹珍奇水族，滿足時人獵奇尚異的知識慾望，內容形制上則充滿文學性、
寓言色彩，順應當時日用類書繁盛之風，也講究各類實用性，楊慎《異魚圖
贊》不只是生物學知識展演，也兼有文學／化鑑賞、道德教化、美食寶典、
器用指南等多功能用途。進一步來說，楊慎的水族《異魚圖贊》、植物花卉《帮
䕻傳神》，也開啓晚明繁盛譜錄典籍出版風氣。

　　楊慎雖遠謫滇地，但往往能觀察當時文化脈動和趨勢，在明中葉出版文
化中往往展現先驅者形象，可以說是出版文化達人。然而受盛名之累／榮，
楊慎之名成爲盜版市場的新寵，以名流之名爲宣傳銷售保證，這些書市贗品
都印證了楊慎在文學／文化場域的盛名。

第五章

　　就學術場而言，考據學重視文獻典籍爬梳的質性，可說是對明中葉以後，
心學末流產生士子束書不觀，學問空疏之弊的反動與修正。

　　就出版文化來說，當時坊刻成爲出版業大宗，書賈爲了出版牟利，往往

造成校勘不確、版本不良，粗製濫造，品質不佳的出版品充斥市場，從古書中詳細考證，以求文字訓詁精確的考據學成了勘誤的新顯學。

　　就社會經濟來說，商業帶來文人社會階層的形式變異，呼應明中期以後前後七子文壇上的復古思潮，文人圈漸漸興起「好古」的文物／化賞鑑風潮。這種古物鑑賞的流行，不僅建構當時多采多姿的物質文化面貌，也拓展了一個對於古文物的知識場域需求。對於古文物、精粗、美醜、歷史掌故、文化傳記、真贗的辯證，古籍版本優劣的檢核，都需要大量而精確的考據學、博物學知識。在這種文化生態下，考據學知識不再是前代為了解經之用，致力於文字訓詁、制度儀文、歷史地理、掌故探析的「舊」學術模式，而是與物質文化密切結合的一種「新」知識體性。明中葉以後博物式的考據學已然形成一種新的時尚，形成了一種文化品味的「流行」知識需求，擁有考據知識儼然形成一種時尚品味的文化符碼（cultural code）和文化資本（cultural captial），原本嚴肅的考據學家，烙上此文化符碼，成為文化時尚品味的權威、領導者。

　　就中晚明博物式的考據學來說，楊慎可謂開山祖師，他的《丹鉛錄》系列叢書、《譚苑醍醐》、《異魚圖贊》、《秇林伐山》、《楊子巵言》、《墨池瑣聞》、《書品》、《畫品》、《謝華啓秀》等可說包羅文化古物、日常器用、鐘鼎彝彝、書畫法帖、文房器具、蟲魚草木、飲饌食物、醫療養生、天文節氣、建築工程等龐大的知識體系，這些考據筆記建構豐富的物質文化（Material Culture），成為當時文人雅士建構品味生活的知識載體。

　　中晚明隨著蓬勃發展的印刷文化，及活絡的文人結社活動，若干學術、思想文學等論述流傳快速，每每形成對話之勢的可能。楊慎的考據學著作淵博且饒富新意，在當時文壇影響力極大，文化圈中許多人藉此涵養生活美學知識，營造文人式的時尚優雅品味。楊慎開啓了正德、嘉靖年間的博古崇尚考據之風，這股尚博尚實的學術風氣成為當時有別於心學的風潮，學術場有許多士子讀其書，仰慕其縱覽宇宙、貫通古今的淵博學問，卻又發現楊慎的諸多考據之作，有欠周延之弊。楊慎《丹鉛錄》考據系列書籍出版後，吸引一批學術仰慕者，他們視其為學術的典範，追隨其考據的步履，陳耀文首開其序，焦竑、胡應麟、王世貞、謝肇淛等繼踵其後。士人讀其書，進而糾其誤謬，在當時學術場引起熱烈的討論，引發以楊慎考據學為核心的辨別真偽誤謬風氣，創造出更多精彩的考據成果，形成一種以楊慎考據學為核心的的後設考據。

　　學術場上這樣熱鬧的糾楊活動，見證楊愼考據學傳播之深、廣、遠，引領明中葉以後的考據學繁盛風潮，顯然也達到楊愼個人文化聲譽傳播的極佳效果。進一步來說，糾駁學問淵博的文壇巨／名人（楊愼）亦是學者們一個很好展現自己才學的舞台，他們一方面糾誤增補，使明中葉以後的考據學更形完備，一方面也在這樣的過程中，藉著與楊愼的連結，增加自己的知名度和文壇聲譽。紛擾不斷的糾楊風潮，是豐富中晚明考據學的重要推動力量，可說是由楊愼開啓的考據學風的另類迴響。

第六章

　　相較於明中葉男性文人，楊愼可以說在女性文學、性別議題上，態度較開明，談論資料較多的男性文人，「資閒談」的《升庵詩話》的特色之一便在於關注女性議題。從《升庵詩話》諸多女性議題的討論，可以發現明中葉以後女性讀者已漸漸增加，男性文人也漸漸關注女性文學，女性角色悄悄崛起於文學場域中。

　　接著，第二節將以楊愼的夫人——才女黃峨爲討論主角，以明中葉女性文學的發展爲主軸展開論述，楊愼、黃峨與前代文學佳偶不同之處，在於他們互動的文學作品在數量、質量上超越前人，而且都付梓出版，《楊升庵夫婦散曲》可說是夫妻合集的第一本著作，亦爲女性文學作品先驅，這部分將觀察分析黃峨的相關著作，梳理其中隱含觀看的權力和男性的意識型態。然從從黃峨諸多原創和僞作的現象探析，可以得知她是楊愼和書賈共同建構出來的女作家、閨秀才人，楊愼或出於獎掖婦女文學或出於建構、傳播自我聲譽，書賈則是基於製造出版品的新奇感，滿足讀者好奇獵豔之心以牟利。

　　明中葉以後，青樓文化盛行，尤其是以金陵爲中心的江南地區，成書於嘉靖年間的《江花品藻》，是第一部專題性，以「妓女」、「風月場」爲主題的出版品，該書描寫青樓妓女與男性文人的互動，文字描摩十分具有畫面感，強調文字的視覺性，這種豔情書寫帶有一種男性凝視（male gaze），挑逗讀者的情色閱讀，涉及觀看的權力。該書將妓女排名，依名次編纂，可說是文人集體徵色品豔活動之始。《江花品藻》描寫男性文人青樓酒宴中進行的文藝活動，妓院漸漸形成另類的藝文沙龍，有許多的文藝作品在這裡醞釀、創作和傳播。而隨著《江花品藻》這樣的青樓書寫漸漸繁榮，許多私密情事，也隨著出版付梓，漸漸從私領跨越至公領域，這樣的現象到明末清初達到高峰。

　　《漢雜事秘辛》一書原署漢無名氏作，主要記載了東漢桓帝時，選立大將軍梁商遣女瑩爲皇后的經過及六禮冊立之事。《漢雜事秘辛》因爲一段奇豔的裸體檢查描寫爲後人津津樂道，這個情色閱讀效果是楊慎早就預期或預設的，他在後記裡說「吳姁入後燕處審視一段，最爲奇豔，但太穢褻耳」，正在提醒讀者不要遺漏這全書最高潮精彩的段落。閱讀召喚情欲、窺視需求，隨著吳姁檢查女性身體的步驟，跟著楊慎充滿感官、挑逗的文字，領略情色文學的激盪刺激。因此，《漢雜事秘辛》雖來路可疑，卻能得到極大迴響。

　　《麗情集》和《續麗情集》這部文言小說作品，是以唐傳奇和「筆記體」的形式，揉合楊慎博學考證的書寫慣習，以女性爲主題的故事集。楊慎《麗情集》即延續張君房以「娛情遣興」爲目的，以「緣情而靡麗」爲書寫氛圍，以「纂古今麗情事」爲主軸的書寫。內容即李調元序中言「采取古之名媛故事」編撰而成。嘉靖、隆慶朝，文言小說創作出現專題性的作品集的新動向，這部以女性作爲書寫對象，也在明中葉文壇上開啓以女性爲題材選擇對象的新風氣。

　　除了在《麗情集》中對批判妒婦行徑外，楊慎還饒負趣味地寫了一篇有關「療妒」題材的文言小說〈倉庚傳〉，以作爲教化婦人或順應時代風潮之用，這部小說和《漢雜事秘辛》一樣，是託古寄託之作。倉庚所言雖爲「古制」，「療妒」意味濃厚，顯然可作爲當時妻妾成群，頗受妒婦所擾的男人，在管理規劃眾多妻妾的參考，蘊含教化意義。然而不論是解決困擾的妒婦問題，抑或作爲教化妒婦之用，在在都增加這篇小說的時事性和實用價值，當然也增加的閱讀慾望。

　　本章也藉由分析楊慎的《升庵詩話》、《江花品藻》、《漢雜事秘辛》、《麗情集》、《倉庚傳》、《烈婦唐貴梅傳》等有關女性的作品，從這些出版品閱讀出建構當時讀者的閱讀品味，一窺其中的性別意識型態，並解讀女性文學、情色、青樓、節烈、妒婦等文化圖景。

第四節　起點・啓點：「發現」楊慎

　　本文的書寫是一個發現、重讀明中葉文人楊慎的過程，在這過程中，處處充滿拍案驚奇。有別於之前諸多研究對於其詩論、詞學、經學、考據學等學術框架的研究，筆者發現一個具有強烈展演、表述自我慾望，傾全力試圖

編撰立言不朽，以出版、聲譽傳播為要務，置正統價值於次的新型文人。楊慎雖未賣文、賣藝牟利，也未見擴展實質經濟上的贊助關係，然晚明山人的跡影已悄然在楊慎個案上發端。

地域、政治的邊緣地位，回不去的中原和士大夫之途，影響其自我認同與文學場域表現，既已無法立功傳世，他試圖以顛放縱行展演，創造另一種青睞，引領另一種「狂士」典範的流行。在文學方面，他獎掖邊緣的女性文學，創作豔情詩詞曲、《漢雜事秘辛》、《江花品藻》、《麗情集》等情色文學；《異魚圖贊》、《羣豔傳神》、《玉名詁》等圖錄典籍；《男女脈位圖書》等醫書；《洞天玄記》等戲劇，編撰《風雅逸編》、《古今風謠》等民間俗文學；《赤牘清裁》等名人書信選集，大膽評論推介《春宵秘戲圖》，其它如轉化嚴肅史籍為輕鬆彈詞的《歷代史略詞話》；點染文學性詩話為日用百科色彩的《升庵詩話》、《詞品》；將枯燥的地理志化為旅遊指南書的《雲南山川志》、《滇程記》、《滇候記》等，這些有關楊慎出版文化圖景，都展現了傾向庶民、通俗化的面向，再再呈現明中葉出版文化先驅色彩。另一方面，這種通俗化、向出版文化靠攏的作風，相對於正統的文學脈絡，可以說呈現較邊緣化的色彩，除了明中葉出版文化勃興的大環境有利於諸多通俗文學發展外，政治上的邊緣與文學上的邊緣傾向產生奇異的連結。

狀元楊慎因大禮議而產生人生的巨變，卻意外開創新型文人典型，晚明這樣的文人多了起來，楊慎的個案適巧開啟了一個理解文人文化的起點。

第五節　未竟之境

明興著述之博以楊慎為冠，延續出版文化，以傳播為核心，除了本文論題，還有許多待開展的論述空間：在評點文學方面，《批點草堂詩餘》、《精選瀛奎律髓批》、《四家宮詞批》、《檀弓叢訓》等雖評語簡短，但或可疏理出其中的閱讀策略、視角，以觀察評點文學史之演進，進而結合時代與文化變遷，觀察當中審美觀與市民品味之牽繫。

在詞文學方面，詞盛於宋，元以後漸衰，楊慎批點宋代詞選《草堂詩餘》；編選《詞壇合璧》、《詞品拾遺》、《詞林萬選》、《百琲明珠》等選集，啟發時人張綖（1487～？）編《詩餘圖譜》（1536 年）；撰詞學理論專著《詞品》；楊慎詞作甚豐，他在雲南大量創作長短句，共寫了三百多首詞，其詞作有別於詞之婉約本色，〈漁家傲・滇南月節詞〉、〈鶯啼序・高嶢海莊十二景圖〉、〈浣

溪沙·高嶢滯雨〉等開創地域書寫之新詞風。這些詞體的相關撰著皆可視爲重振詞壇的先驅者，爲沈寂多時的詞壇帶來新的生命力，引領創作和研究風潮，楊慎的詞學與文化亦爲可進一步探討的論題。

在俗文學方面，《風雅逸篇》、《古今風謠》、《俗言》選輯古今地方風謠、諺語，勾勒了庶民生活圖景，體現楊慎重視邊緣性文學傾向，亦可稱爲整理謠諺文學先驅，而編擇的過程中隱含楊慎的意識型態，可以進一步探討。在曲文學方面，楊慎有戲曲《洞天玄記》；散曲《陶情樂府》、《續陶情樂府》則在題材和內容上，展現與元曲迥然不同之新意，此二個俗文學範疇，或可再開展。

在情色文學方面，除了本文論及的《江花品藻》、《漢雜事秘辛》、《麗情集》等專著；《春宵秘戲圖》和蓮足起源的發掘和研究外，其詩、詞、曲作品亦有許多情色香豔之作，此類作品除了是楊慎六朝詩論的實踐外，可視爲晚明繁盛情色文學之先驅，楊慎的情色作品，預現了晚明有關窺視、醫學、情色閱讀等相關議題，值得進一步析論。

從中國文學脈絡來說，貶謫文學從屈原肇始，已有悠久歷史，然明中葉的楊慎卻展現了一種新的貶謫文人範型。順應當時繁盛的出版文化和輿論系統，楊慎重視聲譽，關注撰著大業，在政治榮名之外，將謫臣污名成功轉化爲象徵資本和文化資本，成爲一種新的貶謫文人型態，除了本文所援引的材料，還有許多可以探討相關文本。進一步來說，明中葉在黑暗的政治背景下，大量的謫臣、流人、政治失意者，他們亦用新的文類創作，新的身體展演，建構新的貶謫文學／化，這個部分可以延伸討論，或可建構出中晚明「新」貶謫文化圖景。

以楊慎文學／化研究爲起點和啓點，像這樣多元和多產的文人，著實讓我們看見明中葉文學／化一些進步或前瞻性的面貌，期盼本文粗拙的論述，能對一向被忽略的明中葉文學研究，有微細的貢獻。

附錄一：楊愼簡要年表 [註1]

西元	朝代	干支	年歲	重要事蹟	出版
1488	孝宗弘治元年	戊申	1歲	父楊廷和年30，時爲翰林檢討；祖父楊春，拜行人司正。慎生於京師孝順衚衕，岐嶷穎達。	
1491	弘治4年	辛亥	4歲	父楊廷和以《憲宗實錄》成陞侍讀。	
1492	弘治5年	壬子	5歲	廷和充經筵講官。	
1494	弘治7年	甲寅	7歲	慎從母學，簡譜：「七歲，母夫人教之句讀。」	
1495	弘治8年	乙卯	8歲	皇太子朱厚照出閣，廷和遷左春坊左中允，侍皇太子講讀。 李東陽入閣。 慎就傳學。	
1498	弘治11年	戊午	11歲	簡譜：升庵年11，作近體詩。 與永昌張含訂交〔註2〕。	
1499	弘治12年	己未	12歲	母黃夫人卒，祖父楊春致仕。楊慎歸蜀。 簡譜：己未罹母黃夫人憂，極其悲號，廢食骨立，時公年20。	
1501	弘治14年	辛酉	14歲	廷和服闋，攜慎入京。 簡譜：慎隨父回京師。師從福建鄉進士魏浚習舉子業。 進李文正公（李東陽）門下。	
1505	弘治18年	乙丑	18歲	孝宗朱祐樘崩，皇太子朱厚照繼位，是爲武宗。 廷和以左春坊主會試，慎侍父於禮闈，薦崔銑。	

〔註 1〕 本年表主要參考簡紹芳著：《贈光錄卿前翰林修撰升庵楊慎年譜》，收於《楊升庵叢書》（成都：天地出版社，2002）第6冊，附錄，頁1273～1283；豐家驊著：《楊慎評傳》（南京：南京大學出版社，1998）；王文才《楊慎學譜》（上海：上海古籍出版社，1988）；王文才、萬光治主編《楊升庵叢書》（成都：天地出版社，1999）。

〔註 2〕 見《滇繫・雜載類》，「楊張交」條，卷12。

1506	武宗正德元年	丙寅	19 歲	首輔劉健及吏部韓文和九卿諸大臣請誅劉瑾等「八虎」。武宗不從，反擢劉瑾掌司禮監，馬永成、谷大用分掌東、西廠。劉健、韓文等被迫致仕。 簡譜：慎與同鄉同鄉士馮馴、石天柱、夏邦謨、劉景宇、程啓充爲麗澤會，即墨藍田、雲南永昌張含結社唱和。 作品：結社之作有藍田、楊慎《東歸倡和》集。	
1507	正德 2 年	丁卯	20 歲	李東陽爲內閣首輔。廷和召入閣，預機務。 慎與弟惇同舉四川鄉試，擢《易》魁。娶妻王氏，爲禮部主事王溥之女。	
1508	正德 3 年	戊辰	21 歲	劉瑾立內廠，自領之，酷虐甚於東、西廠。 廷和加少保兼太子太保〔註 3〕。 慎參加春試，主考王鏊、梁儲得慎文，已置首選，卷偶失燭，遂下第。入國學，祭酒周玉類試之，曰「天下士也。」	
1509	正德 4 年	己巳	22 歲	楊慎歷事禮部。	
1510	正德 5 年	庚武	23 歲	安化王朱寘鐇以討劉瑾爲名舉兵反。劉瑾伏誅。 廷和加光祿大夫柱國，改吏部尚書武英殿大學士。	
1511	正德 6 年	辛未	24 歲	四川藍廷瑞、鄢本恕牽川東北農民起義，眾至十餘萬人，得營山〔註 4〕。 慎進士狀元及第。 簡譜：會試，禮部費宏知貢舉，靳貴入總文衡，擢慎第二，殿試則及第一，策策援史融經，敷陳宏劇。	
1513	正德 8 年	癸酉	26 歲	廷和爲內閣首輔。 慎丁繼母喻夫人憂，慎返蜀，居家讀《禮》。	
1514	正德 9 年	甲戌	27 歲	簡譜：明年藍、鄢諸寇作，公在邑城中，日夕戒嚴。有賊數百，詐稱官軍，以紿門者，公率守雉堞者詰之，散去。	
1515	正德 10 年	乙亥	28 歲	祖父春卒。廷和乞奔喪，三請乃許。 服闋，北上返京。與布政伍公符臨舟，唱和下江陵。	
1516	正德 11 年	丙子	29 歲	錢寧、江彬使人丑詆楊一清，一清請歸。李東陽卒，年 70。 簡譜：慎入翰林，爲經筵展書官，及校《文獻通考》，同館則鄒公守益、王公思、尹公襄、劉公泉、孫公紹祖、張公潮也。	
1517	正德 12 年	丁丑	30 歲	武宗微行，幸宣府，大樂忘歸。廷和服甫畢，即召入閣，請回鑾，不報。 慎上疏切諫，不報，乞歸。 簡譜：丁丑爲殿試掌卷官，得舒公芬策，以陳	

〔註 3〕見《明史・宰輔年表》、《辭謝錄》。
〔註 4〕見《明史・武宗紀》。

				閣老梁公儲，不置鼎魁，公力爭乃得首第。時武皇遊幸宣大榆林諸邊，返而復往，公疏切諫，不報。乃以養老乞歸。	
1518	正德 13 年	戊寅	31 歲	王氏病卒，慎抵家後喪偶。	
1519	正德 14 年	己卯	32 歲	武宗還京。復欲南幸，群臣諫止。寧王宸濠反，值廷和當國，武宗以親征宸濠爲名，南巡尋樂，沿途百姓不堪其擾。 慎續娶遂寧黃珂女黃峨爲妻。黃峨，字秀眉，時年 22 歲，能詩文，善書禮。	
1520	正德 15 年	庚辰	33 歲	慎還京復官。	
1521	正德 16 年	辛巳	34 歲	武宗崩於豹房，無子。迎孝宗之姪、興獻王世子朱厚熜繼位，是爲世宗。廷和總朝政近 40 日。 慎爲殿試受卷官。 開經筵，首作講官，進《尚書》「金作贖刑」章。	《石鼓文音釋》3 卷附錄 1 卷 明正德 16 年（1521）刻本。
1522	世宗 嘉靖 元年	壬午	35 歲	世宗即位 6 日，即詔議本生父興獻王朱祐杬尊號，群臣與帝意相左，於是大禮議起。 社交簡譜：慎奉使還蜀，代祀江瀆及蜀藩諸陵寢，作〈江祀記〉。與給事熊浹、御使簡公霄遊浣花溪，載酒賦詩。 回京復命。北返途中，謁楊一清於鎮江，觀所藏書。	
1523	嘉靖 2 年	癸未	36 歲	世宗寵信太監崔文，始建醮宮中。楊廷和上〈請速停齋醮疏〉勸阻，不聽。 慎參修《武宗實錄》，慎練習朝典，事必直書。總裁蔣冕、費宏曰：「官階雖未及，實堪副總裁者。」乃盡以草錄付校。時六年考滿，吏部侍郎羅欽順語曰：「文章克稱乎科名，慎修允協乎名字。」	《玉堂集》嘉靖手抄 5 卷本《楊升庵詩》，皆館閣之作。
1524	嘉靖 3 年	甲申	37 歲	大禮議復起，張璁、桂萼等主尊興獻王爲皇考；廷和因與帝意不合，乞致仕，繼廷和之首輔蔣冕、毛紀等後亦因不順帝意，相繼致仕。 七月，慎兩上〈議大禮疏〉，嗣復跪門哭諫。中元日下獄，17 日廷杖，27 日復廷杖，斃而復蘇，謫戍雲南永昌衛。時同事死者、配者、黜者、左遷者一百八人。	
1525	嘉靖 4 年	乙酉	38 歲	張璁以《大禮集議》成，進詹事兼翰林學士。 慎病馳萬里，正月至雲南，羸憊特甚。抱疾抵永昌，幾不起。得雲南巡撫郭楠等存護，3 月移居安寧，寓雲峰書院。 作品：慎出都由潞河而南，溯江西上至江陵，歷湘黔入滇，有〈戎旅賦〉、〈戍滇紀行詩〉百韻、〈謫滇南〉套曲，寫行旅之苦。撰《滇程記》，詳江陵至永昌山川驛里之數。 慎赴遠途，黃峨送之抵江陵，有〈江陵別內詩〉。至此慎則登陸南行，黃乃孤舟歸蜀，春正方至黔境，有〈乙酉元日新添館中喜晴〉詩。	
1526	嘉靖 5 年	丙戌	39 歲	楊一清復入閣。廷和致仕家居，寢疾。 慎聞父病，乞准歸蜀，匹馬從昭通古樊道返家	

				省親，父見慎悅而疾愈。攜黃峨回戍所。 聞武定土司鳳朝文變起，嘆曰：「此吾效國之日也。」乃戎服率旅僮及部騎百餘往援守軍，亂軍散去，復歸會城〔註5〕。	
1527	嘉靖6年	丁亥	40歲	張璁、桂萼請逐廷和及私黨。廷和子楊惇斥為民，婿余承勛去職。張璁為禮部尚書兼文淵閣大學士。 社交：中秋後三日，慎游大理至彌渡，訪太狂草堂。曹太狂名學，字行之，眉山人，寓大理，善畫。	
1528	嘉靖7年	戊子	41歲	楊一清等監修《大禮全書》成，更名《明倫大典》，世宗為之作序。廷和因議禮罪，法當僇市，特寬削籍為民。楊慎寓大理。 簡譜：戊子春，疫疹大作，乃徙居洱海城（大理），與李元陽定交。疫息，仍返安寧。時慎病足，尚書伍文定，黔國沐公紹勛、鎮守太監杜唐同來問疾。 作品：〈伏枕行〉、〈病中排悶〉、〈與金鶴卿書〉。	
1529	嘉靖8年	己丑	42歲	楊一清以不附張璁，致仕。張璁為內閣首輔，召桂萼入閣。楊廷和卒，年71。慎時寓趙州，二次返蜀。還滇，黃峨留主持家務，時32歲。	
1530	嘉靖9年	庚寅	43歲	楊一清卒。 社交：慎重游大理，與李元陽同游點蒼山，寓感通寺，撰《轉注古音略》。 作品：〈游點蒼山記〉、《轉注古音略》。	《古音叢目》5卷、《古音獵要》5卷、《古音附錄》1卷、《古音餘》5卷、《古音略例》1卷、《奇字韻》5卷皆有明嘉靖雲南刻本。
1531	嘉靖10年	辛卯	44歲	正月，桂萼罷，尋卒。 社交：慎約李元陽同游劍川石寶山。	
1532	嘉靖11年	壬辰	45歲	張璁罷，方獻夫為內閣首輔。 正月，慎應高公韶之聘，館於昆明武侯祠，修《雲南通志》。 春，慎於葉榆書肆以海貝二百索購得《群公四六》古刻本。	《轉注古音略》5卷
1533	嘉靖12年	癸巳	46歲	復召張璁入閣為首輔。皇子生，詔赦天下。 社交：慎西游大理諸處，曾返永昌，會張含於霽虹橋，刻詩崖嶂以志別。	
1534	嘉靖13年	甲午	47歲	方獻夫見世宗喜怒難測，致仕去。張璁求去，世宗不許。 慎應王廷表之邀游阿迷（今雲南開遠），因無子，經臨安納新喻人周氏為妾。 作品：慎與王廷表唱和成《梅花唱和百詠》。	《赤牘清裁》5卷明嘉靖13年（1534）刻本。
1535	嘉靖14年	乙未	48歲	張璁致仕，召費宏復入閣，10月宏卒。 慎離阿迷後復留臨安。同仁生，慎喜得子。	《風雅逸編》10卷明嘉靖14年（1535）刻本。

〔註5〕 《明史‧楊慎傳》

1536	嘉靖 15 年	丙申	49 歲	1 皇長子生，詔赦天下。夏言入閣爲首輔。 簡譜：慎至喜州，訪給事楊弘山士雲，復寓點蒼山感通寺之寫韻樓。冬奉戎役至瀘州。	編選《張愈光詩文選》 明嘉靖 15 年（1536）滇刻本
1537	嘉靖 16 年	丁酉	50 歲	因皇子生，刑部尚書唐龍錄上書坐事充軍應赦者，馬錄等百四十二人，唯楊慎、王元正等八人不赦。科臣田濡請宥八人不允。 慎復與李元陽同游石寶山，7 月還安寧，冬又出，寓居高嶢。	《古雋》8 卷嘉靖 16 年選刻。 《水經注所載碑目》1 卷。明嘉靖 16 年（1537）刻本。 《輿地紀勝所載碑目》1 卷。明嘉靖 16 年（1537）刻本。 《墨池瑣錄》3 卷嘉靖 16 年刻於滇中
1538	嘉靖 17 年	戊戌	51 歲	9 月，上獻皇帝號睿宗。11 月，給事中存仁上疏，謂未及宥者，獨楊慎等數人，滇沛歲久。帝惡其欲釋楊慎等，廷杖六十，發口外爲民〔註6〕。 慎仍寓高嶢，秋奉戎徼歸蜀，便道還鄉。 作品：〈犯星歌〉、〈戊戌除夕贈榮經徐尹〉	楊慎〈古音駢字題辭〉（嘉靖戊戌）
1539	嘉靖 18 年	己亥	52 歲	立皇太子，詔赦天下。 8 月，慎還滇後復寓高嶢。11 月，再領戎役於重慶。	《金石古文》14 卷明嘉靖 18 年（1539）張紀刻本。
1540	嘉靖 19 年	庚子	53 歲	是夏，慎由重慶北上，經遂寧還新都，由家去黔，應聘爲貴州鄉試考官。 作品：〈貴州鄉試錄序〉、〈桐梓元夕詩〉。	《宣和書譜》20 卷明嘉靖 19 年（1540）楊慎校刻本。 《宣和畫譜》20 卷明嘉靖 19 年（1540）楊慎校刻本。
1541	嘉靖 20 年	辛丑	54 歲	九廟災。朝廷大興土木。 作品：春，慎奉戎徼過成都。應巡撫劉大謨之聘纂修《蜀志》。 社交：還滇，至東瀘疾作，友人留之返成都，與黃峨、劉大昌等游青城、丹景、雲台諸山。	《升庵詩話》12 卷明嘉靖 20 年（1541）刻本（作 4 卷）。 《全蜀藝文志》64 卷明嘉靖 20 年（1541）刻《四川總志》本。
1542	嘉靖 21 年	壬寅	55 歲	夏言罷。嚴嵩入閣預機務。 慎還安寧。納北京人曹氏爲妾。 作品：與黃峨、劉大昌等游青城，作〈都江堰〉、〈天師洞〉詩。	《譚苑醍醐》9 卷嘉靖 21 年壬寅 9 卷本
1543	嘉靖 22 年	癸卯	56 歲	是年夏，慎領戎役於蜀。 社交：子寧仁生，慎喜。時當道與黔國沐公、交游士大夫俱詩章晏賀。 作品：〈答重慶太守劉嵩陽書〉、〈孟冬苦寒將往滇南留別江陽親友〉	《空同詩選》4 卷明嘉靖 22 年（1543）張含百花書舍刻本。

〔註6〕 見《明史・顧存仁傳》。

1544	嘉靖 23 年	甲辰	57 歲	韃靼小王子入萬全至完縣，京師戒嚴。 慎在瀘州，與曾嶼同游九十九峰。春至渝州（重慶），4 月還安寧。	《滇載記》 明嘉靖 23 年（1544）雲間陸氏儼山書院刻陸楫輯《古今說海》本。
1545	嘉靖 24 年	乙巳	58 歲		《升庵南中集》6 卷 明嘉靖 24 年（1545）譚少嵋刻本。
1546	嘉靖 25 年	丙午	59 歲	世宗自 20 年「宮婢之亂」後，便日求長生，不視朝。 慎徙居大理，與門生董難游罷谷山，尋洱水之源。經喜瞼，會楊弘山諸公唱和。還安寧。 冬，安寧守欲榷民鹽牛稅，慎言於當道得免。	《批點仙樓瓊華》明嘉靖本楊慎丙午（嘉靖 25 年）題序。 批選《鈐山堂詩選》出版
1547	嘉靖 26 年	丁未	60 歲	慎置家安寧，數寓高嶢。今歲遷高嶢水莊定居，名十二景，日與士大夫交游。復適臨安，訪樊九崗、葉瑞，同游諸岩勝境。 作品：〈高嶢十二景〉組詩	《金石古文》14 卷 明嘉靖 33 年（1547）孫昭、李懿刻本。
1548	嘉靖 27 年	戊申	61 歲	嚴嵩爲內閣首輔，顧應祥撫滇。 社交：春，慎至晉寧，與唐錡同游海寶、蟠龍、生佛諸山陀。	
1549	嘉靖 28 年	己酉	62 歲	慎居高嶢，夏秋每偕簡紹芳與滇之鄉大夫葉道亨、胡廷祿等，數游昆明池，有《池賞詩社集》。	楊慎批選木公《雪山詩選》出版
1550	嘉靖 29 年	庚戌	63 歲	俺答大舉入寇，攻古北口，京師戒嚴。 慎因屢次遇赦不赦，乞依軍政條例由其子替役放歸。	《南中續集》4 卷 明嘉靖 29 年（1550）刻本。
1551	嘉靖 30 年	辛亥	64 歲		《詩話補遺》3 卷 明嘉靖 30 年（1551）曹命刻本。
1552	嘉靖 31 年	壬子	65 歲	俺答進犯大同。倭寇攻陷黃岩，縱掠 7 日。 慎聞二三武弁借修海口謀利自肥，州人苦之，致書巡撫力阻，罷之。 因乞歸事生變，復借名奉戎役還蜀。	
1553	嘉靖 32 年	癸丑	66 歲	攜一妾二子僑寓瀘州，時已多病。	
1554	嘉靖 33 年	甲寅	67 歲	慎送好友簡紹芳西歸蒙山。簡時年幾 60，在雲南隨伴慎十年之久，相交甚密。	《丹鉛總錄》27 卷 明嘉靖 33 年（1544）滇南梁佐福建刻本。 《楊升庵詞品》6 卷 明嘉靖 33 年（1554）珥江書屋刻本。 《詞品拾遺》 明嘉靖 33 年（1554）珥江書屋刻本。 《金石古文》14 卷 明嘉靖 33 年（1547）孫昭、李懿刻本。

1556	嘉靖 35 年	丙辰	69 歲		《藝林伐山》20 卷 明嘉靖 35 年（1556 刻本） 金承業〈鍥古文韻語序〉（嘉靖丙辰）
1557	嘉靖 36 年	丁巳	70 歲	慎常至江山平遠樓追涼。 長子同仁卒，無嗣。敘庵弟卒，歸新都。慎痛悼倍於尋常。	《升庵文集》20 卷 明嘉靖 36 年（1557）刻本。
1558	嘉靖 37 年	戊午	71 歲	慎居瀘交游日眾，與曾嶼、章懋、熊過、張佳胤等成立詩社「汐社」，結紫房詩會，詩酒唱和。 作品：〈汐社行送水部章後齋上京〉、〈紫房詩會，章後齋、熊南沙別館所招〉、〈張壚山寓紫房道院〉 春，子寧仁娶瀘州腠恩官女為室，時年 16。 王昺任雲南巡撫，滇士讒慎。昺派四指揮至瀘，將慎械繫回滇，至滇，昺已墨敗。然用修遂不能歸，病寓禪寺至歿。	《赤牘清裁》5 卷 明嘉靖 37 年（1558）刻本（作 28 卷）。 《皇明詩抄》10 卷 目錄 2 卷 明嘉靖 37 年（1558）陳仕賢刻本。
1559	嘉靖 38 年	己未	72 歲	慎在瀘已多病，至滇病重，暫寓居高嶢五華精舍。春還戍地安寧，六月遘疾。是年卒於永昌，享壽七十有二。時巡撫雲南游公居敬，命殯歸新都，夫人黃峨「徒步奔喪，至瀘州遇柩」。訪劉令嫺〈祭夫文〉自作哀章，哀禮備至，並把次子寧仁攜歸撫教〔註 7〕。 作品： 1.〈感懷詩〉 2.〈訣李張唐三君詩〉 3.秋，作〈故明威將軍九華沐公墓志銘〉。 4.冬，寄《七十行戍稿》囑李元陽作序。 5.〈答張禺山書〉	《禪林鉤玄》7 卷 《禪藻集》2 卷 明嘉靖 38 年刻本。 前有劉大昌序。 《楊升庵七十行戍稿》2 卷 明嘉靖 38 年（1559）周復俊刻本。
1566	穆宗隆慶元年	丁卯		穆宗皇帝即位，奉遺詔贈慎為光錄寺少卿。 趙貞吉〈文忠神道碑〉云：「世宗皇帝遺詔，復慎之官，加贈太保，謚文忠。」	

※楊慎生前出版而出版年未詳書籍

《丹鉛續錄》12 卷　明嘉靖刻本。

《楊升庵詩》5 卷　明嘉靖刻本。

《楊升庵先生長短句》3 卷　明嘉靖刻本。

《陶情樂府》4 卷、《拾遺》1 卷　明刻《楊升庵夫婦長短樂府》本。

《楊升庵先生長短句續集》3 卷　明嘉靖刻本。

《五言律祖》4 卷後集 6 卷　明刻《升庵雜著》本。

《江花品藻》1 卷　明刻沈律輯、茅一相補輯《重訂欣賞編》本。

〔註 7〕　見《新都楊氏家譜》、程封《明修撰楊升庵先生年譜》

《評點草堂詩餘》5 卷　明刻朱之蕃輯《詞壇合璧四種》本。

《杜詩選》6 卷　明嘉靖四川隆昌張氏家塾刻本。

《四家宮詞》2 卷　明刻朱之蕃輯《詞壇合璧四種》本。

《水經》3 卷　明刻《升庵雜著》本。

《溫泉詩》1 卷　嘉靖刊本

《執齋先生選集》嘉靖刻本

《皇明風雅選略》嘉靖刻本

《禺山七言律選》嘉靖刻本

《張禺山戊巳吟卷批點》嘉靖刻本

附錄二：楊慎編撰書籍現存古本、序跋整理

書　名	版　本	序　跋
《升庵先生文集》81卷、目錄4卷	1.明萬曆10年（1582）蔡汝賢四川刻本。 2.明萬曆29年（1601）王藩臣、肖如松刻本。 3.明萬曆陳大科刻本。 4.明崇禎12年（1639）陳宗器刻本。	宋仕〈太史升庵文集序〉 張士佩〈訂刻太史升庵文集序〉（萬曆10年） 陳文燭〈楊升庵先生文集序〉（萬曆壬午） 鄭旻〈訂刻太史升庵文集跋〉（萬曆10年） 蔡汝賢〈太史升庵文集跋〉 蕭如松〈重刻楊升庵先生文集後序〉（萬曆辛丑） 王藩臣〈重刻楊升庵先生文集敘〉（萬曆辛丑） 陳邦瞻〈楊用修太史集敘〉 陳大科〈科太史楊升庵全集序〉 周參元〈重刻太史升庵全集序〉（乾隆60年）
《升庵文集》20卷	明嘉靖36年（1557）刻本。 明嘉靖43年（1564）刻本。	
《太史升庵遺集》26卷	明萬曆34年（1606）王象乾四川刻本。 清道光28年（1848）四川新都香芸書屋刻本。	湯日昭〈太史楊升庵先生遺集序〉（萬曆丙午） 王尙修〈書太史升庵先生遺集後〉
《升庵外集》一百卷	明萬曆45年（1617）刻本。 明崇禎11年（1638）刻本。 清道光新都刻本。	顧起元〈升庵外集序〉 焦竑〈升庵外集序〉 汪煥〈升庵先生外集跋語〉 張奉書〈重刊升庵外集跋〉
《總纂升庵合集》240卷	新都鄭寶琛輯，清光緒8年（1882）新都鴻文堂刻本。	鄭寶琛〈總纂升庵合集序〉附李調元〈升庵著書總目序〉

《楊太史合編》	明嘉靖43年（1564）周復俊重刊本。	
《升庵外集鈔》	清張度摘抄本。	
《升庵雜著》	明萬曆楊宗梧匯刻本。	
《升庵經說》8卷	1.明抄本，僅存前五卷。 2.清李調元函海本	李調元〈升庵經說序〉
《檀弓叢訓》2卷	明溪香書屋刻盧之頤輯《合刻周秦經書十種》本。 書名作《檀弓記》2卷，題謝枋得評點、楊慎注。	楊慎〈檀弓叢訓序〉） 張含〈檀弓叢訓序〉 李元陽〈刻檀弓叢訓序〉
《檀孟批點》（附注）	明萬曆22年（1594）河東趙氏刻、趙標輯《三代遺書》。	謝東山〈檀孟批點序〉（嘉靖丙辰）
《莊子闕誤》1卷	明萬曆刻《升庵雜著》本。 清光緒元年（1875）湖北崇文書局輯刊《子書百家‧道家類》本。 李調元函海本	王尚修〈莊子補闕跋〉 李調元〈莊子闕誤序〉
《山海經補注》1卷	明萬曆刻《升庵雜著》本。 清嘉慶南匯吳氏聽彝堂刻吳省蘭輯《藝海珠塵‧匏集》 清光緒元年（1875）湖北崇文書局輯刊《子書百家‧小說家‧異聞錄》 清李調元函海本	楊慎〈山海經補注序〉（嘉靖甲辰） 楊慎〈跋山海經〉（嘉靖乙巳） 劉大昌〈刻山海經補注序〉（嘉靖33） 周爽〈山海經跋〉 李調元〈山海經補注序〉
《世說舊注》1卷（題〔梁〕劉孝標撰、〔明〕楊慎錄）	1.清順治3年（1646）兩浙督學周南、李際期宛委山堂刻〔元〕陶宗儀輯、〔明〕陶珽重校《說郛》本。 2.清李調元函海本	楊慎〈世說舊注序〉 李調元〈世說舊注序〉
《古雋》8卷	1.嘉靖16年選刻 2.明萬曆刻《升庵雜著》本。 3.清李調元函海本	李調元〈古雋序〉
《謝華啓秀》8卷	1.清咸豐元年（1851）刻清□□輯《小嫏嬛山館匯刊類書十二種》本。 2.清光緒二十年（1894）文選樓石印清□□輯《嫏嬛䕃祭十二種》本。 3.清李調元函海本	高士奇〈謝華啓秀序〉（康熙辛未） 李調元〈謝華啓秀序〉
《匠哲金桴》1卷	1.明隆慶5年刻本。 2.清李調元函海本	朱茹〈跋匠哲金桴〉（隆慶5） 李調元〈匠哲金桴序〉
《禪林鉤玄》7卷《禪藻集》2卷	明嘉靖38年刻本。前有劉大昌序。	楊慎〈禪藻記莂〉 劉大昌〈禪林鉤玄序〉（嘉靖己未） 苟詵〈禪林鉤玄後序〉（嘉靖己未）
《轉注古音略》5卷	1.明嘉靖刻本 2.明萬曆刻《升庵雜著》本。	楊慎〈轉注古音略題辭〉（嘉靖壬辰） 張含〈轉注古音略序〉 顧應祥〈轉注古音略序〉（嘉靖壬辰） 楊士雲〈書轉注古音略後〉（嘉靖壬辰） 楊慎〈跋注古音略〉
《古音叢目》5卷	1.明嘉靖雲南刻本。 2.清李調元函海本	楊慎〈古音叢目序〉（嘉靖乙未）

《古音獵要》5 卷	1.明嘉靖雲南刻本。 2.清李調元函海本	楊慎〈古音獵要序〉（嘉靖乙未） 楊慎〈古音獵要跋〉（嘉靖乙未）
《古音附錄》1 卷	1.明嘉靖雲南刻本。 2.清李調元函海本	李調元〈古音附錄序〉
《古音餘》5 卷	1.明嘉靖雲南刻本。 2.明萬曆刻《升庵雜著》本。	曾嶼〈序古音餘〉 楊士雲〈古音餘序〉 王廷表〈古音餘後序〉（嘉靖乙未） 楊慎〈古音餘後語〉
《古音略例》1 卷	1.明嘉靖雲南刻本。 2.明萬曆刻《升庵雜著》本。 3.清李調元函海本	楊慎〈古音略例跋〉（嘉靖丙申） 李調元〈古音略例序〉
《經子難字》2 卷	明萬曆刻《升庵雜著》本。	
《奇字韻寶》5 卷	明萬曆刻《升庵雜著》本。	
《奇字韻》5 卷	1.明嘉靖雲南刻本。 2.明萬曆刻《升庵雜著》本。	
《古音駢字》5 卷	1.明萬曆刻《升庵雜著》本。 2.清李調元函海本	楊慎〈古音駢字題辭〉（嘉靖戊戌） 李調元〈古音駢字序〉
《古音復字》5 卷	1.明萬曆刻《升庵雜著》本。 2.清李調元函海本	王廷表〈古音復字題辭〉（嘉靖乙亥） 李調元〈古音復字序〉
《古音拾遺》5 卷	明萬曆刻《升庵雜著》本。	
《古文韻語》3 卷	1.明萬曆刻《升庵雜著》本。 2.李調元函海本	楊慎〈古文韻語題辭〉（嘉靖乙未） 張含〈古文韻語後序〉（嘉靖乙未） 金承業〈鍥古文韻語序〉（嘉靖丙辰） 李調元〈古文韻語跋〉
《丹鉛總錄》27 卷	1.明嘉靖 33 年(1544)滇南梁佐福建刻本。 2.明萬曆刻本。	梁佐〈丹鉛總錄序〉（嘉靖 33 年） 趙文同〈丹鉛總錄後序〉（嘉靖甲寅） 汪道昆〈丹鉛總錄序〉 楊昶〈丹鉛總錄跋〉
《丹鉛續錄》12 卷	1.明嘉靖刻本。 2.明萬曆綉水沈德先刻，明陳繼儒輯《寶顏堂秘笈》本。	楊慎〈丹鉛續錄序〉（嘉靖丁酉）
《丹鉛餘錄》17 卷	明萬曆刻本。	張素〈丹鉛餘錄序〉（嘉靖庚寅） 王廷表〈刻丹鉛餘錄序〉（嘉靖丁酉） 凌雲翼〈丹鉛餘錄跋〉（隆慶 6 年）
《楊用修丹鉛錄》不分卷	清抄本。	
《升庵詩話》12 卷	1.明嘉靖 20 年（1541）刻本（作 4 卷）。 2.李調元函海本。	程啓充〈升庵詩話序〉（嘉靖辛丑） 李調元〈升庵詩話序〉
《詩話補遺》3 卷	1.明嘉靖 30 年（1551）曹命刻本。 2.明祁氏淡生堂抄本。 3.李調元函海本	張含〈升庵詩話補遺序〉（嘉靖壬子） 楊達之〈敘詩話補遺後〉（嘉靖丙辰） 王嘉賓〈詩話補遺序〉（嘉靖丙辰） 李調元〈詩話補遺跋〉

《楊升庵詞品》6卷	1.明嘉靖33年（1554）珥江書屋刻本。 2.明萬曆《升庵雜著》本。 3.明萬曆46年（1618）周懋宗刻本（作四卷）。 4.明刻程胤兆輯《天都閣藏書本》（書名作《詞品》6卷） 5.明刻6卷本。 6.明刻4卷本。 7.李調元函海本	楊慎〈詞品序〉（嘉靖辛亥） 周遜〈刻詞品序〉（嘉靖甲寅） 李調元〈詞品序〉 陳作楫〈詞品跋〉
《詞品拾遺》	1.明嘉靖33年（1554）珥江書屋刻本。 2.明刻程胤兆輯《天都閣藏書本》 3.明刻本。	
《藝林伐山》20卷	1.明嘉靖35年（1556刻本） 2.明隆慶6年（1572）至萬曆元年（1573）凌雲翼刻本。 3.明萬曆3年（1575）刻本。 4.明萬曆34年（1606）楊芳刻本。 5.明萬曆35年（1607）孫居相刻本。 6.清光緒4年（1878）申報館排印尊聞閣主輯《申報館叢書續集・談藝類》本。	凌雲翼〈藝林伐山跋〉（隆慶6年） 邵夢麟〈藝林伐山跋〉（萬曆癸酉） 楊芳〈刻藝林伐山小引〉（萬曆丙午） 楊逢時〈藝林伐山跋〉（萬曆丙午） 孫居相〈藝林伐山序〉（萬曆丁未） 李雲鵠〈藝林伐山序〉（萬曆丁未） 張奉書〈藝林伐山跋〉
《名畫神品》1卷	1.明刻《升庵雜著》本。 2.清李調元函海本	李調元〈名畫神品目序〉
《書品》1卷	清抄□□輯《養素軒叢錄》本。	楊慎〈書品序〉
《墨池瑣錄》4卷	1.明萬曆31年（1603）刻胡文煥輯《格致叢書》本。 2.清康熙54年（1715）李組江刻本。 3.清康熙抄本。	
《法帖神品目》1卷	1.明刻《升庵雜著》本。 2.清李調元函海本	李調元〈法帖神品目序〉
《雲南山川志》1卷	1.清乾隆平湖陸氏刻陸烜輯《奇晉齋叢書本》。 2.清李調元函海本 3.民國元年（1912）冰雪山房影印清乾隆平湖陸氏刊本。	李調元〈雲南山川志序〉 陸烜〈雲南山川志跋〉
《滇載記》	1.明嘉靖23年（1544）雲間陸氏儼山書院刻陸楫輯《古今說海》本。 2.明萬曆45年（1617）陽羨陳于廷刻沈節甫輯《紀錄匯編》本。 3.明萬曆刻《升庵雜著》本。 4.明刻李栻輯《歷代小史》本。 5.明刻馮可賓輯《廣百川學海》（辛集）本。 6.明祁氏淡生堂抄本。 7.明萬曆33年刻，黃綿紙本。 8.清嘉慶南匯吳氏刻吳省蘭輯《藝海珠塵》（竹集）本。	姜龍〈滇載記序〉（嘉靖癸卯） 楊慎〈滇載記跋〉 李調元〈滇載記序〉

	9.清李調元函海本 10.民國 9 年（1920）上海涵芬樓影印《學海類編》本。 11.民國 27 年（1938）上海商務印書館據明萬曆刻《紀錄彙編》本影印商務館輯《景印元明善本叢書十種》本。	
《滇程記》1 卷附錄 1 卷	1.明萬曆刻《升庵雜著》本。 2.新都文獻會精抄本。 3.明萬曆 33 年刻，黃棉紙本。	楊慎〈滇程跋〉 楊宗吾〈滇程跋〉
《異魚圖贊》4 卷	1.明萬曆綉水沈氏刻陳繼儒輯《寶顏堂秘笈》本（彙集）。 2.崇禎刻本 3.清嘉慶南匯吳氏聽彝堂刻吳省蘭輯《藝海珠塵》本（絲集，作 1 卷）。	楊慎〈異魚圖贊引〉（嘉靖甲辰） 楊慎〈異魚圖贊跋〉 高公韶〈異魚圖贊序〉 席和〈異魚圖贊敘〉（嘉靖丙申） 閻調羹〈校刻異魚圖贊敘〉（萬曆庚子） 楊宗吾〈異魚圖贊跋〉 王尚修〈異魚圖贊跋〉 范允臨〈刻異魚圖贊題辭〉 范汝梓〈異魚圖贊序〉 胡安世〈異魚圖贊箋序〉（崇禎庚午） 胡安世〈異魚圖贊補引〉（萬曆戊午）
《均藻》4 卷	1.明萬曆 47 年（1619）徐象橒山館刻本。 2.清咸豐元年（1851）刻□□輯《小嫏嬛山館彙刊類書十二種》本（作 5 卷）。 3.清李調元函海序	李調元〈均藻序〉
《金石古文》14 卷	1.明嘉靖 18 年（1539）張紀刻本。 2.明嘉靖 33 年（1547）孫昭、李懿刻本。 3.清光緒 8 年（1882）崇川葛氏學古齋刻葛元煦輯《學古齋金石叢書》本（第四集）。 4.李調元函海本	張紀〈刻金石古文序〉（嘉靖己亥） 孫昭〈金石古文敘〉（嘉靖 33 年） 孟准〈金石古文敘〉 李懿〈跋金石古文後〉（嘉靖 34 年） 張廷濟〈題朱竹垞舊藏明鈔本金石古文〉 李調元〈金石古文序〉
《石鼓文音釋》3 卷附錄 1 卷	明正德 16 年（1521）刻本。 嘉靖重刻本	楊慎〈錄石鼓文音釋序〉（正德辛巳） 楊慎〈石鼓文敘錄〉 楊慎〈石鼓文跋〉 嚴時泰〈刻錄石鼓文音釋成題其後〉（嘉靖 7 年） 徐縉〈書石鼓文音釋後〉（正德辛巳） 洪珠〈重刻石鼓文音釋跋語〉（嘉靖戊戌）
《玉堂集》	嘉靖手抄 5 卷本《楊升庵詩》，皆館閣之作。	
《玉泉詩》	嘉靖刊本 1 卷。	
《升庵南中集》6 卷	1.明嘉靖 24 年（1545）譚少嵋刻本。 2.明末刻《楊太史合編》本（作二卷）。	王廷〈刻升庵詩序〉（嘉靖丁酉） 薛蕙〈升庵詩序〉（嘉靖丁酉） 張含〈南中集序〉 孔天胤〈刻升庵南中集序〉（嘉靖 24）

《南中續集》4卷	明嘉靖29年（1550）刻本。	王廷表〈南中續集序〉（嘉靖巳酉） 張含〈升庵南中續集序〉
《楊升庵詩》5卷	1.明嘉靖刻本。 2.明萬曆34年（1606）刻本。 3.明末刻《楊太史合編》本（作2卷）。	
《楊升庵集》1卷	明隆慶5年（1571）刻俞憲輯《盛明百家詩》本。	俞憲〈楊升庵集序〉（嘉靖甲子）
《楊升庵先生詩集補》7卷	明末刻《楊太史合編》本	
《楊升庵七十行戍稿》2卷	明嘉靖38年（1559）周復俊刻本。	李元陽〈升庵先生七十行戍稿序〉 周復俊〈升庵七十行戍稿敘〉（嘉靖38） 李世芳〈升庵七十行戍稿後序〉
《楊升庵先生詩餘》1卷	明末刻《楊太史合編》本。	
《楊升庵先生長短句》3卷	1.明嘉靖刻本。 2.民國26年（1937）新都楊子文刻本。	唐錡〈升庵長短句序〉（嘉靖庚子） 楊南金〈升庵長短句序〉（嘉靖丁酉） 王廷表〈升庵長短句跋〉（嘉靖癸卯） 許孚遠〈楊升庵先生長短句序〉
《陶情樂府》4卷、《拾遺》1卷	1.明刻《楊升庵夫婦長短樂府》本。 2.清宣統3年（1911）成都岷陽精舍刻本。 3.民國23年（1934）上海商務印書館排印任訥輯《楊升庵夫婦散曲》本。 4.民國25年（1936）金陵盧氏刻盧前輯《飲虹簃所刻曲》本。	張含〈陶情樂府序〉 簡紹芳〈陶情樂府序〉（嘉靖30年） 王畿〈陶情續集跋〉（嘉靖乙巳）
《楊升庵先生長短句續集》3卷	1.明嘉靖刻本。 2.明刻《升庵雜著》本。	
《玲瓏唱和》1卷	1.明萬曆刻本（附拾遺1卷、附錄1卷） 2.民國25年（1936）金陵盧氏刻盧前輯《飲虹簃所刻曲》本。	
《歷代史略十段錦詞話旁注》2卷	1.清初刻朱墨刻本（芥子園套印本）。 2.清康熙刻孫同邵修補印本。	吳之俊〈史略十段錦詞話旁注敘〉 李遵三〈朱批旁注廿一彈詞題記〉
《史略詞話》	1.明陳眉公正本。 2.明天啓4年（1624）吳江葉小鸞抄本。 3.明崇禎朱茂時刻本。 4.清康熙40年（1701）刻孫德威輯注本（作10卷）。 5.清雍正5年（1722）張坦麟刻，吳三異增定，張仲璜注本10卷。 6.清乾隆6年（1741）玲瓏山館刻本（作2卷）。	陳繼儒〈楊升庵先生廿一史彈詞敘〉 宋鳳翔〈楊用修史略詞話序〉 王起隆〈重刊曾定廿一史彈詞敘〉（崇禎庚辰） 李清〈史略詞話正誤序〉 孫同邵〈史略詞話正誤跋〉 陰武卿〈楊升庵史略詞話序〉 謝蘭生〈歷代史略詞話覽要跋〉 孫德威〈廿一史彈詞注稿題記〉 嚴虞惇〈廿一史彈詞輯注序〉（康熙辛巳） 張三異〈廿一史彈詞注序〉（康熙甲寅） 張仲璜〈彈詞注序〉（康熙49年） 張坦麟〈彈詞注跋〉（雍正5年）

《升庵遺文錄》3 卷	民國 21 年（1932）四川新都雪鴻印刷社石印本。	
《東歸唱和》1 卷	明崇禎刻本。	梁招夢〈東歸唱和敘〉
《楊升庵先生賦集》1卷	明末刻《楊太史合編》本。	
《升庵書牘》不分卷	民國 15 年（1926）四川新都縣立小學石印本。	
《赤牘清裁》5 卷	1.明嘉靖 13 年（1534）刻本。 2.明嘉靖 37 年（1558）刻本（作 28 卷）。 3.明萬曆吳勉學刻本（作 10 卷、補遺 4 卷）。 4.明刻本（作 7 卷）。 5.明藍格刻本。	張含〈赤牘清裁引〉 張繹〈赤牘清裁序〉（嘉靖甲午） 王世貞〈赤牘清裁敘〉（嘉靖戊午） 王世懋〈赤牘清裁後敘〉
《升庵新語》4 卷	明葉均字刻本。	
《楊子卮言》6 卷	明嘉慶 43 年（1564）劉大昌刻本。	楊慎〈楊子卮言序〉 劉大昌〈楊子卮言序〉（嘉靖甲子）
《瑣語編》1 卷	1.明萬曆高鳴鳳輯《今獻匯言》本。 2.民國 26 年（1937）上海商務印書館《今獻匯言》本影印。	
《李卓吾先生讀《升庵集》》20 卷	明萬曆刻本（李贄評點）。	
《風雅逸篇》10 卷	1.明嘉靖 14 年（1535）刻本。 2.明抄本。	楊慎〈風雅逸篇序〉（正德丙子） 韓奕〈風雅逸篇後序〉（正德戊寅） 周復俊〈風雅逸篇序〉 丁丙〈風雅逸篇跋〉
《古今風謠》1 卷	1.明萬曆刻《升庵雜著》本。 2.清嘉慶南匯吳氏聽彝堂刻吳省蘭輯《藝海珠塵》本。 3.清同治 12 年（1873）史氏刻史夢蘭輯《止園叢書》本。	史夢蘭〈古今風謠古今諺補正序〉（同治癸酉）
《古今諺》1 卷	1.明萬曆刻《升庵雜著》本。 2.明刻□□輯《居家必備》（藝學）。 3.清嘉慶南匯吳氏聽彝堂刻吳省蘭輯《藝海珠塵》本（上集）。 4.明刊殘本。 5.李調元函海本	楊慎〈古今諺序〉（嘉靖癸卯） 李調元〈古今諺序〉
《絕句辨體》8 卷	1.明萬曆 25 年（1597）張棟張氏山房刻本。 2.明刻《升庵雜著》（有附錄 1 卷）。 3.明萬曆 47 年（1619）徐象橒曼山館刻本（有附錄 1 卷）。	
《絕句衍義》4 卷	1.明萬曆 47 年（1619）徐象橒曼山館刻本。 2.明萬曆刻本（作 2 卷）。	
《唐絕搜奇》1 卷	明萬曆 47 年（1619）徐象橒曼山館刻本。	
《唐絕增奇》5 卷	明萬曆 47 年（1619）徐象橒曼山館刻本。	楊慎〈唐絕增奇序〉

《五言律祖》4 卷後集6 卷	1.明刻《升庵雜著》本。 2.明萬曆 47 年(1619)徐象橒曼山館刻本。	楊慎〈五言律祖序〉 韓士英〈五言律祖序〉（嘉靖辛丑） 張應台〈五言律祖跋〉（嘉靖壬寅）
《五言細律》1 卷	明萬曆 47 年(1619)徐象橒曼山館刻本。	
《五言絕句》1 卷	明萬曆 47 年(1619)徐象橒曼山館刻本。	
《六言絕句》1 卷	明萬曆 47 年(1619)徐象橒曼山館刻本。	
《六言八句》	明萬曆刻本。	
《七言細律》1 卷	明萬曆 47 年(1619)徐象橒曼山館刻本。	
《皇明詩抄》10 卷目錄2 卷	明嘉靖 37 年（1558）陳仕賢刻本。	
《江花品藻》1 卷	1.明刻沈律輯、茅一相補輯《重訂欣賞編》本。 2.明刻秦淮寓客輯《綠窗女史》本（青樓部品藻）。 3.清同治 8 年（1868）藏修書屋刻劉節卿輯《塵談拾雅》本。	潘之恆〈江花品藻序〉
《百非明珠》5 卷	明萬曆 41 年（1613）刻本。	
《倉庚傳》1 卷	明刻秦淮寓客輯《綠窗女史》本（宮闈部·蠱惑）。	
《麗情集》1 卷《續麗情集》1 卷	清道光、咸豐年間宜黃黃氏刻黃秩模輯《遜敏堂叢書》本。	李調元〈麗情集序〉
《皇明宸藻》1 卷	明天啓重刻本。	
《古今翰苑瓊琚》12 卷	明天啓重刻本。	陳元素〈古今詞命瓊琚序〉 陳鑛〈翰苑瓊琚序〉
《宣和書譜》20 卷	明嘉靖 19 年（1540）楊慎校刻本。	
《宣和畫譜》20 卷	1.明嘉靖 19 年（1540）楊慎校刻本。 2.《遜敏堂叢書》本。	
《洞天玄記》1 卷	1.明萬曆陳與郊輯《古名家雜劇》本。 2.明趙琦美輯《脈望館抄校本古今雜劇》稿本。 3.民國 30 年（1941）商務印書館長沙排印涵芬樓輯《孤本元明雜劇》本。	玄都浪仙〈洞天玄記序〉（嘉靖丁酉） 楊悌〈洞天玄記前序〉（嘉靖壬寅） 楊際時〈洞天玄記後序〉（嘉靖壬寅） 張天粹〈洞天玄記跋〉（嘉靖戊午）
《詞林萬選》4 卷	1.明海虞毛氏汲古閣刻毛晉輯《詞苑英華》本。 2.清乾隆 17 年（1752）曲溪洪振珂重刻明毛氏刻《詞苑英華》本。	任良幹〈詞林萬選序〉（嘉靖癸卯） 毛晉〈詞林萬選跋〉
《評點草堂詩餘》5 卷	1.明嘉靖刻本 2.明閔瑛壁刻朱墨套印本。 3.萬曆閔刻套印本 4.明刻朱之蕃輯《詞壇合璧四種》本。 5.清光緒 13 年（1887）山陰宋氏刻宋澤元輯《懺花庵叢書》本。	楊慎〈草堂詩餘序〉 朱之蕃〈詞壇合璧序〉
《李太白詩選》6 卷	明萬曆 10 年（1582）沈啓南刻本。	楊慎〈李詩選題辭〉（嘉靖乙巳）

《杜詩選》6 卷	明嘉靖四川隆昌張氏家塾刻本。	
《嘉樂齋三蘇文範》18 卷	1.明天啓 2 年（1622）刻本。 2.明崇禎制錦堂刻本（題《三蘇文選》）。	陳元素〈刻三蘇文序〉（天起壬戌）
《空同詩選》4 卷	1.明嘉靖 22 年（1543）張含百花書舍刻本。 2.明萬曆 46 年（1618）閔齊伋刻朱墨套印本。	張含〈空同詩選序〉（嘉靖癸卯） 楊慎〈空同詩選題辭〉 閔齊伋〈空同詩選跋〉
《四家宮詞》2 卷	明刻朱之蕃輯《詞壇合璧四種》本。	
《楊升庵先生批點《文心雕龍》》10 卷	1.明萬曆 37 年（1609）梅氏刻梅慶生音注本。 2.明萬曆吳興林氏刻本。 3.明天啓 2 年（1622）金陵聚錦堂刻梅慶生重修本。 4.明天啓 6 年（1626）刻本。 5.明末刻鍾惺輯評《合刻五家言》本。 6.明閔繩初刻五色套印本。（北圖、北大、中科院、遼寧省圖） 7.清乾隆 6 年（1741）華亭姚氏翻刻梅慶生音注本。 8.清乾隆養素堂刻本。	徐勃〈文心雕龍跋〉（萬曆辛丑） 楊慎〈與山禺山書〉 顧起元〈文心雕龍批評音注序〉（萬曆己酉）
《水經》3 卷	明刻《升庵雜著》本。	楊慎〈水經注〉 盛夒〈題水經後〉（正德戊寅）
《水經注所載碑目》1 卷	1.明嘉靖 16 年（1537）刻本。 2.明刻《升庵雜著》本。	楊慎〈水經碑目引〉 朱方〈水經碑目跋〉（嘉靖丁酉）
《輿地紀勝所載碑目》1 卷	1.明嘉靖 16 年（1537）刻本。 2.吳縣潘氏藏本	潘祖蔭〈輿地碑記目序〉（同治 7 年）
《夏小正解》1 卷	明萬曆刻《升庵雜著》本	楊慎〈夏小正解敘〉
《楊升庵先生評注先秦五子全書》	明天啓 5 年（1625）武林張氏橫秋閣刻懋棻輯本（內收《鶡子》、《關尹子》、《鬼谷子》、《鄭子》、《公孫龍子》各 1 卷）	楊慎〈關尹子序〉
《合刻名家批點諸子全書》	明天啓刻杭州印□□輯本（內收《墨子春秋》、《商子》、《亢倉子》等）	楊慎〈亢倉子序〉
《楊升庵批選古詩》9 種	明萬曆 47 年曼山館刻本（內收《五言律祖前集》6 卷、《五言律祖後集》3 卷、《五言細律》1 卷、《七言細律》1 卷、《絕句衍義》4 卷、《絕句辨體》8 卷、《唐絕搜奇》1 卷、《唐絕增奇》1 卷、《五言絕句》1 卷、《六言各體》2 卷）。	楊慎〈唐絕增奇序〉 楊慎〈絕句衍義序〉（嘉靖丙辰） 楊慎〈絕句辨體序〉（嘉靖癸丑） 楊慎〈絕句辨體跋〉 俞柯操〈絕句辨體跋〉 張棟〈絕句辨體後題〉 楊慎〈唐絕精選序〉
《批點仙樓瓊華》	明嘉靖刻本楊慎丙午（嘉靖 25 年）題序。	楊慎〈仙樓瓊華序〉（嘉靖 25 年）
《全蜀藝文志》64 卷	1.明嘉靖 20 年（1541）刻《四川總志》本。 2.明萬曆 47 年（1619）刻本。 3.清嘉慶四川捷爲張氏小書樓刻本。 4.清光緒成都刻本。	楊慎〈全蜀藝文志序〉（嘉靖辛丑） 俞廷舉〈全蜀藝文志序〉 譚言藹〈重校全蜀藝文志跋〉 鄒蘭生〈全蜀藝文志序〉
《譚苑醍醐》9 卷	1.嘉靖 21 年壬寅 9 卷本 2.清李調元函海本	楊慎〈譚苑醍醐序〉（嘉靖壬寅） 李調元〈譚苑醍醐後序〉

《墨池瑣錄》3卷	嘉靖16年刻於滇中	許勉仁〈刻墨池瑣錄引〉（嘉靖庚子） 張含〈墨池瑣錄後序〉（嘉靖庚子）
《溫泉詩》1卷	嘉靖刊本	楊慎〈安寧溫泉詩序〉
《漢雜事秘辛》	1.明刻本 2.明津逮秘書本	楊慎〈書漢雜事後〉 胡震亨〈漢雜事秘辛跋〉 姚士粦〈漢雜事秘辛跋〉 沈士龍〈漢雜事秘辛跋〉 王謨〈漢雜事秘辛跋〉
《古滇說集校》	嘉靖刻本	楊慎〈跋古滇說集〉（嘉靖己酉）
《鈐山堂詩選》	明嘉靖刻本	楊慎〈鈐山堂詩選序〉（嘉靖丙午）
《雪山詩選》	嘉靖28年刻本	楊慎〈雪山詩選序〉（嘉靖己酉）
《希姓錄》	清李調元函海本	李調元〈希姓錄序〉
《堎戶錄》	清李調元函海本	
《玉名詁》	清李調元函海本	李調元〈玉名詁序〉
《南詔野史校》	1.明嘉慶刻本 2.淡生堂鈔本	楊慎〈新刊南詔野史引〉（嘉靖庚戌） 胡蔚〈南詔野史新序〉（清乾隆40） 丁毓仁〈南詔備考序〉（嘉靖壬戌）

附錄三：陳洪綬《楊升庵簪花圖》

絹本，設色，143.5×61.5 cm（約1636年）大陸故宮博物院藏，影印自翁萬戈編：《陳洪綬》（上海：上海人民出版社，1990中）中卷，彩圖編，頁9。

參考書目

一、古籍

（一）楊慎著作

1. 〔明〕楊慎：《升庵詩話》，收入李調元編：《函海》，臺北：藝文印書館，1968 年。

2. 〔明〕楊慎：《畫品》，收入李調元編：《函海》，臺北：藝文印書館，1968 年。

3. 〔明〕楊慎：《升庵全集》，臺北：臺灣商務印書館，1968 年。

4. 〔明〕楊慎撰，焦竑編：《升庵外集》，臺北：臺灣學生書局，1971 年。

5. 〔明〕楊慎著：王文才輯校：《楊慎詞曲集》，成都：四川人民出版社，1984 年。

6. 〔明〕楊慎輯：《風雅逸篇》，北京：中華書局，1985 年，據《函海》本排印。

7. 〔明〕楊慎纂：《古今風謠》，北京：中華書局，1985 年，據《藝海珠塵》本排印。

8. 〔明〕楊慎纂：《古今諺》，北京市：中華書局，1985 年，據《藝海珠塵》本排印。

9. 〔明〕楊慎著：王仲鏞箋證：《升庵詩話箋證》，上海：上海古籍出版社，1987 年。

10. 〔明〕楊慎著：楊文生校箋：《楊慎詩話校箋》，成都：四川人民出版社，1990 年。

11. 〔明〕楊慎著，王大厚箋證：《升庵詩話新箋證》，北京：中華書局，2008 年。

12. 王文才、張錫厚編：《升庵著述序跋》，昆明：雲南人民出版社，1985 年。

13. 〔明〕楊慎著，王文才編：《楊慎詩選》，成都：四川人民出版社，1981年。

14. 〔明〕楊慎：《丹鉛摘錄》，收入《四庫全書》，卷 855，上海：上海古籍出版社，1987 年。

15. 〔明〕楊慎：《丹鉛餘錄》，收入《四庫全書》，卷 855，上海：上海古籍出版社，1987 年。

16. 〔明〕楊慎：《丹鉛總錄》，收入《四庫全書》，卷 855，上海：上海古籍出版社，1987 年。

17. 〔明〕楊慎：《丹鉛續錄》，收入《四庫全書》，卷 855，上海：上海古籍出版社，1987 年。

18. 〔明〕楊慎：《檀弓叢訓》，收入王文才、萬光治主編：《楊升庵叢書（一）》，成都：天地出版社，2002 年。

19. 〔明〕楊慎：《滇載記》，收入王文才、萬光治主編：《楊升庵叢書（二）》，成都：天地出版社，2002 年。

20. 〔明〕楊慎：《滇程記》，收入王文才、萬光治主編：《楊升庵叢書（二）》，成都：天地出版社，2002 年。

21. 〔明〕楊慎：《譚苑醍醐》，收入王文才、萬光治主編：《楊升庵叢書（二）》，成都：天地出版社，2002 年。

22. 〔明〕楊慎：《墨池瑣錄》，收入王文才、萬光治主編：《楊升庵叢書（二）》，成都：天地出版社，2002 年。

23. 〔明〕楊慎：《書品》，收入王文才、萬光治主編：《楊升庵叢書（二）》，成都：天地出版社，2002 年。

24. 〔明〕楊慎：《畫品》，收入王文才、萬光治主編：《楊升庵叢書（二）》，成都：天地出版社，2002 年。

25. 〔明〕楊慎：《異魚圖贊》，收入王文才、萬光治主編：《楊升庵叢書（二）》，成都：天地出版社，2002 年。

26. 〔明〕楊慎：《謝華啓秀》，收入王文才、萬光治主編：《楊升庵叢書（二）》，成都：天地出版社，2002 年。

27. 〔明〕楊慎：《升庵文集》，收入王文才、萬光治主編：《楊升庵叢書（三）》，成都：天地出版社，2002 年。

28. 〔明〕楊慎：《升庵遺集》，收入王文才、萬光治主編：《楊升庵叢書（三）》，成都：天地出版社，2002 年。

29. 〔明〕楊慎：《南中集》，收入王文才、萬光治主編：《楊升庵叢書（四）》，成都：天地出版社，2002 年。

30. 〔明〕楊慎：《歷代史略詞話》，收入王文才、萬光治主編：《楊升庵叢書（四）》，成都：天地出版社，2002 年。

31. 〔明〕楊慎：《批點文心雕龍》，收入王文才、萬光治主編：《楊升庵叢書（四）》，成都：天地出版社，2002 年。

32. 〔明〕楊慎：《赤牘清裁》，收入王文才、萬光治主編：《楊升庵叢書（四）》，成都：天地出版社，2002 年。

33. 〔明〕楊慎：《升庵詩文補遺》，收入王文才、萬光治主編：《楊升庵叢書（四）》，成都：天地出版社，2002 年。

34. 〔明〕楊慎：《升庵長短句》，收入王文才、萬光治主編：《楊升庵叢書（四）》，成都：天地出版社，2002 年。

35. 〔明〕楊慎：《陶情樂府》，收入王文才、萬光治主編：《楊升庵叢書（四）》，成都：天地出版社，2002 年。

36. 〔明〕楊慎：《古今風謠》，收入王文才、萬光治主編：《楊升庵叢書（五）》，成都：天地出版社，2002 年。

37. 〔明〕楊慎：《風雅逸篇》，收入王文才、萬光治主編：《楊升庵叢書（五）》，成都：天地出版社，2002 年。

38. 〔明〕楊慎：《升庵詩話》，收入王文才、萬光治主編：《楊升庵叢書（六）》，成都：天地出版社，2002 年。

39. 〔明〕楊慎：《詩話補遺》，收入王文才、萬光治主編：《楊升庵叢書（六）》，成都：天地出版社，2002 年。

40. 〔明〕楊慎：《批點草堂詩餘》，收入王文才、萬光治主編：《楊升庵叢書（六）》，成都：天地出版社，2002 年。

41. 〔明〕楊慎：《詞品》，收入王文才、萬光治主編：《楊升庵叢書（六）》，成都：天地出版社，2002 年。

42. 〔明〕楊慎：《升庵集》，收入《四庫全書》第 1270 冊，上海：上海古籍出版社，1987 年。

43. 〔明〕楊慎：《南詔野史》，收入《中國方志叢書》，第 150 冊，臺北：成文出版社，1975 年。

44. 〔明〕楊慎：《南詔野史》，收入《中國西南文獻叢書》，蘭州：蘭州大學出版社，2003 年。

45. 〔明〕楊慎撰，陸恆訂：《雲南山川志》，收入《叢書集成新編》，臺北：新文豐出版社，1966 年，第 90 冊。

46. 〔明〕楊慎：《璅語》，收入《百部集成叢書》，輯 6，第 10 冊，臺北：藝文出版社，1965 年。

47. 〔明〕楊慎：《稻晦術》，海口：南方出版社，2004 年。

48. 〔明〕楊慎、黃峨撰，金毅點校：《楊升庵夫婦散曲》，上海：上海古籍出版社，1985年。

49. 〔明〕楊慎撰、李調元校定：《麗情集》、《續麗情集》（百部叢書集成37輯，函海第61種），收於《叢書集成新編‧文學類》（臺北：新文豐，1985），冊83。

50. 〔明〕楊慎撰：《漢雜事秘辛》，收於〔清〕蟲天子《香豔叢書》（上海：上海書店，出版年不詳）。

51. 〔明〕李夢陽著，楊慎批選：《空同詩選》，收入王文才、萬光治主編：《楊升庵叢書（五）》，成都：天地出版社，2002年。

52. 〔明〕木公著，楊慎批選：《雪山詩選》，收入王文才、萬光治主編：《楊升庵叢書（五）》，成都：天地出版社，2002年。

53. 〔明〕嚴嵩著，楊慎批選：《鈐山堂詩選》，收入《續修四庫全書‧集部》第1336冊，上海：上海古籍出版社，1995年。

54. 〔明〕張含著，楊慎評選《張愈光詩文選》，收入《叢書集成續編‧集部》，上海：上海書店，1994。

（二）一般古籍（按朝代先後順序編次）

1. 〔唐〕樊綽：《蠻書》，收入《中國西南文獻叢書》，第86冊，蘭州：蘭州大學出版社，2003年。

2. 〔宋〕朱熹著，黎靖德編：《朱子語類》，北京：中華書局，1986年。

3. 〔元〕李京：《雲南志略》，收入《中國少數民族古籍集成》，第87冊，成都：四川民族出版社，2002年。

4. 〔元〕郭松年《大理行記》，收入《中國西南文獻叢書》，蘭州：蘭州大學出版社，2003年。

5. 〔明〕李贄《李卓吾先生讀升庵集》，《四庫存目叢書》第124冊，濟南：齊魯書社，1995年。

6. 〔明〕李贄：《焚書注（一）》，收於張建業主編：《李贄全集注》第2冊，北京：社會科學文獻出版社，2010年。

7. 〔明〕李贄：《焚書注（二）》，收於張建業主編：《李贄全集注》第3冊，北京：社會科學文獻出版社，2010年。

8. 〔明〕李贄：《續藏書注（一）》，收於張建業主編：《李贄全集注》第9冊，北京：社會科學文獻出版社，2010年。

9. 〔明〕李贄：《續藏書注（二）》，收於張建業主編：《李贄全集注》第10冊，北京：社會科學文獻出版社，2010年。

10. 〔明〕李贄：《續藏書注（三）》，收於張建業主編：《李贄全集注》第11冊，北京：社會科學文獻出版社，2010年。

11. 〔明〕李贄：《讀升庵集注（一）》，收於張建業主編：《李贄全集注》第16冊，北京：社會科學文獻出版社，2010年。

12. 〔明〕李贄：《讀升庵集注（二）》，收於張建業主編：《李贄全集注》第17冊，北京：社會科學文獻出版社，2010年。

13. 〔明〕李贄：《焚書》，北京，社會科學文獻出版社，2000年。

14. 〔明〕陳耀文：《正楊》，臺北：臺灣學生書局，1971年。

15. 〔明〕顧起綸：《國雅品》，臺北：明文書局，1991年。

16. 〔明〕王世貞：《弇州山人四部稿》，《景印文淵閣四庫全書·集部》第394冊，臺北：臺灣商務印書館，1983年。

17. 〔明〕王世貞：《明詩別裁》，臺北：臺灣商務印書館，1965年。

18. 〔明〕王世貞著，羅仲鼎校注：《藝苑巵言》，山東：齊魯出版社，1992年。

19. 〔明〕謝榛：《四溟詩話》，收於《叢書集成新編·文學類》，臺北：新文豐出版社，1985年。

20. 〔明〕唐順之：《荊川先生文集》，《四部叢刊初編》，臺北：臺灣商務印書館，1967年。

21. 〔明〕王慎中：《遵巖集》，《景印文淵閣四庫全書》第1274冊，臺北：臺灣商務印書館，1983年。

22. 〔明〕焦竑：《焦氏筆乘續集》，《叢書集成新編·文學類》，臺北：新文豐，1985年。

23. 〔明〕焦竑《玉堂叢語》，北京：中華書局，1981。

24. 〔清〕焦竑：《澹園集》，北京：中華書局，1999年。

25. 〔清〕焦竑編：《國朝獻徵錄》，臺北：臺灣學生書局，1971年。

26. 〔明〕湯顯祖著；徐朔方箋校：《湯顯祖全集》，北京：北京古籍出版社，1998年10月。

27. 〔明〕胡應麟：《詩藪》，《景印文淵閣四庫全書》，臺北：臺灣商務印書館，1983年。

28. 〔明〕胡應麟：《少室山房筆叢》，臺北：世界書局，1963年。

29. 〔明〕李元陽：《李中谿全集》，收入《雲南叢書》第21冊，北京：中華書局，2009年。

30. 〔明〕李元陽：《嘉靖大理府志》，大理：大理文化局，1983年。

31. 〔明〕李元陽纂修：《雲南通志》，收入《中國西南文獻叢書》，蘭州：蘭州大學出版社，2003年。

32. 〔明〕倪輅：《南詔蒙段野史》，收入《四庫全書存目叢書》第163冊，臺南：莊嚴文化出版社，1996年。

33. 〔明〕徐炯：《使滇日記》，收入《中國西南文獻叢書》，蘭州：蘭州大學出版社，2003 年。

34. 〔明〕張居正等：《明實錄》，臺北：中研院歷史語言所，1966 年。

35. 〔明〕張道宗：《紀古滇說原集》，臺北：中央圖書館出版，1981 年。

36. 〔明〕陳文：《雲南圖經志書》，收入《續修四庫全書》第 681 冊，上海：上海古籍出版社，1995 年。

37. 〔明〕沈泰輯編：《盛明雜劇》，臺北：廣文書局，1979 年。

38. 〔明〕李東陽：《懷麓堂集》，收入《景印文淵閣四庫全書·集部》，臺北：臺灣商務印書館，1983 年，第 341 冊。

39. 〔明〕李東陽：《麓堂詩話》，收入丁福保編：《歷代詩話續編》，北京：中華書局，1983。

40. 〔明〕鍾惺：《名媛詩歸》，收入《四庫全書存目叢書·集部》第 339 冊，台南：莊嚴文化，1997 年。

41. 〔明〕李紹文《皇明世說新語》，收入《明代傳記叢刊》，臺北：明文書局，1991 年，第 22 冊。

42. 〔明〕馮夢龍編著，欒保群點校：《古今譚概》，北京：中華書局，2007 年。

43. 〔明〕袁中道著，錢伯城點校：《珂雪齋集》，上海：上海古籍出版社，1989 年。

44. 〔明〕張岱著，朱宏達點校：《四書遇》，杭州：浙江古籍出版社，1985 年。

45. 〔明〕祁彪佳：《遠山堂曲品》，收入《續修四庫全書·集部·曲類》，上海：上海古籍出版社，1995，第 1758 冊。

46. 〔明〕王廷相著，王孝魚點校：《王廷相集》，北京：中華書局，1989 年。

47. 〔明〕楊一清：《征西日錄》，《叢書集成新編》第 120 冊，臺北：新文豐出版社，1985 年。

48. 〔明〕沈德符：《萬曆野獲編》，北京：中華書局，1959 年。

49. 〔明〕徐樹丕：《識小錄》，臺北：新興書局，1985 年。

50. 〔明〕謝肇淛《滇略》《四庫珍本·史部·地理類》，臺北：商務書局，1972 年。

51. 〔明〕張含《張愈光詩文選》，《叢書集成續編·集部》第 142 冊，上海：上海書局，1994 年。

52. 〔明〕諸葛元聲撰，劉業朝校點：《滇史》，昆明：德宏民族出版社，1994 年。

53. 〔明〕陸容《菽園雜記》，臺北：中華書局，1985 年。

54. 〔明〕凌迪知編:《國朝名公翰藻·集部·總集類》第 313 集,《四庫存目叢書》,濟南:齊魯書社,1997 年。

55. 〔明〕林之盛編,周駿富輯:《皇明應諡名臣備考錄》,臺北:明文書局,1991 年。

56. 〔明〕陸深:《玉堂漫筆》,收於《儼山外集》,《景印文淵閣四庫全書》,臺北:臺灣商務印書館,1983。

57. 〔明〕徐𤊹:《徐氏筆精》,臺北:學生書局,1971 年。

58. 〔明〕文震亨著:《長物志》,楊家駱主編:《藝術叢編》,臺北:世界書局,1962 年。

59. 〔明〕陶珽:《續說郛》,臺北:新興書局,1972 年。

60. 〔明〕周亮工:《因樹屋書影》,臺北:世界書局,1963 年。

61. 〔明〕朱國禎:《湧潼小品》,《筆記小說大觀》,第 22 編,第 7 冊,臺北:新興書局,1987。

62. 〔明〕馮夢龍評輯,周方、胡慧斌校點:《情史》,南京:江蘇古籍出版社,1993 年。

63. 〔明〕謝肇淛:《五雜俎》,上海:上海書局,2001 年。

64. 〔明〕潘之恆著,汪效倚輯注:《潘之恆曲話》,北京:中國戲劇出版社,1988 年。

65. 〔明〕清苕花史輯:《品花箋》(國立中央圖書館藏善本書·子部雜家類,雜篡之屬·明末滄秀閣刊本)。

66. 〔明〕陶珽編《續說郛》,上海:上海古籍出版社,1995 年。

67. 〔明〕范濂:《雲間據目鈔》,《明清筆記小說大觀》,臺北:新興書局,1984 年,22 編。

68. 〔明〕趙貞吉:《趙文肅公集》,收入《四庫全書存目叢書》,濟南:齊魯書社,1997 年。

69. 〔明〕王思任:《王季重雜著》,臺北:偉文圖書,1977 年。

70. 〔明〕蔣一葵:《堯山堂外紀》,收入《續修四庫全書·子部·雜家類》,上海:上海古籍出版社,1194 冊。

71. 〔明〕朱孟震:《玉笥詩談》,收入《四庫全書存目叢書》第 417 冊,濟南:齊魯書社,1997 年。

72. 〔明〕諸葛元聲撰,劉業朝校點:《滇史》,昆明:德宏民族出版社,1994 年。

73. 〔明〕文震亨:《長物志》,收入楊家駱主編:《藝術叢編》,臺北:世界書局,1962 年,第 1 冊。

74. 〔明〕馮惟訥:《古詩紀》,收入《四庫全書》冊 1379,臺北:商務書局,

1983。

75. 〔清〕潘介社纂輯，國立中央圖書館特藏組編輯：《明詩人小傳稿》，臺北：國立中央圖書館，1986 年。

76. 〔清〕童振藻：《雲南溫泉志補》，收入《中國方志叢書》，第 246 冊，臺北：成文出版社，1974 年。

77. 〔清〕陳田撰：《明詩紀事》，上海：上海古籍出版社，1993 年。

78. 〔清〕梁維樞：《玉劍尊聞》，收入《續修四庫全書・子部・雜家類》，上海：上海古籍出版社，1986 年。

79. 〔清〕黃文暘、董康撰：《曲海總目提要》，收入《筆記小說大觀》，臺北：新興書局，1979 年。

80. 〔清〕沈自徵撰，西湖君張佩玉評：《簪花髻》，收入《續修四庫全書・集部・戲劇類》1764 冊，上海：上海古籍出版社，2002 年。

81. 〔清〕趙翼著，王樹民校證：《廿二史劄記校證》，北京：中華書局，1984 年。

82. 〔清〕王士禎：《居易錄》，收入《王士禎全集》第 5 冊，濟南：齊魯書社，2007 年。

83. 〔清〕張廷玉等撰：《明史》，北京：中華書局，1997 年。

84. 〔清〕谷應泰：《明史紀事本末》，《叢書集成初編・史地類》第 118 冊，北京：中華書局，1985 年。

85. 〔清〕鄂爾泰等監修：《雲南通志》，《景印文淵閣四庫全書》第 569、570 冊，臺北：臺灣商務印書館，1983 年。

86. 〔清〕黃忠義：《明儒學案》，臺北：明文書局，1991 年。

87. 〔清〕陳子龍等編：《皇明詩選》，收入《四庫禁燬書叢刊補編》，第 55 冊，北京：北京出版社，2005 年。

88. 〔清〕錢謙益：《列朝詩集小傳》，上海：上海古籍出版社，1983 年。

89. 〔清〕錢謙益撰集，許逸民、林淑敏點校：《列朝詩集》，北京：中華書局，2007 年。

90. 〔清〕田雯：《古歡堂集》，收入《四庫全書》第 1324 冊，上海：上海古籍出版社，1987 年。

91. 〔清〕王士禎：《香祖筆記》，《景印文淵閣四庫全書》第 870 冊，臺北：臺灣商務印書館，1983 年。

92. 〔清〕沈德潛：《明詩別裁》，臺北：臺灣商務印書館，1965 年。

93. 〔清〕沈德潛：《說詩晬語》，《續修四庫全書集部・詩文評類》第 1701 冊，上海：上海古籍出版社，1995 年。

94. 〔清〕徐倬編：《御定全唐詩錄》，《景印文淵閣四庫全書》第 1472～1473，

臺北：臺灣商務書局，1983 年。

95. 〔清〕永瑢等撰：《四庫全書總目》，北京：中華書局，1995 年。

96. 〔清〕紀昀編纂：《四庫全書總目提要》，石家莊：河北人民出版社，2000 年。

97. 〔清〕陳衍：《元詩紀事》，上海：上海古籍出版社，1987 年。

98. 〔清〕陳元龍《格致鏡原》，江蘇：廣陵古籍，1989 年。

99. 〔清〕師範：《滇繫》，收入《叢書集成續編‧史地類》第 237 冊，臺北：新文豐，1989 年。

100. 〔清〕余懷：《板橋雜記》，南京：江蘇文藝出版社，1987 年。

101. 〔清〕蟲天子《香豔叢書》，上海：上海書店，出版年不詳。

102. 〔清〕趙翼：《陔餘叢考》，收入《續修四庫全書‧子部‧雜家類》第 1150 ～1153，上海：上海古籍出版社，1995 年。

103. 〔清〕趙翼著，李學穎、曹光甫校點：《甌北集》，上海：上海古籍出版社，1997 年。

104. 〔清〕毛先舒《詩辨坻》，上海：上海古籍出版社，2010 年。

105. 〔清〕潘介社纂輯，國立中央圖書館特藏組編輯：《明詩人小傳稿》（臺北：國立中央圖書館，1986 年。

106. 〔清〕蔡澄：《雞窗叢話》，臺北：廣文書局，1969 年。

107. 〔清〕常明，楊芳灿等纂修：《四川通志》，成都：巴蜀書社，1984 年。

108. 〔清〕葉德輝：《書林清話》，《叢書籍成續編‧總類》第 6 冊，臺北：新文豐出版社，1989 年。

109. 〔清〕儲大文：《存研樓文集》，臺北：商務印書館，1986 年。

110. 〔清〕段昕撰：《中國西南文獻叢書》，蘭州：蘭州大學出版社，2003 年。

111. 〔清〕徐炯《使滇日記》、《使滇雜記》，《瓜蒂庵藏明清掌故叢書》，上海：上海古籍出版社，1983 年。

112. 〔清〕王士性：《廣志繹》，北京：中華書局，1997 年。

113. 〔清〕陳鼎：《滇游記》，收入《滇黔遊記》，《四庫全書存目叢書‧史部》第 255 冊，濟南：齊魯書社，1997 年。

114. 〔清〕顧琳纂《康熙阿迷州志‧古蹟志》，臺北：學生書局，1968 年。

115. 〔清〕范承勳、吳自肅修纂：《雲南通志‧藝文志》，北京：書目文獻出版社，1993 年。

116. 〔清〕徐霞客著，朱惠容校注：《徐霞客遊記校注》，昆明：雲南人民出版社，1985 年。

117. 〔清〕常明、楊芳灿等纂修《四川通志》，成都：巴蜀書社，1984 年。

118. 〔民國〕李一氓著：吳泰昌輯：《一氓題跋》，香港：三聯書店，1981 年。

119. 〔民國〕王叔武輯：《雲南古佚書鈔》，昆明：雲南出版社，1996 年。

120. 〔民國〕馬敘倫：《讀書續記》，上海：商務印書館，1933 年。

121. 〔民國〕吳文治主編：《明詩話全編》，南京：南京古籍出版社，1997 年。

二、專著

（一）中文專著（按照姓氏筆畫編次）

1. 丁放著：《金元明清詩詞理論史》，合肥：安徽大學出版社，2000 年。

2. 丁寧著：《接受之維》，天津：百花文藝出版社，1990 年。

3. 于希賢、沙露茵：《雲南古代遊記選》，昆明：雲南人民出版社，1989 年。

4. 于志嘉：《明代軍戶世襲制度》，臺北：臺灣學生出版社，1987 年。

5. 大理州文聯編：《大理古佚書鈔》，昆明：雲南人民出版社，2001 年。

6. 中央圖書館編譯：《明人傳記資料索引》，臺北：中央圖書館，1978 年。

7. 中國古典文學研究會主編：《文學與傳播的關係》，臺北：學生書局，1995 年。

8. 尤中：《中國西南的古代民族》，昆明：雲南人民出版社，1979 年。

9. 尤中：《雲南地方沿革史》，昆明，雲南人民出版社，1990 年。

10. 尹紹亭：《雲南山地民族文化生態的變遷》，昆明：雲南教育出版社，2008 年。

11. 尹韻公：《中國明代新聞傳播史》，重慶：重慶出版社，1990 年。

12. 方志遠：《明代城市與市民文學》，北京：中華書局：2004 年。

13. 方國瑜：《中國西南歷史地理考釋》，臺北：臺灣商務印書館，1987 年。

14. 方國瑜主編：《雲南史料叢刊》，昆明：雲南大學出版社，1998 年。

15. 木芹：《南詔野史會證》，昆明：雲南人民出版社，1990 年。

16. 毛文芳：《物‧性別‧觀看──明末清初文化書寫新探》，臺北：學生出版社，2001 年。

17. 毛文芳：《圖成行樂：明清文人畫像題詠析論》，臺北：學生書局，2008 年。

18. 毛文芳《晚明閒賞美學》，臺北：學生書局，2000 年。

19. 王天有：《明代國家機構研究》，北京：北京大學出版社，1992 年。

20. 王文才、張錫厚編：《升庵著述序跋》，昆明：雲南人民，1985 年。

21. 王文才：《明清文選學述評》，上海：上海古籍出版社，2008 年。

22. 王文才：《楊慎學譜》，上海：上海人民出版社，1988 年。

23. 王文才編：《楊慎詞曲集》，四川人民出版社，1984 年。

24. 王文才選注：《楊慎詩選》，四川：四川人民出版社，1982 年。

25. 王水照主編《科舉與詩藝——宋代文學與士人社會》，上海：上海古籍出版社，2005 年。

26. 王立群：《中國古代山水遊記研究》，北京：中國社會科學出版社，2008 年。

27. 王吉林：《唐代南詔暨李唐關係之研究》，臺北：東吳大學學術著作獎助委員會，1977 年。

28. 王明珂：《英雄祖先與弟兄民族》，臺北：允晨出版社，2006 年。

29. 王明珂：《華夏邊緣：歷史記憶與族群認同》，臺北：允晨文化，1997 年。

30. 王重民：《中國善本書提要》，上海：上海古籍出版社，1983 年。

31. 王重民：《冷廬文藪》，上海：上海古籍出版社，1992 年。

32. 王書奴：《中國娼妓史》，上海：上海書局，1934 年。

33. 王逢振、盛寧、李自修編：《最新西方文論選》，桂林：漓江出版社，1991 年。

34. 王凱旋、李洪權編著：《明清生活掠影》，瀋陽：瀋陽出版社，2001 年。

35. 王運熙、顧易生主編：《中國文學批評通史》，上海：上海古籍出版社，1996 年。

36. 王銘銘：《人生史與人類學》，北京：生活‧讀書‧新知三聯書店，2010 年。

37. 王銘銘：《沒有後門的教室：人類學隨談錄》，北京：中國人民大學出版社，2006 年。

38. 王銘銘：《社會人類學與中國研究》，桂林：廣西師範大學出版社，2005 年。

39. 王璦玲：《晚明清初戲曲之審美構思與其藝術呈現》，臺北：中央研究院中國文哲研究所，2005 年。

40. 王懿之：《雲南歷史文化新探》，昆明：雲南人民出版社，1993 年。

41. 王靖宇、章陪恆主編：《中國文學評點研究論集》，上海：上海古籍出版社，2002 年。

42. 史梅岑：《中國印刷發展史》，臺北：臺灣商務印書館，1972 年。

43. 吉川幸次郎著，章培恒等譯：《中國詩史》，上海：復旦大學出版社，2001 年。

44. 李孝悌著：《戀戀紅塵：中國的城市、慾望與生活》，臺北：一方出版社，2002 年。

45. 朱光潛：《詩論》，臺北：正中書局，1970 年。

46. 何宗美：《文人結社與明代文學的演進》，北京：人民出版社，2011 年。

47. 何金蘭著：《文學社會學》，臺北：桂冠出版社，1989 年。

48. 余英時著：《中國近世宗教倫理與商人精神》臺北：聯經出版社，1987 年。

49. 吳志達：《中國文言小說史》，濟南：齊魯書社，1994 年。

50. 吳燕娜編：《中國婦女與文學論集》臺北：稻香出版社，2001 年。

51. 吳蕙芳著：《明清以來民間生活知識的建構與傳遞》，臺北：學生書局，2007 年。

52. 巫仁恕、狄雅斯：《游道》，臺北：三民出版社，2010 年。

53. 巫仁恕：《品味奢華——晚明的消費社會與士大夫》，臺北：聯經出版社，2007 年。

54. 巫瑞書：《南方傳統節日與楚文化》，武漢：湖北教育出版社，1999 年。

55. 李伯齊主編：《中國古代紀游文學史》，濟南：山東友誼書社，1989 年。

56. 李致忠：《歷代刻書考述》，成都：巴蜀書社出版，1990 年。

57. 李朝正、李義清：《巴蜀歷代名媛著作考要》，成都：巴蜀書社，1997 年。

58. 李瑞良著：《中國古代圖書流通史》，上海：上海人民出版社，2000 年。

59. 李義讓：《狀元楊慎》，成都：四川人民出版社，2001 年。

60. 李壽、蘇培明：《雲南歷史人文地理》，昆明：雲南大學出版社，1996 年。

61. 李劍國：《宋代志怪傳奇錄》，南京：南開大學出版社，1997 年。

62. 李興盛：《中國流人史》，哈爾濱：黑龍江人民出版社，1996 年。

63. 李豐楙、劉苑如主編：《空間、地域與文化：中國文化空間的書寫與闡釋》，臺北：中研院中國文哲研究所，2002 年。

64. 杜信孚纂輯《明代版刻綜錄》，揚州：江蘇廣陵古籍出版社，1983 年。

65. 沈海梅：《明清雲南婦女生活研究》，昆明：雲南教育出版社，2001 年。

66. 汪暉、陳燕谷主編：《文化與公共性》，北京：三聯書店，1998。

67. 谷應泰編：《明史紀事本末》，臺北：世界書局，1986 年。

68. 辛法春：《明沐氏與中國雲南之開發》，臺北：文史哲出版社，1985 年。

69. 周慶山著：《文獻傳播學》，北京：書目文獻出版社：1997 年。

70. 尚學鋒、過常寶、郭英德著：《中國古典文學接受史》，濟南：山東教育出版社，2000 年。

71. 東海大學中國文學系編輯：《旅遊文學研討會論文集》，臺北：文津出版社，2000 年。

72. 林天蔚著：《方志學與地方史研究》，臺北：南天出版社，1995 年。

73. 林宜蓉：《中晚明文藝場域「狂士」身分之研究》，臺北：花木蘭文化，2010 年。

74. 林拓：《文化的地理過程分析：福建文化地域性的考察》，上海：上海書店出版社，2004 年。

75. 林慶彰、賈順先編：《楊慎研究資料彙編》，臺北：中研院文哲所，1992 年。

76. 林慶彰：《明代考據學研究》，臺北：臺灣學生出版社，1986 年。

77. 林慶彰：《明代經學研究論集》，臺北：文史哲出版社，1994 年。

78. 金元浦著：《接受反應文論》，濟南：山東教育出版社，2001 年。

79. 查爾斯‧巴克斯：《南詔與唐代的西南邊疆》，昆明：雲南人民出版社，1988 年。

80. 洪淑苓等合著：《古典文學與性別研究》，臺北：里仁出版社，1997 年。

81. 梁其姿《面對疾病：傳統中國社會的醫療觀念與組織》，北京：中國人民大學出版社，2012 年。

82. 胡文楷編著、張宏生等增訂：《歷代婦女著作考》，上海：上海古籍出版社，2008 年。

83. 胡耐安：《中國民族族系統類概述》，臺北：東方文化出版社，1974 年。

84. 胡發貴：《儒家朋友倫理研究》，北京：光明日報出版社，2008 年。

85. 范宜如：《行旅‧地誌‧社會記憶：王士性紀遊書寫探論》，臺北：萬卷樓，2011 年。

86. 范義田：《雲南古代民族之史的分析》，重慶：商務印書館，1994 年。

87. 夏光南：《雲南文化史》，收入《民國叢書》，上海：上海書店出版社，1996 年。

88. 容肇祖：《明代思想史》，臺北：文津出版社，1993 年。

89. 徐新建：《西南研究論》，昆明：雲南教育出版社，1992 年。

90. 高小慧：《楊慎文學思想研究》，北京：中國社會科學研究院，2010 年。

91. 高孝津：《科舉與詩藝——宋代文學與士人社會》，上海：上海古籍出版社，2005。

92. 高小康：《市民、士人與故事：中國近古社會文化中的敘事》，北京：人民出版社，2001 年。

93. 高彥頤、李志生：《閨塾師：明末清初江南才女文化》，南京：江蘇人民出版社，2004 年。

94. 高翔著：《近代的初曙：18 世紀中國觀念變遷與社會發展》，北京：社會科學文獻出版社，2000 年。

95. 胡曉眞、王鴻泰主編：《日常生活的論述與實踐》臺北：允晨文化，2011 年。

96. 胡曉眞主編：《世變與維新——晚明與晚清的文學藝術》臺北：中研院文哲所，2001 年。

97. 胡樸安、胡道靜著：《校讎學》臺北：商務印書館，1990 年。

98. 范宜如：《行旅・地誌・社會記憶》，臺北：萬卷樓圖書，2011 年。

99. 夏鑄九、王志弘編譯：《空間的文化形式與社會理論讀本》，臺北：明文書局，1988 年。

100. 孫康宜：《文學的聲音》，臺北：三民出版社，2001 年。

101. 孫康宜：《古典與現代的女性闡釋》，臺北：聯合文學出版社，1998 年。

102. 孫康宜：《孫康宜自選集：古典文學的現代觀》，上海：上海譯文出版社，2013 年。

103. 孫琴安：《中國評點文學史》，上海：上海社會科學出版社，1999 年。

104. 翁萬戈《陳洪綬》，上海：上海人民美術出版社，1997 年。

105. 趙園：《北京：城與人》，北京：北京大學出版社，2003 年。

106. 趙園：《地之子》，北京：北京大學出版社，2007 年。

107. 鄭毓瑜：《文本風景》，臺北：麥田出版社，2005 年。

108. 熊秉眞編：《讓證據說話【中國篇】》，臺北：麥田出版社，2003 年。

109. 錢茂偉：《明代史學的歷程》，北京：社會科學文獻出版社，2003 年。

110. 霍巍：《西南天地間：中國西南的考古、民族與文化》，香港：香港城市大學出版社，2006 年。

111. 康正果著：《風騷與豔情——中國古典詩詞的女性研究》，臺北：雲龍出版社，1991 年。

112. 康來新著：《發跡變泰——宋人小說學論叢》，臺北：大安出版社，1996 年。

113. 張心澄：《偽書通考》，北京：商務印書館，1939 年。

114. 張文勳主編：《滇文化與民族審美》，昆明：雲南大學出版社，1992 年。

115. 張旭：《南詔・大理史論文集》，昆明：雲南民族出版社，1993 年。

116. 張伯偉：《中國詩學研究》，瀋陽：遼海出版社，2000 年。

117. 張伯偉著：《中國古代文學批評方法研究》，北京：中華書局，2002 年。

118. 張宏生、張雁編：《古代女詩人研究》，武漢：湖北教育出版社，2002 年。

119. 張宏生編：《明清文學與性別研究》，南京：江蘇古籍出版社，2002 年。

120. 張宏偉著：《出版文化史論》，北京：華文出版社，2002 年。

121. 張秀民著、韓琦增訂：《中國印刷史》，杭州：浙江古籍出版社，2006 年。

122. 張岩冰著：《女權主義文論》，濟南：山東教育出版社，1998 年。

123. 張治安：《明代政治制度研究》，臺北：聯經出版社，1992 年。

124. 張壽安：《十八世紀禮學考證的思想活力》，北京：北京大學出版社，2005年。

125. 張京媛主編：《後殖民理論與文化批評》，北京：北京大學出版社，1999年。

126. 張增祺：《滇文化》，北京：文物出版社，2001 年。

127. 張滌華：《類書流別》，臺北：商務印書館，1985 年。

128. 曹之：《中國古籍版本學》，武漢：武漢大學出版社，1992 年。

129. 曹莉著：《史碧娃克》，臺北：生智出版社，1999 年。

130. 曹衛東著：《交往理性與詩學話語》，天津：天津社會科學出版社，2001年。

131. 梅新林、俞樟華主編：《中國游記文學史》，上海：學林出版社，2004 年。

132. 淡江大學中國文學系主編：《中國女性書寫——國際學術研討會論文集》，臺北：學生書局，1999 年。

133. 章培恆、王靖宇主編：《明代評點考》，上海：上海古籍出版社，2002 年。

134. 莫礪鋒編：《神女之探索——英美學者論中國古典詩歌》，上海：上海古籍出版社，1994 年。

135. 許瀛鑑：《中國印刷史論叢》，臺北：中國印刷學會，1997 年。

136. 連瑞枝：《隱藏的祖先：妙香國的傳說和社會》，北京：生活·讀書·新知三聯書店，2007。

137. 郭紹虞：《中國文學批評史》，臺北：明倫出版社，1972 年。

138. 郭麗萍：《絕域與絕學：清代中葉西北史地學研究》，北京：生活·讀書·新知三聯書店，2007。

139. 郭鑫銓著：《滇游詩話》，昆明：雲南教育出版社，2001 年。

140. 郭皓政著：《明代狀元與文學》，濟南：齊魯書社，2010 年。

141. 陳大康：《明代小說史》，北京：人民文學出版社，2007 年。

142. 陳文忠：《中國古典詩歌接受史研究》，合肥：安徽大學出版社，1998 年。

143. 陳文新：《明代詩學》，長沙：湖南人民出版社，2000 年 11 月。

144. 陳平原、王德威、商偉編《晚明與晚清：歷史傳承與文化創新》，武漢：湖北教育出版社，2002 年。

145. 陳平原、王德威、陳學超編：《西安：都市想像與文化記憶》，北京：北京大學出版社，2009 年。

146. 陳平原、王德威編：《北京：都市想像與文化記憶》，北京：北京大學出版社，2005 年。

147. 陳東原：《中國婦女生活史》臺北：商務印書館，1937年。

148. 陳國球：《明代復古派唐詩論研究》，北京：北京大學出版社，2007年。

149. 鄧新躍：《明代前中期詩學辨體理論研究》，上海：上海古籍出版社，2007年。

150. 陳萬益：《晚明小品與明季文人生活》，臺北：大安出版社，1992年。

151. 陳寶良：《中國婦女通史・明代卷》，杭州：杭州出版社，2010年。

152. 陳寶良著：《明代儒學生員與地方社會》，北京：中國社會科學：2005年。

153. 陸韌編：《現代西方學術視野的中國西南邊疆史》，昆明：雲南大學出版社，2007年。

154. 傅璇琮、蔣寅主編：《中國古代文學通論》，北京：人民出版社，2010年。

155. 嵇文甫著：《晚明思想史論》，北京：東方出版社：1996年。

156. 彭信威：《中國貨幣史》，上海：上海人民出版社，1965年。

157. 童恩正：《中國西南民族考古論文集》，北京：文物出版社，1990年。

158. 費絲言：《由典範到規範：從明代貞節烈女的辨識與流傳看貞節觀念的嚴格化》，臺北：臺灣大學出版委員會，1998年。

159. 黃永年：《古籍版本學》，南京：江蘇教育出版社，2005年。

160. 黃克武、張哲嘉主編：《公與私：近代中國個體與群體之重建》，臺北：中研院近史所，2000年。

161. 黃湧泉《陳洪綬年譜》，北京：人民美術出版社，1960年。

162. 黃維樑：《中國文學縱橫論》，臺北：文史哲出版社，1988年。

163. 黃澤：《西南民族節日文化》，昆明：雲南教育出版社，1995年。

164. 黃應貴編：《空間與文化場域：空間之意象、實踐與社會的生產》，臺北：漢學研究中心編印，2009年。

165. 新都縣楊升庵研究會、新都縣楊升庵博物館編：《楊升庵研究論文集》，成都：楊升庵博物館、楊升庵研究會編印，1984年。

166. 新都縣楊升庵研究會、新都縣楊升庵博物館編：《楊升庵誕辰五百周年學術論文集》，成都：新華書店，1994年。

167. 楊正泰：《明代驛站考》，上海：上海古籍出版社，2006年。

168. 楊正泰校注：《天下水陸路程・天下路程圖引・客商一覽醒迷》（，太原：山西出版社，1992年。

169. 楊念群：《何處是江南：清朝正統觀的確立與士林精神世界的變異》，北京：生活・讀書・新知三聯書店，2010年。。

170. 楊乃喬等譯：《後殖民批評》，北京：北京大學出版社，2001年。

171. 楊家駱主編：《中國學術名著叢刊》，臺北：世界書局，1980年。

172. 楊釗：《楊愼研究——以文學爲中心》，成都：巴蜀書社，2010 年。

173. 費振鍾著：《墮落時代》，上海：東方出版社，2000 年。

174. 葉啓政主編：《當代社會思想巨擘》臺北：正中出版社，1992 年。

175. 雷磊：《楊愼詩學研究》，北京：中國社會科學出版社，2006 年。

176. 熊秉貞：《面對疾病：傳統中國社會的醫療觀念與組織》，北京：中國人民出版社，2011 年。

177. 熊秉眞、呂妙芬主編：《理教與情慾——前近代中國文化中的後／現代性》，臺北：中央研究院近代史研究所，1999 年。

178. 趙含坤編著：《中國類書》，石家庄：河北人民出版社：2005 年。

179. 趙樹功：《中國尺牘文學史》，石家莊：河北人民出版社，1999 年。

180. 輔仁大學、中國古典文學研究會主編：《建構與反思——中國古典文學史的探索學術研討會論文集》臺北：學生出版社，2002 年。

181. 劉天振：《明代通俗類書研究》，濟南：齊魯書社，2006 年。

182. 劉昭明主編：《旅行與文藝：國際會議論文集》，臺北：書林：2001 年。

183. 劉國鈞：〈宋元明清的刻書事業〉，收於《中國圖書版本學論文選輯》，臺北：學海出版社，1981 年。

184. 劉詠聰著：《女性與歷史——中國傳統觀念新探》，臺北：商務印書館，1995 年。

185. 潘朝陽著：《心靈・空間・環境：人文主義的地理思想》，臺北：五南：2005 年。

186. 蔡鎭楚：《中國詩話史》，長沙：湖南文藝出版社，1988 年。

187. 蔡鎭楚：《詩話學》，長沙：湖南教育出版社，1990 年。

188. 鄭振鐸：《插圖本中國文學史》，北京：人民文學出版社，1982 年。

189. 鄭振鐸：《中國俗文學史》，上海：上海書店，1984 年。

190. 鄭毓瑜：《性別與家園——漢晉辭賦的楚騷論述》，臺北：里仁書局，2000 年。

191. 蕭國亮：《中國娼妓史》，臺北：文津出版社，1996。

192. 蕭鵬：《群體的選擇——唐宋人選詞與詞選通論》，臺北：文津出版社，1992 年。

193. 鮑曉蘭主編：《西方女性主義研究評介》，北京：三聯書店，1995 年。

194. 戴克瑜、唐建華主編：《類書的沿革》，四川：四川省圖書館學會，1981 年。

195. 謝桃坊：《中國市民文學史》，成都：四川人民出版社，1997 年。

196. 豐家驊：《楊愼評傳》，南京：南京大學出版社，1998 年。

197. 羅剛、劉象愚著：《文化研究讀本》，北京：中國社會科學出版社，2000年。

198. 羅根澤：《中國文學批評史》，上海：上海古籍出版社，1984年。

199. 羅鋼、王中忱主編：《消費文化讀本》，北京：中國社會科學出版社，2003年。

200. 饒宗頤著：《饒宗頤東方學論集》，汕頭：汕頭大學出版社，1999。

201. 譚正璧：《中國女性文學史》，天津：百花文藝出版社，1991年。

202. 譚帆著：《中國小說評點研究》，上海：華東師範大學出版社，2001年。

203. 龔蔭著：《明史雲南土司傳箋注》，昆明：雲南民族出版社，1988年。

（二）外文譯著（按姓氏字母順序排列）

1. 亞伯納‧柯恩（Adner Cohen）著：《權力結構與象徵符號》臺北：金楓出版社，1986年。

2. 阿爾維托‧曼谷埃爾（Alberto Manguel）著，吳昌杰譯：《閱讀地圖——一部人類閱讀的歷史》臺北：商務印書館，1999年。

3. 安德魯‧本尼特（Andrew Bennett）、尼古拉‧羅伊爾（Nicholas Royle）著，汪正龍、李永新譯：《關鍵詞：文學、批評與理論導論》，桂林：廣西師範大學，2007年。

4. 讓‧波德里亞（Baudrillard）著，劉成富、全志鋼譯：《消費社會》，南京：南京大學，2001年。

5. 布希亞（Baudrillard）著，林志明譯：《物體系》，上海：上海人民出版社，2001年。

6. 約翰‧柏格（Baudrillard）著，陳志梧譯：《看的方法——繪畫與社會的關係七講》，臺北：明文出版社，1989年。

7. 班納迪克‧安德森（Benedict Anderson），吳叡人譯：《想像的共同體：民族主義的起源與散佈》，臺北：時報文化，1999年。

8. 盧卡奇（Ceorg Lukacs）著，楊恆達譯：《小說理論》，臺北：唐山出版社，1997。

9. 費俠莉（Charlotte Furth）著，甄橙譯：《繁盛之陰——中國醫學史中的性（960～1665）》，南京：江蘇人民出版社，2006年。

10. 克莉絲‧維登（Chris Weedon）著，白曉紅譯：《女性主義實踐與後結構主義理論》，臺北：桂冠出版社，1994年。

11. 列維‧斯特勞斯（Claude Levi-Strauss）著，王志明譯：《憂鬱的熱帶》，北京：三聯書局，2000年。

12. 紀爾茲（Clifford Geertz）著，楊德睿譯：《地方知識：詮釋人類學論文集》，臺北：麥田出版社，2009。

13. 柯律格（Craig Clunas）著，黃曉鵑譯：《明代的圖像與視覺性》，北京：北京大學出版社，2011 年。

14. 柯律格（Craig Clunas）著，劉宇珍、邱士華、胡雋譯：《雅債：文徵明的社交藝術》，北京：三聯書局，2012 年。

15. 貝爾（Daniel Bell）著，李琨譯：《社群主義及其批評者》，香港：牛津大學出版社，2000 年。

16. David Feterman 著，賴文福譯：《民族誌學》（Ethnography：Step by step），臺北：弘智文化，2000 年。

17. 高彥頤（Dorothy Ko）著，苗廷威譯：《纏足——「金蓮崇拜盛極而衰的演變」》，臺北：左岸文化，2007 年。

18. 愛德華・薩依德（Edward W・Said）著，蔡源林譯：《東方主義》（Orientalism），臺北：立緒文化，2000 年。

19. 愛德華・薩依德（Edward W・Said）著，蔡源林譯：《文化與帝國主義》，臺北：立緒文化，2001 年。

20. 戈夫曼（Erving Goffman）著，馮鋼譯：《日常生活中的自我呈現》，北京：北京大學出版社，2008 年。

21. 高夫曼（Erving Goffman）著，曾凡慈譯：《污名：管理受損身份的筆記》，臺北：群學，2010 年。

22. Frank Centricchia、Thomas McLaughlin 編，張京媛等譯：《文學批評術語》，香港：牛津出版社，1994 年。

23. 加斯東・巴舍拉（Gaston Bachelard）著，龔卓軍、王靜慧譯：《空間詩學》，臺北：張老師文化事業股份有限公司，2008 年。

24. 盧卡奇（Georg Lukacs）著，楊恆達譯《小說理論》，臺北：唐山書局，1997 年。

25. 齊美爾（Georg Simmel）著，劉小楓選編，顧仁明譯：《金錢、性別、現代生活風格》，臺北：聯經出版社，2001 年。

26. Griselda Pollock 著，陳香君譯：《視線與差異——陰柔氣質、女性主義與藝術歷史》，臺北：遠流出版社，2000 年。

27. 莫里斯・哈布瓦赫（Halbwachs, M）著，畢然、郭金華譯：《論集體記憶》（Les Cadres Sociaux de La Memoire），上海：上海人民出版社，2002 年。

28. 加達默爾（Hans－Georg Gadamer）著，洪漢鼎譯：《真理與方法——哲學詮釋學的基本特徵》，臺北：時報出版社，1993 年。

29. 布魯姆（Harold Bloom）著，朱立元、陳克明譯：《比較文學影響論——誤讀圖示》，臺北：駱駝出版社，1992 年。

30. 布魯姆（Harold Bloom）著，吳瓊譯：《批評、正典結構與預言》，北京：中國社會科學出版社，2000 年。

31. 雅克・德里達（Jacques Derrida）著，趙興國等譯：《文學行動》，北京：中國社會科學出版社，1998 年。

32. 尚・布希亞（Jean Baudrillard）著，林志明譯：《物體系》，上海：上海人民出版社，2001 年。

33. 約翰・伯格（John Berger）著，戴行鉞譯：《藝術觀賞之道》（Way of Seeing），臺北：商務印書館，1993 年。

34. 霍蘭德（John Holland）著，潘國慶譯：《後現代精神分析》，上海：上海文藝出版社，1995 年。

35. 約翰・史都瑞（John Storey）著，張君玫譯：《文化消費與日常生活》，臺北：巨流出版社，2002 年。

36. 喬納森・卡勒（Jonath Culler）著，陸揚譯：《論解構》，北京：中國社會科學出版社，1998 年。

37. 康拉德（Joseph Conrad）著，何信勤譯.：《黑心》，臺北：聯經出版社，2006 年。

38. 尤根・哈貝馬斯（Jurgen Habermas）著，曹衛東譯，汪暉、陳燕谷主編：《文化與公共性》，北京：三聯書局，1998 年。

39. 克斯汀・海斯翠普（Kirsten Hastrup）編，賈士蘅譯：《他者的歷史：社會人類學與歷史製作》，臺北：麥田，1988 年。

40. 斯蒂文・小約翰（Littlejohn S・W）著，陳德民、葉曉輝譯《傳播理論》，北京：中國社會科學，1999 年。

41. 呂西安・戈爾德曼（Lueien Goldmaon）著，吳岳添譯：《論小說的社會學》，北京：中國社會科學出版社，1988 年。

42. 葛蘭言（Marcel Granet）著，趙丙祥、張宏明譯：《古代中國的節慶與歌謠》，桂林：廣西師範大學出版社，2005。

43. 利瑪竇（Matteo Ricci）著，何高濟、王遵仲、李申譯：《利瑪竇中國札記》，北京：中華書局，1997 年。

44. Michael Payne 著，李奭學譯：《閱讀理論──拉康、德希達與克麗絲蒂娃導讀》，臺北：書林出版社，1997 年。

45. 傅柯（Michel Foucault）著，佘碧平譯：《性經驗史》（The History of Sexuality），上海：上海人民出版社，2002 年。

46. 傅柯（Michel Foucault）著，鄭義愷譯：《傅柯說真話》（Fearless speech），臺北：群學出版社，2005 年。

47. 米歇爾・傅科（Michel Foucault）著、莫偉民譯：《詞與物──人文科學考古學》，上海：三聯書店，2001 年。

48. 米歇爾・傅科（Michel Foucault）著、謝強、馬月譯：《知識考古學》，北京：三聯書店，1998 年。

49. Mike Crang 著，王志弘等譯：《文化地理學》（Cultural Geography），臺北：巨流圖書，2003 年。

50. 諾曼・布列遜（Norman Bryson）著，丁寧譯：《注視被忽視的事物——靜物畫四論》（杭州：浙江攝影出版社，2000）。

51. 保羅・康納頓（P. Connerton）著，納日碧力戈譯：《社會如何記憶》，上海：上海人民出版社，2000 年。

52. 布迪厄（Pierre Bourdieu）著，劉暉譯：《藝術的法則——文學場的生成和結構》，北京：中央編譯社，2001 年。

53. 布迪厄（Pierre Bourdieu）著，包亞明：《布迪厄訪談錄——文化資本與社會煉金術》，上海：上海人民出版社，1997 年。

54. 皮埃爾・布迪厄（Pierre Bourdieu）、華康德著，李猛、李康譯：《實踐與反思——反思社會學導引》，北京：中央編譯出版社，1998 年。

55. 皮埃爾・布爾迪厄（Pierre Bourdieu）著，劉暉譯：《男性統治》，深圳：海天出版社，2002 年。

56. 高羅佩（R. H. van Gulik），楊權譯：《秘戲圖考》，廣州：廣東人民出版社，2005 年。

57. 理查・桑內特（Richard Sennett）著，黃煜文譯：《肉體與石頭：西方文明中的人類身體與城市》，臺北：麥田出版社，2003 年。

58. Robert Bocock 著，張君玫、黃鵬仁譯：《消費》，高雄：巨流出版社，1996 年。

59. 埃斯皮卡（Robert Escarpit）著，葉淑燕譯：《文學社會學》，臺北：遠流出版社，1999 年。

60. 羅勃 C・赫魯伯（Robert C・Holub）著，董之林譯：《接受美學理論》，臺北：駱駝出版社，1994 年。

61. Robert Escarpit 著，葉淑燕譯：《文學社會學》，臺北：遠流出版社，1995 年。

62. 羅蘭・巴特（Roland Barthes）著，屠友祥譯：《S／Z》，上海：上海人民出版社，2000 年。

63. 羅蘭・巴特（Roland Barthes）著，屠友祥譯：《文之悅》，上海：上海人民出版社，2002 年。

64. 羅蘭・巴特（Roland Barthes）著，敖軍譯：《流行體系（二）——流行的神話學》，臺北：桂冠出版社，1997 年。

65. 羅蘭・巴特（Roland Barthes）著，許綺玲譯《神話學》，臺北：桂冠出版社，1997 年。

66. 羅蘭・巴特（Roland Barthes）著，懷宇譯：《羅蘭・巴特隨筆選》，天津：百花文藝出版社，1995 年。

67. 羅曼・英加登（Roman Ingarden）著，陳燕谷譯：《對文學的藝術作品的認識》，臺北：商鼎出版社，1991 年。

68. 馬克夢（R. Keith McMahon）著，王維東、楊彩雲譯：《吝嗇鬼、潑婦、一夫多妻者——十八世紀中國小說中的性與男女關係》，北京：人民文學出版社，2001。

69. 弗洛伊德（Sigmund Freud）：《夢的解析》，北京：國際文化出版社，2001 年。

70. 斯坦利・費什（Stanley Fish）著，文楚安譯：《讀者反應批評：理論與實踐》，北京：中國社會科學，1998 年。

71. 宇文所安（Stephen Owen）著，鄭學勤譯：《追憶：中國古典文學中的往事再現》，北京：生活・讀書・新知三聯書店，2004 年。

72. 曼素恩（Susan Mann）著，楊雅婷譯：《蘭閨寶錄：晚明至盛清時的中國婦女》，臺北：左岸文化，2005 年。

73. 特里・伊格爾頓（Terry Eagleton）著，王杰等譯：《美學意識型態》，桂林：廣西師範大學出版社，1997 年。

74. 孔恩（Thom S. Kuhn）著，程樹德、傅大爲、王道環、錢永祥譯：《科學革命的結構》，臺北：遠流出版社，1994 年。

75. 托里莫以（Toril Mol）著，陳潔詩譯：《性別／文本政治：女性主義文學理論》，臺北：駱駝出版社，1995 年。

76. 史密斯（V. L. Smith）主編：張曉萍等譯：《東道主與遊客：旅游人類學研究》，昆明：雲南大學：2002 年。

77. 斐蓮娜・封・德・海登——林許（Verena von der Heyden-Rynsch）著，張志成譯：《沙龍——失落的文化搖籃》，臺北：左岸出版社，2003 年。

78. W. J. T〔美〕米歇爾著，陳永國、胡文徵譯：《圖像理論》，北京：北京大學出版社，2006 年。

79. 班雅明（Walter Benjamin）著，張旭東、魏文生譯：《發達資本主義時代的抒情詩人》，北京：生活・讀書・新知三聯書店，2007 年。

80. 班雅明（Walter Benjamin）著，許綺玲譯：《迎向靈光消逝的年代》，臺北：臺灣攝影工作室，1999。

81. 段義孚（Yi-Fu Tuan）著，潘桂成譯：《經驗透視中的空間和地方》（Space and Place：The Perspective of Experience），臺北：國立編譯館，1988 年。

82. 吉見俊哉著，蘇碩斌等譯：《博覽會的政治學》，臺北：群學出版社，2010 年。

83. 大木康著，辛如意譯：《秦淮風月：中國遊里空間》，臺北：聯經出版社，2007 年。

84. 中岡成文著，王屏譯：《哈貝馬斯：交往行爲》，石家莊：河北教育出版社，2001 年。

85. 吉川幸次郎著，鄭清茂譯：《元明詩概說》，臺北：聯經出版社，2012 年。

86. 前野直彬著，龔霓馨譯：《中國文學的世界》，臺北：學生出版社，1989 年。

三、期刊論文（按作者姓氏筆畫編次）

1. Hazard Adams 著，曾珍珍譯：〈經典：文學的準則／權力的準則〉，《中外文學》第二十三卷第 3 期（1994 年）。

2. 于光：〈楊升庵〈滇南月節詞〉注釋〉，《滇池》，1980。

3. 方瑜：〈空間與夢想中的女性圖象——從《空間詩學》觀點讀李賀〈宮娃歌〉〉，收入《鄭因百先生百歲冥誕國際學術研討會論文集》，臺北，臺灣大學中國文學系，2005 年。

4. 毛文芳：〈閱讀與夢憶——晚明旅遊小品試論〉，《中正中文學報》第 3 期（2000 年 9 月）。

5. 王正華：〈女人、物品與感官慾望：陳洪綬晚期人物畫中江南文化的呈現〉，收入代中國婦女史研究》（臺北：中央研究院近代史研究所，2002 年），第 10 期。

6. 王正華：〈從陳洪綬的〈畫論〉看晚明浙江畫壇：兼論江南繪畫網絡與區域競爭〉，收於《區域與網絡：近千年來中國美術史研究國際學術研討會論文集》（臺北：國立臺灣大學藝術史研究所，2001），頁 330～342。

7. 王仲鏞：〈楊慎杜詩學評述〉，《草堂》，《杜甫研究學刊》第 1 期（總第 3 期）（1982 年 3 月）。

8. 王仲鏞：〈楊慎論李白評述〉，《四川師院學報》第 1 期，1983 年。

9. 王汝梅著：〈《稀見珍本明清傳奇小說集》解題（選五則）〉，《明清小說研究》第 3 期（2008 年）。

10. 王明珂：〈王崧的方志世界——明清時期雲南方志的本文與情境〉，收入《新史學》，北京：中華書局，2008。

11. 王明珂：〈論攀附：近代炎黃子孫國族建構的古代基礎〉，《中央研究院歷史語言研究所集刊》第 73 本第 3 分，2002 年，頁 583～624。

12. 王學玲：〈一個流放地的考察——論清初東北寧古塔的史地建構〉，《文與哲》第 11 期，2007 年。

13. 王學玲：〈女性空間的召魂想像與題詠編織——論陳文述的美人西湖〉，《中央大學人文學報》，第 46 期，2011 年。

14. 王學玲：〈是地即成土——清初流放東北文士之「絕域」紀游〉，《漢學研究》第 24 卷第 2 期，2006 年。

15. 王樹椒：〈記白古通、年運志〉，《圖書集刊》第 5 期，1943 年。

16. 王璦玲著：〈記憶與敘事：清初劇作家之前朝意識與其易代感懷之戲劇轉化〉，《中國文哲研究集刊》第 24 期（2004 年 3 月）。

17. 王鴻泰撰：《流動與互動——由明清城市生活的特性探測公眾場域的開展》（臺北：臺灣大學歷史所博士論文，1998 年）

18. 王鵬惠：〈漢人的異己想像與再現：明清時期滇黔類民族誌書寫的分析〉，《臺灣大學考古人類學刊》第 58 期，2002 年。

19. 古永繼：〈明代雲南的滇流之人〉，《思想戰線》第一期（1992 年）。

20. 白建忠、孫俊傑：〈百年來楊慎研究綜述〉，《內蒙古師範大學學報》，2007 年。

21. 白建忠：〈李元陽的生平及其詩文〉，《廣播電視大學學報》，第 1 期，2009 年。

22. 合山究所著：〈花案、花榜考〉，收於《文學論集》（九州：九州大學教養學部），第 35 期，1985 年。

23. 朱志先：〈楊慎和史考據學探論〉，《西華大學學報》，第 29 卷第 5 期，2010 年。

24. 朱傳譽：〈明代出版家——余象斗傳奇〉，《中外文學》第 16 卷第 4 期（1995 年 4 月）。

25. 何金蘭：〈羅蘭・巴爾特文學社會學論述評析〉，《思與言》第 29 卷第 3 期（1991 年 9 月）

26. 吳秀華、尹楚彬：〈論明末清初的「妒風」嫉妒婦形象〉，《中國文學研究》，2002 年第 3 期，頁 42～47。

27. 吳明賢：〈試論楊升庵與李白〉，《四川師範大學學報（社會科學版）》第 2 期（總第 67 期）（1989 年 4 月）。

28. 呂斌：〈明代博學思潮與文論——以楊慎爲例的考察〉，《文學評論》第 1 期，2010 年。

29. 呂菲：〈晚明名士潘之恆的女性審美觀〉，《安徽大學學報（人文社會科學版）》第 40 卷，第 2 期（2012 年 3 月）。

30. 巫仁恕：〈晚明的旅遊活動與消費文化——以江南爲討論中心〉，《中研院近代史研究所研究集刊》第 41 期（2003 年 9 月）

31. 巫仁恕〈晚明的旅遊風氣與士大夫心態——以江南爲討論中心〉，收於熊月之、熊秉眞主編《明清以來江南社會與文化論集》（上海：上海社會科學院，2004）。

32. 李孝悌：〈十七世紀以來的士大夫與民眾——研究回顧〉，《新史學》第 4 卷第 4 期（1993 年 2 月）。

33. 李孝悌：〈上層文化與民間文化——兼論中國史在這方面的研究〉，《近代中國史研究通訊》第 8 期（1989 年）。

34. 李春霞、張曉光：〈文化透視下的妒婦成因〉，《佳木斯大學社會科學學報》第 26 卷第 1 期，頁 68～70。

35. 李朝正：〈楊慎的文學觀及其對復古派的抗爭〉，《社會科學研究》第 4 期，（1997 年 6 月）。

36. 李朝正：〈楊慎與雲南少數民族文化情結〉，《西南民族學院學報》，2000 年。

37. 李勤合：〈楊慎研究論著目錄增補〉，《中國文哲研究通訊》，臺北：中研院文哲所，2005 年。第 15 卷第 2 期，頁 163～168。

38. 李嘉瑜：〈記憶之城‧虛構之城——《灤京雜詠》中的上京空間書寫〉，《文與哲》，2011 年。

39. 李嘉瑜：〈移位的邊界：納蘭詞的邊塞書寫〉，《漢學研究集刊》第 11 期，2010 年。

40. 李薇：〈風流蘊藉柳之絕唱——楊慎〈柳〉詩評析〉，《古典文學知識》，2004 年 9 月。

41. 村上哲見：〈文人‧士大夫‧讀書人〉，《中國文人論集》（東京：汲古書院，1994 年）。

42. 沈松僑：〈江山如此多嬌～1930 年代的西北旅行書寫與異族想像〉，《臺大歷史學報》，第 37 期，2006 年。

43. 沈津（Chum Shum）著：〈明代坊刻圖書之流通與價格〉，《國家圖書館館刊》第 1 期（1996 年）。

44. 周子瑜：〈從《升庵詩話》看楊慎研究「杜學」的方法及他提出的一些觀點〉，《草堂（杜甫研究學刊）》，1991 年第 1 期。

45. 周杉：〈文學聲譽的涵意〉，《九州學刊》第 3 卷第 2 期（1989 年 6 月）。

46. 周振鶴：〈從明人文集看晚明旅遊風氣及其與地理學的關係〉，收於《復旦學報》（社會科學版，2005 年第 1 期。

47. 周瓊：〈明清滇志體例類目與雲南社會環境變遷初探〉，《楚雄師範學院學報》，2006 年第 7 期。

48. 林慶彰、賈順先合編：《楊慎研究資料彙編》（上）、（下）（臺北市：中央研究院中國文哲研究所，1992 年 10 月）。（共收錄單篇論文 148 篇）

49. 林宜蓉：〈不入城之旅：明清之際遺民徐枋的身份認同與生命安頓〉，《明代研究》第 20 期（2013 年六月），頁 59～98。

50. 武誼嘉：〈楊慎對西南區域文化的貢獻〉，《南京師範大學學報》，2009 年。

51. 邱德亮：〈癖嗜文化：論晚明文人詭態的美學形象〉，收於《文化研究》，第 8 期（2009 年春季號）。

52. 侯沖、郭勁：〈楊慎編輯南詔野史新證〉，《民族藝術研究》，1999 年。

53. 侯美珍：〈楊慎研究論著目錄續編〉，《中國文哲研究通訊》，南港：中研院文哲所，1992 年，第 5 卷第二期，頁 100～115。

54. 姚蓉：〈楊慎、黃峨夫妻往還之作考論〉《中南大學學報（社會科學版）》，第 19 卷第 3 期（2013 年 6 月），頁 144。

55. 胡文群：〈楊慎及其〈滇南月節詞〉〉，《楚雄師範學院學報》，1994 年。

56. 胡曉眞：〈女作家與傳世慾望——清代女性彈詞小說中的自傳性問題〉，《語文、情性、義理——中國文學的多層面探討國際學術會議論文集》（臺北：臺灣大學，1996 年）。

57. 胡曉眞：〈旅行、獵奇與考古——《滇黔土司禮記》中的禮學世界〉，《中國文哲研究集刊》，第 29 期，2006 年。

58. 范宜如：〈山水構圖之紀實特徵與抒情性：以王士性《五嶽遊草》爲考察對象〉，《東吳中文學報》第 18 期，2009 年。

59. 范宜如：〈地景·光影·文化記憶：論王士性紀遊書寫中的江南敘述〉，《東華中文學報》第 3 期，2009 年。

60. 范宜如：〈吳中地誌書寫——以文徵明詩文爲主的觀察〉，《中國學術年刊》，第 21 期，2000 年。

61. 范宜如：〈華夏邊緣的觀察視域：王士性《廣志繹》的異文化敘述與地理想像〉，《國文學報》，第 42 期，2007。

62. 唐曉峰：〈茫茫禹跡，畫爲九州：元典區域觀念的誕生〉，《從渾沌到秩序——中國上古地理思想史述論》，北京：中華書局，2010 年。

63. 孫康宜：〈中晚明之交文學新探〉，《北京大學學報（哲學社會科學版）》，第 43 卷第 6 期（2006 年 11 月）。

64. 孫康宜：〈明清女詩人選集及其採輯策略〉，《中外文學》第 23 卷第 2 期（1994 年 7 月）。

65. 徐希平：〈博取眾長獨樹一幟——楊慎《升庵詩話》論李杜評析〉，《杜甫研究學刊》，2002 年第 1 期。

66. 徐春建：〈王士性研究三題〉，《浙江學刊》，1994 年第 4 期。

67. 袁逸：〈明後期我國私人刻書業資本主義因素的活躍與表現〉，《浙江學刊》1989 年第 3 期（總期數第 56 期）。

68. 馬繼剛、王麗萍：〈明清雲南旅遊活動研究〉，收入商業研究》，2011 年第 2 期，總期 406 期。

69. 高小慧：〈楊慎的"詩史"論〉，《北京大學學報（哲學社會科學版）》，第 41 卷第 1 期（2004 年 1 月）。

70. 高小慧：〈楊慎研究綜述〉（上）、（下），《天中學刊》，第 21 卷第 1 期（2006 年 2 月）；第 21 期第 3 卷（2006 年 6 月）。

71. 常建華:〈論明代社會生活性消費風俗的變遷〉,《南開學報》,1994 年第 4 期(1994 年 7 月)。

72. 康正果著:〈泛文和泛情——陳文述的詩文活動及其他(上)〉,《當代》第 173 期(2002 年 1 月)。

73. 張高評:〈北宋讀詩詩與宋代詩學——從傳播與接受之視角切入〉,《漢學研究》,第 24 卷第 2 期(2006 年 12 月)。

74. 張新民:〈大一統衝動與地方文化意識的覺醒〉,《中國文化研究》,2002 年第 4 期,頁 35-43。

75. 張義德:〈楊慎對宋明理學的批判〉,《中國哲學史研究》,1982 年第 2 期。

76. 張增棋:〈從滇文化的發掘看莊蹻王滇的真偽〉,《貴州民族研究》,1979 年第 1 期。

77. 張增祺:〈有關楊慎生平年代的訂正〉,《昆明師院學報》,1980 年 1 期。

78. 張應松、朱子由:〈楊慎和他的詠滇詩〉,《大理師專學報》,1996 年。

79. 許如蘋:〈楊慎詩歌與詩學研究現況述要〉,《書目季刊》,2007 年。

80. 許東海:〈帝都‧藝文‧方志——明代李濂〈汴京遺蹟志〉之以文代史與艮岳書寫〉,《成大中文學報》2011 年第 35 期。

81. 許家德〈明清玉文化初探〉,收於《美與時代》2004 年第 6 期。

82. 許暉林:〈朝貢的想像:晚明日用類書「諸夷門」的異域論述〉,《中國文哲研究通訊》第 20 卷第 2 期(2010 年 6 月)。

83. 連文萍:〈詩史可有女性位置?——方維儀與《宮闈詩評》的撰著〉,收入張宏生、2002 張雁編:《古代女詩人研究》(武漢:湖北教育出版社,2002 年)。

84. 陳元朋:〈荔枝的歷史〉,收於《新史學》(臺北:新史學雜誌,2003 年)第 14 卷第 2 期。

85. 陳友琴:〈談楊慎批評杜甫〉,《文匯報》,1961 年 9 月 28 日。

86. 陳可馨:〈試論楊慎詩學中六朝論述的背景、途徑與地位——兼論以楊慎為首之六朝派提法的合理性〉,《中國文學研究》,2012 年第 3 期。

87. 陳廷樂:〈楊慎在雲南的遺跡考〉,收入新都楊升庵博物館、新都楊升庵研究會主編:《楊升庵誕辰五百週年學術論文集》(成都:新莘書局,1994 年)。

88. 陳煒舜:〈淺論傳統方志與文學研究〉,《文學新鑰》2007 年第 6 期。

89. 陶應昌:〈楊慎與明代中期的雲南文學〉,《雲南民族學院學報(哲學社會科學版)》1998 年第 1 期。

90. 傅科(Michel Foucault)著,王俊三譯:〈「作者」探義〉,《中外文學》第 13 卷第一期(1990 年 3 月)。

91. 曾紹皇、吳波：〈〈廿一史彈詞〉與楊慎人生價值體系的自我調整〉，《中國文學研究》，2006 年第 4 期。

92. 曾紹皇、龔舒：〈從〈廿一史彈詞〉看楊慎對史傳文學敘事傳統的吸納與重構〉，《蘭州學刊》，2008 年。

93. 程莉莉、崔曉亮：〈淺談楊慎對西南地區的地理認識〉，《保山師專學報》，2009 年。

94. 黃寶華：《楊升庵詩論初探》，《上海師範大學學報》，1991 年第 1 期。

95. 楊玉成：〈士庶、性別、地域——論南北朝的文學閱讀〉，李豐楙、劉苑如主編：《空間、地域與文化——中國文化空間的書寫與闡釋》（臺北：中研院文哲所，2002）。

96. 楊玉成：〈小眾讀者：康熙時期的文學傳播與文學批評〉，收於《中國文哲研究集刊》第 19 期（2001 年 9 月），頁 55～108。

97. 楊玉成：〈世界像一張畫：唐五代的觀念系譜與世界圖景〉，《東華漢學學報》，2005 年第 3 期。

98. 楊玉成：〈劉承翁：閱讀專家〉，收入《國文學誌》第三期（1999 年 6 月）。

99. 楊玉成：〈戰國讀者——語言的爆炸與閱讀理論〉，收入《文學研究的新進路——傳播與接受》，臺北：洪葉文化事業有限公司，2004 年。

100. 楊玉成：〈啓蒙與暴力：李卓吾與文學評點〉，收於《臺灣文學新視野：中國文學之部》（臺北：五南出版社，2007 年）。

101. 楊玉成：〈閱讀世情：崇禎本《金瓶梅》評點〉，收於《國文學誌》第 5 期（2001 年 12 月），頁 115-158。

102. 楊玉成：〈病人絮語：晚明張大復的疾病與書寫〉，發表於中研院文哲所主辦，2011 年 11 月 24 日，「2011 明清研究前瞻」國際學術研討會。

103. 楊玉成：〈纂就散絲盈絡緯：王端淑《名媛詩緯》的文學視域〉發表於成大中文系主辦，中國文學系紀念蘇雪林教授暨創立五十週年學術研討會，頁 1～52。（國科會計畫 NSC95-2411-H-260-010-）

104. 楊家駱著：〈中國古今著作名數之統計〉，《新中華》第 4 卷第七期（1946 年）。

105. 楊晉龍：〈王士禎在《四庫全書總目》中的地位初探〉，《中國文學研究》第 7 期（1993 年 5 月）。

106. 楊崇煥：〈陳第古音學出自楊升庵辨〉，《國風半月刊》，1934 年。

107. 葛兆光：〈山海經、職貢圖和旅行記中的異域記憶〉，收入王璦玲等主編《明清文學與思想中之主體意識與社會——學術思想篇》，臺北：中研院中國文哲研究所，2004 年。

108. 董來運：〈楊慎卒年卒地新考〉，《圖書館雜誌》，2006 年第 6 期。

109. 劉惕之：〈徐霞客滇遊與雲南少數民族〉，《衡陽師專學報》，1995 年第 1 期。

110. 董廣文〈《滇程記》的民俗價值〉，《雲南民族學院學報（哲學社會科學版）》，第 19 卷第 2 期（2002 年 3 月）。

111. 賈順先、方陸：〈獨具新風的思想家——楊慎〉，《中國哲學史研究》，1984 年 2 期。

112. 賈順先：〈楊慎反對「空談」主張求實的思想與宋明理學〉，收入《宋明理學新探》（成都：四川人民出版社）1987 年 12 月。

113. 賈順先：〈楊慎的考據博學〉，《明清實學思想史》，濟南：齊魯書社，1989 年 7 月。

114. 賈順先：〈楊慎的求實哲學〉，《孔子的研究》，1988 年 4 期。

115. 鄔國平：〈楊慎的文學批評〉，《文學遺產》，1985 年 3 期（1985 年 9 月）。

116. 雷磊：〈楊慎與李東陽：觀察明代詩學流變多樣態的視角〉，《社會科學輯刊》，2006 年第 3 期，總第 164 期。

117. 廖仲安：〈楊慎與杜詩〉，《光明日報·文學遺產》第 579 期（1983 年 3 月）。

118. 蒙文通：〈莊蹻王滇辨〉，《四川大學學報》，第 1 期，1960 年。

119. 趙秀麗：〈明代妒婦研究〉，《武漢大學學報》，第 65 卷第 3 期，頁 90～96。

120. 趙寅松著：〈試論大理國的建立和段思平的出身〉，《雲南民族學院學報（哲學社會科學版）》，第 19 卷第 5 期（2002 年 9 月）。

121. 劉玉國：〈陳耀文《正楊》中「崌夷既略」條駁楊慎釋「略」述評〉，《東吳中文學報》，2011 年。

122. 劉志琴：〈晚明城市風尚初探〉，《中國文化研究集刊》，第 1 輯（上海：復旦大學，1984 年），頁 190～208。

123. 劉國鈞著：〈宋元明清的刻書事業〉，《中國圖書版本學論文選輯》（臺北：學海，1981 年）。

124. 鄧新躍：〈楊慎卒年新考〉，《成都大學學報》（社科版），2007 年第 3 期。

125. 鄧新躍：〈楊慎對杜詩「詩史說」的批判及其批評史意義〉，《杜甫研究學刊》，2005 年第 1 期。

126. 鄭家治、周邦君：〈楊慎詩歌體式論初探〉，《西華大學學報（哲學社會科學版）》，第 2 期（2005 年 4 月）。

127. 穆藥：〈也談楊慎生平年代的訂正〉，《昆明師院學報》，1981 年第 1 期。

128. 穆藥：〈楊慎卒年新證〉，《昆明師院學報》，1983 年第 3 期。

129. 錢存訓：〈印刷術在中國傳統文化中的功能〉，《漢學研究》第 8 卷第 2 期

（1990 年 12 月）。

130. 錢存訓：〈論明代銅活字板問題〉，喬衍琯，張錦郎編：《圖書印刷發展史論集》（臺北市：文史哲，1977 年），頁 327

131. 錢茂偉：〈論明中葉史學的轉型〉，《復旦學報》，2001 年第 5 期。

132. 駱小所：〈修辭：神、聖、工、巧——楊慎辭修理論再探討〉，《雲南師範大學哲學社會科學學報》，26 卷 4 期（1994 年 8 月）。

133. 謝灼華：〈明代文學書籍的出版〉，《圖書情報知識》，1980 年第 2 期。

134. 鍾曉華：〈尋找失落的世界——從《醋葫蘆》看妒婦人格生成及明清「療妒」類型敘述的文化心態〉，《中國文學研究》，2002 年第 1 期。

135. 轟索：〈楊慎和他的《升庵詩話》〉，《昆明師院學報》，1979 年 3 期。

136. 豐家驊：〈楊慎卒年卒地新證〉，《南京師範大學文學院學報》第 2 期（2006 年 3 月）。

137. 豐家驊：〈楊慎與雲南沐氏〉，《南京師範大學文學院學報》，2009 年第 3 期。

138. 豐家驊：〈簡紹芳：楊慎研究第一人——楊慎交游考述之一〉，《江蘇教育學院學報》，第 25 卷，第 5 期（2009 年 9 月）。

139. 豐家驊：〈簡紹芳——楊慎研究第一人〉，《江西教育學院學報》，2009 年第 3 期。

140. 嚴志雄：〈流放、帝國與他者——方拱乾、方孝標父子詩中的高麗〉，《中國文哲研究通訊》，《中國文哲研究通訊》第 20 卷第 2 期（2010 年 6 月）。

141. 嚴志雄：〈陶家形影神——錢謙益的自畫像、反傳記行動和自我聲音〉，收於《臺灣學術新視野——中國文學之部（一）》（臺北：五南出版社，2007 年）。

142. 嚴志雄：〈自我技藝與性情、學問、世運——從傅柯到錢謙益〉啟發，該文收於王璦玲主編《明清文學與思想之主體意識與社會——文學篇》（臺北：中研院文哲所，2004 年）。

四、學位論文（按姓氏筆畫編次）

1. 尤淑君：《名分禮秩與皇權重塑：大禮議與嘉靖政治文化》，臺北：政治大學歷史學系，2006 年。

2. 王光宜：《明代女教書研究》，臺北：臺灣師範大學歷史研究所碩士論文，1998 年。

3. 王鴻泰：《流動與互動——由明清城市生活的特性探測公眾場域的開展》，臺北：臺灣大學歷史學研究所博士論文，1998 年。

4. 江俊亮：《楊慎及其詞研究》，臺中：東海大學中國文學研究所碩士論文，

1997 年。

5. 吳波：《楊慎俗文學研究》，湖南：湖南師範大學碩士論文，2007 年。

6. 林惠美：《楊慎及其詞學研究》，高雄：高雄師範大學國文學系博士論文，
   2003 年。

7. 孫芳：《楊慎貶謫後的生存狀態及複雜心態》，成都：四川師範大學碩士
   論文，2011 年。

8. 高美華：《楊升庵夫婦散曲研究》，臺北：國立政治大學中國文學研究所
   碩士論文，1980 年。

9. 高美華：《明代時事新劇》，臺北：國立政治大學中國文學研究所博士論
   文，1990 年。

10. 張燦堂：《《聊齋誌異》諸家評點研究》，南投：國立暨南大學中文所碩士
    論文，2001 年。

11. 戚紅斌：《楊慎謫滇及其對雲南文化的貢獻》，昆明：雲南師範大學碩士
    論文，2005 年。

12. 許如蘋：《楊慎詩歌與詩學研究》，高雄：高雄師範大學國文學研究所博
    士論文，2007 年。

13. 郭章裕：《明代〈文心雕龍〉學研究——以明人序跋與楊慎、曹學佺評注
    為範圍》，臺北：淡江大學中國文學研究所碩士論文，2004 年。

14. 陳鴻麒：《晚明尺牘與尺牘小品》：南投：國立暨南國際大學中國與文學
    系碩士論文，2004 年。

15. 曾守仁：《金聖嘆評點活動研究——擬結構主義的重構與解構》，南投：
    國立暨南大學中文所碩士論文，1999 年。

16. 曾允盈：《以身博考，四處非家——楊慎滇地書寫探論》，南投：國立暨
    南大學中文所碩士論文，2012

17. 程莉莉：《楊慎與西南地區地理學》，重慶：西南大學歷史地理學碩士論
    文，2009 年。

18. 馮玉華：《楊慎詩詞與雲南旅遊文化》，昆明：雲南師範大學碩士論文，
    2006 年。

19. 黃勁傑：《楊慎《升庵詩話》之詩學理論研究》，臺北：輔仁大學中文系
    碩士論文，2000 年。

20. 雷磊：《楊慎詩學研究》，南京大學博士論文，2003 年。2006 年，已由北
    京中國社會科學出版社出版。

21. 劉桂彰：《升庵詩話研究》，臺北：淡江大學中國文學研究所碩士論文，
    1994 年。

22. 樂萬里：《明代四川作家研究》，上海：上海師範大學，2007 年。

23. 鄭伊庭：《明代考據學家之博學風氣研究》，臺北：臺灣師範大學國文研究所碩士論文，2010年。

24. 盧淑美：《楊升菴古音學研究》，嘉義：中正大學中國文學研究所碩士論文，1992。

25. 陳清茂：《楊慎的詞學》，臺北：國立臺灣師範大學國文研究所，1994年。

26. 閻崇東：《楊慎與《丹鉛餘錄》》，內蒙古師範大學碩士論文，2010。

27. 謝旻琪：《明代評點詞集研究》，臺北：東吳大學中國文學研究所碩士論文，2004年。